HIDDEN SPIRIT

葛亮 著

灵隐

人道我居城市里,我疑身在万山中。

——元·惟则

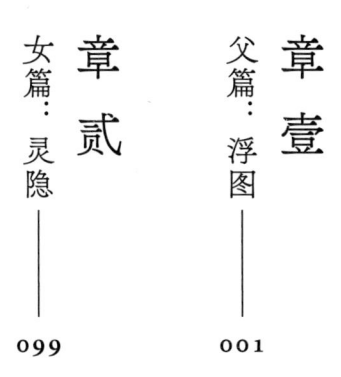

目录

章壹
父篇：浮图 —— 001

章贰
女篇：灵隐 —— 099

章叁
番外：侧拱时期的莲花 —— 207

后记
看园 —— 261

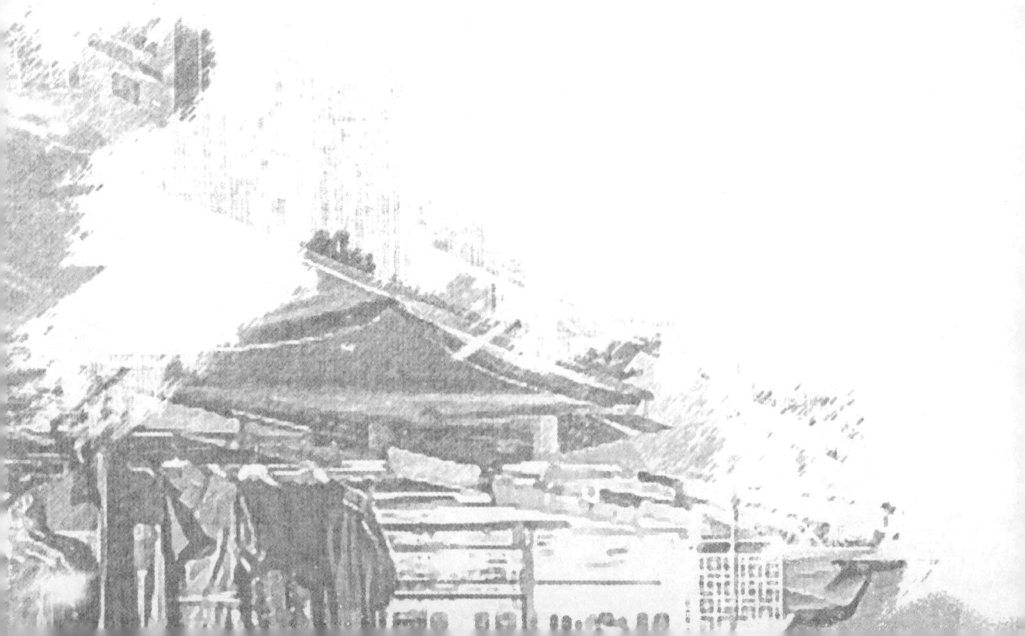

章壹

父篇：浮图

一

警员走进来时，看到连粤名正给牛排浇上黑椒汁。他看到警员，并无意外，仍执刀叉慢慢切下一块肉，送到嘴里。

连粤名自认是个老饕。按常理，这刁钻的口味，多半是出自训练，而他却是浑然天成。他自幼在北角住着，那里先住着上海人，后来是闽南人排闼而来，便称为"小福建"。

他们住过的地方，叫作"春秧街"。据说是因为一个姓郭的福建籍富商命名。这富商是印尼华侨，以制糖起家，致富后想在香港拓展业务。本来是打算兴建炼糖厂。不料填海造地后，海员大罢工和省港大罢工相继爆发，劳工不足，经济萧条，郭氏唯有改作住宅发展，建成四十幢相连的楼房，人们就以"四十间"指称该地，后来政府将四十间所在的街道命名为"春秧街"。

连粤名搬出春秧街已很久。自打从南华大学毕业，他便想要离开这里。在澳洲读了博士，回到香港。娶了在西半山长大的袁美珍，在薄扶林道买了一个小单位。他才觉得是给自己洗了底，做了真正的香港人。可他一年里，总三不五时要做回福建人。多半是因了他九十多岁的阿嬷的召唤。每月初一、初八、十五及各神佛圣诞。他阿嬷电话先打过来，要他回到乡会庵堂吃斋。这边稍有犹豫，便是劈头盖脸地一顿骂。有时他因有事情去不了，下次见面，得被他阿嬷念上十天半月。无非长房长孙、不肖不贤、愧对先祖之类。直至数到上梁不正下梁歪，就是回忆和女人跑掉的他阿公。眼睛一红，便是一把混浊老泪。连粤名心里慌得直叹气。袁美珍一边敷着面膜，在脸上拍打，一边幸灾乐祸地说："你这才真是躲得了初一，躲不了十五。"

这一天，袁美珍却也跟他来了。只因是大日子，观音诞。只见庵堂里热闹，人头涌涌，犹如置身岁晚的黄大仙祠。香火愈来愈鼎盛，乡会数年前终于凑够捐款，置下三个相邻单位，一千余呎[1]，有了小厅和厨房，安好佛像和坛位，让神明在这寸土寸金的香港宜居，夜深出窍施法，亦舒适安稳。

"名仔！"他阿嬷来了香港近五十年，仍然是一口坚硬的乡音。这口乡音被她从福建带来了香港。人人都说入乡随俗。这北角的人，都有这么一段相似故事。一九四〇年，连粤名的阿公和二叔公，跑到印尼讨生活，开理发店，每月寄钱回乡维持家计，和他阿嬷相见相会只能约在香港。那时中国内地与印尼还没建交，香港是个中转站。二十世纪六十年代，他阿嬷带了家当，携他父亲和他阿公团聚。他阿公却没出现过，听闻是和一个外侨女人去了新金山。好在有福建乡会帮衬，他阿嬷人又争气，在春秧街开了一爿成衣铺，竟然将几个子女都养大了。立业成家，各有所成。

可他阿嬷就偏偏改不了这一口乡音，早年被人讪笑，如今上年纪倒得了气壮，偌大的庵堂，对着连粤名呼呼喝喝。旁人就说：

---

[1] 英尺的旧称。英美制长度单位，1 英尺合 0.3048 米。——编者（如无特殊说明，本书脚注均为作者注。）

"连阿嬷，阿名好歹是个教授，不是'青头仔[1]'啦。"他阿嬷便道："教授又如何？还不是我的孙！"连粤名坐在乡会的小厅里，看他阿嬷一头稀疏的白发，露出了红色头皮，坐姿没有老态，竟是雄赳赳的，天然便是领袖模样。她手脚竟比一众中年妇人更为麻利，一边包着膶饼，一边和乡里谈笑。又因为耳朵有些背，说话声量就更大了些，洪钟似的。

每到观音诞，这些福建女人在日出时分便来到庵堂，掀起大饭盖，准备下锅煮百人斋菜。太阳升起之时，乡里已穿起佛袍，与方丈住持一同赞佛诵文。中段休场，乡亲端上水果、甜汤。倒也有条不紊。

连粤名坐在缭绕的烟火里，看头顶悬着的"巍巍堂堂"和"慈航普渡"牌匾。功德箱上摆着贡果和闪烁不定的莲花佛灯。如今都要环保，那灯里装的是电池，是真正长明的。连粤名好像回到了儿时，跪在蒲团上被阿嬷摁下，纳头拜佛。那时的庵堂，没有现在的排场。袁美珍坐在他身边，埋着头，只是一径滑着手机，也不说话。她即使来了许多年，也并没有融入妇人的群体。不似连粤名的发小祥仔的老婆，早和老少查某[2]打成一片，按说人家还是个茂名人。阿嬷和这个孙新抱[3]表面上客客气气，再也没有多的话讲。既然当自己是客人，便宾主自在好了。

庵堂里竟也有一台电视，放着内地的电视剧，是个古装片。连

---

1 粤语。未婚男青年。——编者
2 闽语。女人。——编者
3 粤语。孙媳妇。

粤名是不看电视的人，里头的女明星他竟然也认得，因为偷税漏税，上了八卦报纸和网站的头条。在这个宫斗剧里，演的是个委屈的角色。眼神里却是藏不住的凌厉，不消说，还是要赢到最后的。其实也没什么人看。乡里叔伯，木然对望、闲坐。呆呆地用眼神交流，以闽南语交谈，向对方借火，抽一口烟。

"莫再看喽，来啊，来啊，准备绕佛啦！"诵经后，阿嬷出来对连粤名呼唤，如同命令。倒没正眼看袁美珍。袁美珍将手机收起，站起来，面无表情，跟着连粤名。在场男女老少都要在庵堂绕佛数周，脸色端庄肃穆。这是旁人不甚理解的信仰和仪式，积年成俗。

连粤名走到了大街上，深深地呼了一口气。他的鼻腔里，残留着很浓重的香火味。自然，他手上还拎着阿嬷亲手制作的膶饼和芋粿。走到了春秧街上，他觉得轻松了一些。袁美珍约了旧同学喝茶，他便也不急着回家。先到"同福南货号"买上一斤年糕，顺便问一问大闸蟹上货的档期。眼下香港市面上的蟹，都说是阳澄湖的，自然不可尽信。这间老字号，总还是靠得住。然后呢，便是到隔壁"振南制面厂"，买新造的上海面。如今卖地道上海面的铺头越来越少。这街上，再有就是对面和"振南"打了数十年擂台的"双喜"，二者总不分高下。连粤名是吃惯了"振南"。上海面软滑弹牙，和香港盛行的广东面大相径庭；广东的碱水面硬而干，咬劲足，却不合北角人的口味。他和袁美珍便吃不到一起去。创办这"振南"的人叫李昆，其实呢，倒是个地道的广东人，传说青年时曾追随北洋政府的国务总理唐绍仪，任侍从官，故熟悉其喜爱的面食。后来在坚拿道东开设"振南"，吸引了一班居港的上海人，便将面厂搬到有"小上海"之称的春秧街,也养刁了后来的福建人的胃口。福建呢,本不是美食之乡,可是有先前上海人的讲究,加上东南亚华侨的诡异的洋派。这春秧街上的味道,是断不会寂寞的。上海南货店内售的咸肉、火腿、咸菜、年糕,闽地有名的鱼丸、肉丸、蚵仔、芋粿、绿豆饼,也一应俱全。话说广东菜精致可观,连粤名在心里头,却另有自己的一番分庭抗礼。这是在春秧街几十年的生活给他锻造出来的。及至这里,他摇摇头,觉得是一条舌头阻挠自己成为地道的香港人。

这样想着,连粤名一路踱到了马宝道,这里的排档后方兼卖印尼香料杂货。自有一些南亚人的土产,像印尼虾片、千层糕、自家制咖喱、沙嗲、辣椒酱、新鲜椰汁马豆糕等。掌铺的已是第三代,是个戴着苹果耳机的年轻人。看连粤名挑拣沙茶酱料,有些不耐烦,说:"这些货都是过年时进的,没什么新鲜的了。"从里间走出了一个妇人,认出了连粤名,说:"教授,多时没来了。"妇人是印尼本地人,嫁到了这华侨家族,还保留了传统的装束。她絮絮地说着。连粤名自然是识趣的人,便问她生意可好。她便说:"这种街坊生意,可谈得上好不好?有口饭吃就是了。"

这时候,天有些暗了。连粤名本来已经走到了地铁口,忽然想起了什么,就又折到了英皇道上,走到了一幢大厦前面。他抬头看到"丽宫"二字,晃一晃神,走进去。

二

　　南华大学，入了黄昏，另有一番热闹，是周末回校的学生们。又有各色的社团团员散落在校园里，派发着传单，招募新的团员。连粤名穿过黄克竞平台，看这些年轻人的脸上，一径是喜洋洋的，哪怕在一些门前寥落的社团。一个武术学会的男孩子，穿着咏春的练功服，向着他跑过来，规规矩矩地鞠了一躬。他并不认识。一问起来，才知是大一的新生，上过他的高分子物理大课。正寒暄，旁边一只毛茸茸的"金刚狼"，手里拎着一大袋外卖的饭盒，急匆匆地向 cosplay[1] 学会摊位走过去。人潮涌动的，是电影学会的，原来正在招募临时演员。听说国际大导演要到"南华"来取景拍戏，拍二十世纪四十年代的香港校园。自然要一班学生仔扮演大半个世纪前的好男好女。他想他读书的时候，也曾有过的临演的经历，是在香港的著名品牌"维他奶"广告里。那时青春无敌，他尚有一头茂盛的好头发。他禁不住摸摸自己的头顶，在心里苦笑一下。

　　到了明伦堂前，他对着门口的落地玻璃，整理了自己的仪容。他做这里的舍监已经一年有余。因学生出出入入，以身作则已近乎本能。这时候，一个男孩推开门，趿拉着人字拖，从里头出来，一边打了个悠长的哈欠，抬眼望他，有些措手不及。

---

[1] 角色扮演。——编者

旁边看更[1]的陈叔便道："路仔，打游戏到成晚，刚刚困醒，这下好给教授撞到正。"男孩哈欠打到一半收不回，脸上便是个茫然惊讶的表情。连粤名心里想笑，便也宽宏地说："唔好唔记得食饭。"

他随电梯上到顶楼，掏了许久，找到钥匙，打开门。屋里响着叮叮咚咚的琴声，他知道是女儿回来了。是《水边的阿狄丽娜》，他站在门边，略阖上眼睛，听了一会儿，不觉地在心里打着拍子。他想，当年思睿赢得了全港钢琴大赛的青少年组亚军，就是弹了这支曲子啊。一个硬颈的细路女[2]，手指一触到琴键，就柔软下来了。她是有多久没弹过这支曲子了？是的，升了中五，忙于考学，思睿就不怎么碰钢琴，由它蒙尘。最近又捡起来了。她去年刚刚做上执牌牙医，连粤名托相熟的中介，为她在北角盘下了一个铺位开诊所。在渣华道，地段好，价钱也算公道。思睿说，做牙医的手势要灵活。便又开始练琴，锻炼手指关节。她说："一样地轻重缓急，人口中的三十二颗牙齿，就是两排琴键。"

"爸。"琴声停了，他睁开眼，思睿站在他面前。女儿眼窝淡淡的青，看上去有些疲惫。收拾得倒很利落，是准备出门的样子。

连粤名说："晚饭不在家里吃？"

思睿躬下身，将短靴的拉锁使劲向上拉，一面轻轻应一声。

连粤名将手上的东西放在桌上，说："和林昭？"

思睿说："岳安琪回来了。"

---

1 粤语。夜间值班。——编者
2 粤语。小女孩。——编者

连粤名说:"哪个岳安琪,是你那个中学同学?不是全家移民去加拿大了吗?"

思睿说:"回香港来了。"

连粤名愣一愣,说:"嗯,吃完饭早点回。对了,给你买了马拉糕,还热着。吃一口再走。"

思睿摇摇头,打开门,说:"不吃了,太甜。"

连粤名看着门被带上,把买的东西一样样拿出来。高丽菜、红萝卜、豆干、芽菜、芫荽、冬菇、猪肉、虾米、蚵仔。

这时候听到门一阵闷响,继而听见高跟鞋重重落地的声音。他从厨房里走出来,看见袁美珍一言不发,将手提袋扔到了沙发上。待她站起,又好像当他是隐形人,袁美珍径直走到房间,换了衣服就往浴室去。这时她倒看了连粤名一眼,说:"又整膶饼。"连粤名说:"系,观音诞,到底是个节。"

浴室里响起哗啦啦的水声。连粤名想一想,从环保袋里拿出那双拖鞋,摆到了擦脚垫上。水红色的鞋,上面镶着花形的水钻,在暗处也熠熠地发着光。

他满意地看一眼,叹口气,回身去厨房。

待浴室里的水声停了,厨房里正溢出馅料爆炒后的香气。因为后加了紫姜母,便有一丝清凛气,从满锅的膏腴中破茧而出,激得连粤名打了个喷嚏。他将馅料盛出来,摆到饭桌上。

"好大阵味。"袁美珍一边快步走过去,将客厅的窗户打开了,一边擦着湿漉漉的头发。她说:"风筒时好时坏,唔记得落去俾师傅整。"

连粤名说:"买个新的喇。"

袁美珍不睬他。他看见袁美珍走到鞋柜跟前,在里头翻找。这才发现她赤着脚。所经之处,地板上是一串浅浅脚印,水淋淋的。

他想一想,说:"我买给你新拖鞋啊。"

袁美珍回身看一眼,说:"几十岁人,着咁样嘅色,发乜姣。[1]"

连粤名愣一愣说:"我系在'丽宫'买嘅。"

袁美珍的手停住,抬起头,眼神恍惚一下,说:"丽宫?仲未执笠[2]?"

她重新翻找起来,翻出了一双旧年旅行时从酒店带回的拖鞋,穿上了。

连粤名坐下,将腒饼皮揭开,包上了馅料。递给袁美珍。袁美珍不接,问他:"你唔知我减紧肥?"

说完,便回房间去了。连粤名望着妻子略臃肿的体形,消失在走廊尽头。过了一会儿,他听到了一个女人陌生的声音,从房间里传出来。他知道,袁美珍又开始直播了。

袁美珍走进房间时,没忘随手关掉客厅里的大灯。连粤名便坐在黑暗里头,只有房间四角射灯昏黄的光聚拢在他身上。像个光线诡异的小剧场的舞台,他坐在舞台中央,抬起手,开始吃那块腒饼。炒得时间长些,馅料气息渗透,五味杂陈。他看射灯的一束光,正照在那双新拖鞋上。方才鲜艳的红,也在暗中收敛了。小颗的水钻,到底是棱体,挣扎着将一些光芒折射出来,微弱而锋利。

---

[1] 粤语。指女性卖弄风情。
[2] 粤语。今指商铺收摊,引申义为倒闭。

连粤名想：丽宫，还没有执笠啊。

那年，他回到香港，给袁美珍买的第一样东西，就是一双丽宫的拖鞋。

说起来，也是少年任气。彼时，他在墨尔本大学已拿到博士学位，便被曼彻斯特的一家汽车公司录取，做了维修工程师。一切都在往好的方向发展，唯有感情一无进展。连粤名是个内心坚定的人，可在男女的事情上，没什么主张。读研究生时，大约在域外的缘故，女人是不缺，澳洲的女子又豪放些。他的室友，是个内地富二代，风流子弟。带着他也算开了几次"洋荤"。然而，不知是否因家庭传统，他在感情上是没有投入的，总以为非我族类。他家境又很一般，对讲求现实的华裔女子也无甚吸引力。后来到了曼城——是个老牌的工业城市，人口众多，气息却阴冷。有破落的古堡和废弃的仓库。他所住的公寓，是个纺织厂的旧厂房改建的。他住得高，从窗内望出去，能看见默西河与广阔的荒野，河水流得慢，仿佛是凝滞的。这里的人便更冷漠些，日常也有着不必要的客气。让他本拘谨的性格，在南半球火热的锻造后，慢慢冷却。对女人，他也一样。性似乎亦无可无不可。他满足于精谨且无聊的工作，就这样过去了两年。若说平日里有什么亟盼，可能是从公司出门的第一个街角右转，进入一条后巷，那里有一间中餐厅。老板是成都人，餐厅牌匾上写的是"京川沪菜馆"。对贪新鲜的外国人来说，中国的各式菜系，并无太大分别。但大约是原乡的缘故，这家餐厅的菜的口味十分浓重。对讲究清淡的粤广人来说，原本是南辕北辙，但在这冷却的城市，尤其是冬日，这菜馆火热的气息，渐渐让连粤名爱上了。一碗酸辣汤先暖了胃，麻婆豆腐、回锅肉和口水鸡，每一样都是让味蕾有记忆的。吃惯了、久了，他索性懒得自己做，便将这间叫"蓉香"的中餐厅当了食堂。渐渐和魏姓老板熟了，老板便也知他不爱热闹的性格，在他下班前，提前在餐厅最靠里的两人桌上放上"留位"的牌子，等着他来。到了节假日，如圣诞，西方人举家团圆。因生意清淡，许多中餐厅便入乡随俗休了业。"蓉香"却还开着，连粤名婉拒了同事的邀请，没有其他地方去，仍来了。餐厅里只有两三位客，老板送他一个菜，又递给他一本书。书的装帧很粗糙。他翻开扉页，才看得出是本诗集。他抬起头，老板轻轻说："是我写的。"他脸上还未露出恍然神情，去迎接这个满身油烟气的诗人的新身份，对方已满面羞赧，对他使劲摆摆手，让他不要声张。他翻开其中一页，上面有一句诗："思乡的火车开远了，再看不见，我哭了/是被空气中的辣椒味，熏的。"

多年后，他对袁美珍提起魏老板的这句诗，她说她已经记不得了。

他和袁美珍，初识在这间中餐厅。照常是热闹的工作日夜晚，他收工，默默地坐在餐厅最里面的小台，吃一碗钟水饺。吃到一半，老板的太太走过来，抱歉地说："连生，这位小姐等很久了，都没有桌子空出来。能不能和你搭个台？"他没说话，头也没有抬，只是将面前的碗盏向后撤了撤。就听见有人拉动椅子，然后坐下来。他闻到一种若有若无的香气，不禁仰一下脸。看对面的人，正将一条水红色的围巾取下，小心地叠起来。他听到一把女声，用广东话叫了红油抄手，临了轻轻说了"唔该"。声音明晰利落。这时候，他吃完了，一边叫老板埋单，一边将手绢拿出来，擦擦眼镜上的雾。站起来，余光看到对面客人。是个很年轻的女孩，眉目十分平淡，有粤广女生常有的黄脸色。留着这年纪的女生常有的长直发，将眉目又遮住了一些。

过几天的晚上，连粤名正吃着饭。听到有人用英文问："先生，介不介意搭个台？"他抬起头看，原来又是前些天的女孩。她将头发束成了一束马尾状，戴了副金丝眼镜，穿身黑色套装，人看上去成熟干练一些。若有若无的气息——还是先前的。

连粤名没有说话，只是将面前碗盏向后撤了一撤。女孩坐下来，要了一碗宜宾燃面，加了个开水白菜。便开始叮叮当当地涮洗碗筷。连粤名在心里暗笑，他想：这多此一举的卫生行为，全世界大约只有老派的广东人才会认真。自己去国许久，早就忘了。没想到在异国他乡，会看到一个后生女这样做。女孩收拾好，给自己倒上一杯茶。沉默了一会儿，忽然问："先生，你吃的是什么？"

连粤名愣一下，闷声道："灯影牛肉。"

女孩又问："好吃吗？"

没等他答，对面的人竟然伸出一双筷子，夹起了一块牛肉。这突如其来的举动，让连粤名吓了一跳，他一抬眼，皱起眉头，看女孩正咀嚼着那块牛肉，嚼得很仔细。然后她用纸巾擦一擦嘴唇，喝口茶，说出了自己的结论。"还不错，就是辣了点。"

连粤名没来得及收回自己的目光。女孩说："听先生的口音，是广东人。"

他正犹豫要不要答她。女孩却接口道："我来猜一猜，你是香港人？"

连粤名的眼里的一丝光暴露了心事。女孩兴奋地说:"我猜对了吧。"

连粤名点点头。她说:"香港人的广东话,才有这样的懒音。我大学时读的应用语言学,算是行家呢。"

这一刻,她平淡的脸,忽而生动,泛起了红晕。就连脸上浅浅的雀斑也有了生气。然而,很快,她的神情又似乎暗淡下来。这时,她的面来了,她用筷子将面和肉臊子拌开,拌匀,拌了许久。却停下手,并没有吃。

连粤名吃完了,站起来去埋单。忽然听见女孩说:"我也是香港人。"

连粤名转过身,看一眼,对她说:"你点这个牛肉,可以交代厨师少辣。"

以后,连粤名再吃饭,便经常有这女孩和他搭台一起吃,即便是在客少的时候。有广东籍的老跑堂,打趣说:"袁小姐,又来同连生撑台脚[1]?"

连粤名听到,脸上便使劲一红。倒是袁小姐,大大方方地答:"系呀!"

他便知道,女孩叫袁美珍。从香港到曼城大学读一年制语言教育的MA[2]学位,读完了想要留下来,应聘却屡屡碰壁。用她自己的话说:"在英国教人英语,是要关公门前耍大刀吗?"

---

[1] 粤俚。字面义为两人用脚撑起桌子脚,引申义为情侣二人单独吃饭。
[2] 文学硕士。——编者

她第一次和连粤名说话，自作主张，吃了连粤名的菜，也知造次。那天她应聘了最后一家公司，做好了失败就回港的准备。却不晓得，第二天就收到了录取通知。她的工作是为来曼城读大学的预科学生培训英文。她说："连生，你是我的福将。好彩我那天晚上吃了你的牛肉。"

　　连粤名也知道，这是无根据的恭维话。但不知为何，心里却也隐隐地高兴了。

　　因是两个人吃饭，大家可以多吃一个菜。花样也就多了，搭配上也就花一些心思。若一个叫了牛佛烘肘，另一个便叫白油豆腐，荤上托素；若一个叫了水煮鱼，另一个便叫樟茶鸭，浓淡总相宜。两个人收工的时间不同，若一个先到了，便等另一个，等来等去，总是时间不经济。便自然留下了联系方式，先到的先点，说了自己想点的，等对方搭上一个。连粤名有时先到了，电话里说了自己点的，估摸袁美珍要配上什么。等她说出来，跟自己想的一样，瞬间便生起孩童般的开心；若不一样，那刹那的失落，也是孩子般的。

　　再吃下去，便是默契了。一个可以帮另一个点。晚来的那个，多是工作上有牵绊，便会说给先来的听。一个说，一个听，就着一筷子菜，一口茶水，说说听听，一顿饭也就吃完了。

　　到了埋单时，连粤名有时仍不习惯西方人作风，心里大男子主义多些，觉得自己年长，又工作久些，推推让让自己给付了。女孩却坚持要和他AA制[1]，一两次后，竟然发了脾气，将自己的一份钱拍在桌上，扬长而去。一次走得急了，她留下了一副毛线手套。连

---

[1] 聚餐、娱乐或其他消费结账时各人均摊费用或各自付账的消费方式。——编者

粤名追出去时，人已不见了。

晚上，连粤名就着光，看那副手套，已经很旧了，泛起了浅浅的毛球。他将右手伸进去，竟然能戴上，想袁美珍小小的个子，手却不小。只是在食指的指尖位置有一个小洞，是脱线了。他看着自己的指肚，因为工作磨出的老茧，从这洞里透出来，硬铮铮的。

再一年的除夕，"蓉香"总算歇业了一天。魏老板却将连粤名请到店里，说一起过个节。连粤名说："唔好客气。我是一支公，你们两公婆团圆，我阻手阻脚。"

魏老板说："我要回四川了，算给我们饯行吧。"电话那头静一静，他又笑笑说，"你又知道只有我们两公婆？"

连粤名走进店里，看见除了魏老板夫妻在，还有袁美珍。只在店中间摆了一台，袁美珍落手落脚，帮前帮后。倒显得只有连粤名一个人是客。四个人吃到一半，喝得也微醺。魏老板摇摇晃晃站起来，唱"一条大河波浪宽"，又唱《我的中国心》。叫连粤名唱，他推托说不会唱，魏老板举着酒杯，不放过他。他只好也站起来，唱《狮子山下》，可真的五音不全，唱得席上的人都笑起来。袁美珍接着他唱第二段，竟是清亮的嗓音，好像甄妮的原声。

魏老板忽然跑到厨房里，又跑出来，手里举着自己的那本诗集，上头都是油烟痕迹。翻到一页便念，恰好念到那句：

"思乡的火车开远了，再看不见，我哭了／是被空气中的辣椒味，熏的。"

这诗歌，被他用四川口音念出来，再加上几分醉意，其实有些滑稽。但忽然，就看见袁美珍的眼睛忽闪一下，伏在桌上哽咽起来，后来竟哭到失声。魏太太将手放在袁美珍的肩膀上。魏老板止住她,说:"别劝,哭出来,就舒服了。"

最后一道菜,是魏老板亲自端上来的,说:"这道菜是给我们——也是给你们做的。"

连粤名一看,是一盘"夫妻肺片"。

三

　　这个除夕夜，袁美珍便随连粤名回了公寓。

　　在灯底下，连粤名看看女孩的脸，终于伸出手去。他先摘掉自己的眼镜，又摘掉女孩的眼镜。没有了眼镜，眼前人其实有些模糊了。他捧起了女孩的脸，终于吻上她，唇舌碰上的那一刻，忽然有些热辣的味道，从味蕾渗入。他愣一愣，想起是"夫妻肺片"的余味。

　　待事了了，连粤名坐在床上，才觉得赤裸的肩膀有凉意。怀里的女人仍是真实温热的。

　　他回想，对于床事，袁美珍并不陌生，且相当主动。她在身体交缠的细节间，往往知道自己努力争取快乐。待她高潮时，平淡的五官间，便焕发出异样的光彩。这让连粤名既惊且喜。他想：这个女孩好，懂得如何取悦自己，便省去了让别人取悦她的麻烦。

　　第二天清晨，他醒来，看见女孩穿着他宽大的睡衣，正坐在窗前翻看什么。他看了看，发现是他从家里带来的一本相册。带来了许久，他从未打开过，甚至不知放到哪里去了。但此时，他似乎并不怪袁美珍动了他的隐私，反而觉得她异乎寻常地亲近。他悄悄下了床，打开抽屉。将一副崭新的毛线手套递给了袁美珍。这副手套，上面绣着奔跑的麋鹿。每个指尖处，都有一颗圣诞果。其实他在圣诞前就买了，时常放在包里，却一直不知如何拿给她。袁美珍接过来，戴上，将将好。她大概也看见了圣诞果，故意用凉薄的语气说："不知是哪个女人不要的，给了我。"连粤名未及辩白，她却"扑哧"一声笑了，说："多谢。我这儿倒没有哪个男人不要的东西送给你。"

他们两个便依偎在床上，继续看那相册。袁美珍看到一张照片，是他大学时拍的"维他奶"广告。那时青春澄澈，尚有一头茂盛的好头发。她伸出手，摸摸连粤名开始稀疏的头顶，他避一下。袁美珍说："怕什么？贵人不顶重发。"又看到了一张照片，她指着问连粤名。连粤名看着照片上面相严厉的老人，轻轻说："这是我阿嬷。"

袁美珍仔细看了看，说："阿嬷的鞋真好看。"

连粤名从未注意过阿嬷穿的是什么鞋。这时看看，是黑底的绣花拖鞋，上头镶着水钻。他看袁美珍看得目不转睛，笑笑，说："你不嫌老土噢。"

袁美珍静静的，半响才说："老东西好，稳阵[1]。"

春节，连粤名第一次给袁美珍整了㵸饼吃。

料自然是东挪西凑的。两人走了几家超市，又跑去了市中心皮卡迪利花园，在唐人街里转了两圈，才勉强凑齐了。只是石蚵唯有改用生蚝，桶笋则以佛手瓜勉强代替。

晚上，袁美珍看连粤名用面粉加水，使劲搅打，到了韧劲上来。这才烧上煤气炉，坐上一只小平锅。将那面团在锅底一旋，再一擦，便是一张薄如纸的饼皮。手势娴熟，变魔术似的。袁美珍眼

---

[1] 粤语。稳妥。——编者

睛亮一亮，把他的手拿过来，放在自己膝头，说："没想到啊，连生，这手粗粗大大，倒巧得过女人。"

连粤名笑笑，说："我跟阿嬷长大。我们福建人家寻常东西，自小眼观手做，哪儿有不会的。"

袁美珍便道："坏了，那我要是学不会，将来怕要被你家里人怪罪。"

连粤名柔声说："我们两个，一个会就行了，另一个负责吃。"

同居了一年后，连粤名才知道，袁美珍在西半山长大。待他知道时，她已经决定回香港了。

袁美珍是家中长女，母亲早逝，父亲再娶。但辛德瑞拉的古老的桥段不适用于她的人生。她早早从干德道搬离出来，从此靠自己。上学跟政府贷款，留学一路打工。在旁人眼里，有类似经历的，总代表对富有家庭的叛离，是所谓"作"。一番辗转，折腾够了，便是尘归尘，土归土。前面的种种，都是为最后的好日子做铺垫。可她并不是，她回到了香港，除了见了病危的父亲最后一面，还放弃了继承权。

她对连粤名说，她始终没恨过父亲，也不恨后母。只是，她不理解，她阿爸为什么在她母亲死后，会娶一个和她母亲性情截然不同的女人，并且安然走过这么多年。这是对她阿母的否定，也是对她人生的否定。

她有着和她父亲极其相类的面目，这使得她作为女性，在相貌上从未有过优势。她很确信，她出身寒微的母亲在这个家中已经了无痕迹。能证明她母亲在这个世界上存在过的，唯有她自己。

她给连粤名看她母亲的遗物。其中有一枚景泰蓝香盒，外头镶着金丝绕成的枝叶，覆盖着莫可名状的月白花朵。打开来，是张圆形小照。照片很老了，上面印着一抹胭脂。黑白界线已不分明，灰扑扑。但辨得出，照片中的人不是闽粤女子的面相。脸很圆润，清秀，倒有几分江南女子的情致。眼里含笑，有主张。

连粤名又闻到香盒里荡漾出一丝气味，和袁美珍身上的竟一样。幽幽的花香。袁美珍说，这是素馨的气味。母亲一生只用这一种香，应时的花，插在鬓上。谢了，便攒起来，叫人焙干、磨粉，制成香。

如今用香的人、制香的人，都没有了。她要留着母亲的气味。好在 Gucci[1] 推出 A Chant for the Nymph[2]，前调正是素馨。她便一直用这款香水，用了很多年。

她母亲是存在过的。她证明的方式也包括让自己独立艰辛地活着。她说，母亲一生所有，也都是凭一己之力挣来的。

连粤名说："那你……愿意回香港了？"

袁美珍说："以前，我不回去，是因为没有底。如今有了你，我就有了底。"

料理完后事，两个人便在北角租了个唐楼，在明园西街。房子是他阿嬷的一个同乡老姐妹的，几十年的牌搭子。她老伴儿是上海的工厂主，二十世纪五十年代来香港。到老了两人整天吵架，不胜其烦。就买了两个相邻单位，除了吃饭，各安其是，省得相看两

1　古驰。奢侈品品牌。——编者
2　仙之颂。——编者

厌。三年前老先生寿终正寝，老太太隔壁房子便空着。如今租给连粤名，租金要得很便宜。说是住两个年轻人，壮一壮阳气。

两个人住下来。家具都是现成的，虽然老派，酸枝鸡翅木，看着却有说不出的砥实。连粤名看袁美珍不嫌，便放下心来。他的履历很好，又有留洋经历，未几在母校南华大学谋到助理教授的职位。拿到工资当天，心里也踏实，他陪着袁美珍好好走了一回北角，沿着电器道，一直走到英皇道。一路走，一路讲。哪里是他读过的小学，哪里是他常去的戏院，哪里是他爱吃的大排档。袁美珍望着皇都戏院斑驳的红墙和浮雕。她说："要说这里也是香港，前许多年，我住过的那里，倒不像香港了。"

连粤名带她拐进一处暗巷。巷道幽长，走着走着，整个黑了下去。连粤名就牵上她的手，一片密实的黑暗里，辨认彼此呼吸的轮廓，向前走。走着走着，豁然开朗，竟是一片温黄的灯光。光里是一面墙，墙上五彩纷呈的一片。原来是个单边的横门铺，整面墙都是柜子，琳琅满目的都是鞋。高处四个字"丽宫绣鞋"。连粤名说："阿嬷自打到了香港来，拖鞋都是在这里买的。"他拿出那张照片，给老板看。光头老板看一眼他，说："阿名，好耐冇见。都话你读番书唔翻来喇。[1]"

连粤名笑笑，说："老板替我挑一对。"

老板仔细辨认，说："带水钻嘅，阿嬷呢款唔好揾，俾啲时间我。买多对？[2]"

---

[1] 粤语。好久不见，都说你去国外读书不回来啦。
[2] 粤语。带水钻的，阿嬷这一款不好找，给我一点时间。多买一双？

连粤名又笑笑。老板看一眼袁美珍，醒目[1]道："得！稍等。"

半晌，老板出来，捧着一双鞋说："小姐好彩，仲有一对。阿嬷啱对，鱼戏莲荷。呢对仲好意头，连理枝。"

袁美珍脱了鞋，将这双鞋穿上，尺码刚刚好。水红色的缎面上，绣了葱茏的枝叶。将两脚并拢，鞋上的枝条便彼此相连，浑然一体。

从"丽宫绣鞋"走出来，袁美珍说："你好嘢[2]，先前送了我手套，如今又送鞋。我上下的手脚都被你捆住了。"

连粤名不说话，只是笑着望她。

回到家，两个人心生默契，一拥一抱，便向床上走去。大得不合情理的宁式床，原本在卧室里是突兀的，这时却让他们如鱼得水。翻转间，喘息都是炙热的。其间起伏与攀升，有些硬的床板，硌着他们的脊背与胸腹，倒有些凌虐的快意。将到高潮处，连粤名忽而抽出身体。袁美珍不情愿地坐起身，看见他急灼灼的，从包里拿出那双鞋，给袁美珍穿上。女人净白的身体，脚上是艳红的两点。他的欲望顿时膨胀，冲撞间，有些不管不顾。动作猛了，鞋便落到了地上，"啪嗒"一声。他没有停，将女人抱起来。却踩到了鞋上，只一滑，鞋飞了出去。琳琅水钻脱落，撒了一地。他怔住，心神一恍惚，泄了力气，用抱歉的眼神看袁美珍。女人没说话，伸出手臂，只管紧紧揽住他的颈。

---

1 粤语。机灵。——编者
2 粤语。你真行。

因为孙子住在这里,阿嬷来得便勤。她来了,先去探老姐妹,手里捧着一颗柚子。

她到了连粤名的屋里,看尚算窗明几净、企企理理[1]。这天连粤名去大学教课,只有袁美珍一个人。阿嬷含笑看她,温言软语。袁美珍看着这老太太,身腰朗直,样貌和照片很像,可又说不出,似乎是哪里不太像。阿嬷说了一句,便站起来。一低头,看见床底下的绣花拖鞋,莹莹地泛着水红的光。另有几星灿然,在最内的深暗处闪一下,又一下,是散落的碎钻。

她便回过头,对自己的老姐妹说:"你就好喇。前些年牌桌上我输你的钱,几个月租金给你赚回了本。"

老姐妹刚想为自己辩白。却见阿嬷改用了莆仙话,说:"有手有脚,不出外做事,租金都是我孙一个辛苦挣来的。"

老姐妹愣住了,却看她脸上并无愠色,相反似是一种欣然神情,像在分享一桩可喜的事情。阿嬷满面含笑,继续说:"淡眉眼,高颧骨,是个男人相。名仔命硬,将来少不了苦头吃。"

老姐妹怔怔,偷眼望一下近旁的袁美珍——似乎并无反应。她便也以莆仙话悄然说:"不好这么说自己的孙媳妇啦。"

阿嬷挑挑眼,微笑道:"没过门,算得什么孙媳妇。"

老姐妹看袁美珍笑盈盈,便也大起胆子,一瞥卧室里的宁式大床,说:"过门有什么要紧。我可是听得见,这日日夜夜的,怕是你要先得一个曾孙呢。"

阿嬷回过身,用慈爱的神情看着袁美珍,说道:"我预备摆酒,

---

[1] 粤语。清洁整齐。——编者

怕是人家家里无人来。"

袁美珍笑着牵起他阿嬷的手,敬一杯茶。自己捧起另一杯,将一种东西在自己心底挤压,碾碎,然后就着茶水咽下去。

往后的几十年,阿嬷一直以为袁美珍听不懂她晦涩的家乡话,甚至当着袁美珍的面,和别人说些日常体己话。那日,袁美珍当真希望听不懂。连她都低估了自己的语言天分。回香港的第一个月,她有意无意,听连粤名和他阿嬷的几通电话。那天他阿嬷微笑看她,说出来的,她听得真金白银,一字一血。

两个月后,袁美珍在港大山下的坚尼地城,看定一个单位。面积很小,租金却贵上许多。二话不说,她便与连粤名搬了过去。阿嬷挽留,道:"何苦搬去那里。北角多好,一家人多个照应。"

袁美珍笑一笑,柔声说:"阿嬷放心,我会睇实你嘅孙。"[1]

---

1 粤语。照看好你的孙子。

四

这一晚，连思睿回来时，已近午夜。她看见父亲躺靠在客厅的沙发上，知道他是在等自己。等得久了，人已经睡着。半张着嘴，头发散下来覆盖在眉眼上。在焦黄的灯光里头，一动不动，让她心里无端紧了一下。这时，她看见父亲身体挪动，大约姿态舒服了些，轻声打起了鼾。她才舒了口气。

桌上摆着一盘䭔饼，还有已冷却下去的馅料。思睿拿起了馅料里的勺子，勺把也是冰冷的。

连粤名被自己急促的鼾声惊醒。他睁开眼睛，看见女儿坐在桌前，正大口地吃着一块䭔饼。再一看，思睿竟泪流满面。他不禁一慌，将自己的身体坐直了，问："女？"

思睿这才发觉父亲醒过来，忙拉过纸巾擦擦脸，笑笑说："阿爸，咸咗啲噢[1]。"

连粤名站起身，给她倒了一杯水。开一开口，还是问："怎么了？"

思睿愣一愣，说："岳安琪在'小摩'找了份工。投行真是青春饭，人老得多了。"

---

[1] 粤语。咸了点啊。

连粤名说:"同佢见面,唔开心?"

思睿看他一眼,站起来,说:"阿爸,我去冲凉了,好劫[1]。你都早啲瞓[2]。"

连粤名看她走进浴室,顺脚穿上门口那双绣花拖鞋。水红色的影,在暗处一晃。

连思睿出生在坚尼地城,但在何翠苑长大。何翠苑,是连家购入的第一个物业,那是一九九九年。"九七"那年,政府刚刚推出"首置贷款计划"与"八万五",便遇金融风暴。香港楼价插水[3],两年后每况愈下,新推楼盘无人问津。然而,此时袁美珍却看中了薄扶林道上的何翠苑,毗邻港大。连粤名说:"这是个豪宅盘,买了要是跌了怎么办?"袁美珍看他一眼,说:"都像你这么想,永远买不到楼。全球利率下降,有排跌,跌我都认。"连粤名看妻子目光坚毅,便点点头。

然而即使市况淡,这楼银码[4]大,首付款并不够。连粤名想去跟阿嬷想办法。袁美珍说不要,何必动人棺材本。她便一个人去了干德道,回来后说:"借到,明日去银行办按揭。"连粤名看她神情怅然,便:"既如此,当年又何必放弃继承权。"

袁美珍抬头望他一眼,说:"一码归一码。"

他们买进望北小单位,三百八十呎,却有一个大飘窗。一家人

---

[1] 粤语。疲劳,累。
[2] 粤语。你也早点睡吧。
[3] 粤语。此处指价格暴跌。——编者
[4] 粤语。金额。——编者

坐在窗旁,看到山下,目光越过德辅道,便望到海。天高海阔,远远地有船只过往,似听到汽笛鸣响。

谁料到往后几年,楼价攀升,一往无前。时过千禧,他们的房子,价格升过一倍。思睿长大,三口人住得逼窄。连粤名升职加薪,想换楼。袁美珍说:"仲未得!"连粤名以为妇人保守,便说:"地产经纪都话,高处未够高,愈高仲难买。"袁美珍说:"听我讲。"

他们便等。二〇〇三年,SARS[1]爆发,哀鸿遍野。殃及楼市,香港再现负资产。何翠苑亦难独善其身。连粤名叹气,因物业价值缩水。袁美珍却说:"出手,换楼。"连粤名说:"你知'淘大'爆疫情,现时两房单位,五十多万都无人接手。今日不知明日事,你又知几时轮到我们。"袁美珍说:"我知。听我讲,换楼。"

他们换到了八百呎单位。袁美珍用尽积蓄,兼卖掉手上几只蓝筹股,竟又凑出首期款,买了皇后大道上云若大厦一个唐楼单位,夫妇联名。连粤名前所未有地与她争吵,说:"我日做夜做,也供不了两层楼。"袁美珍看他一眼,一弹牙,掷出三个字:"使你供?"转头便找了地产中介,将唐楼单位租了出去,以租养供。这样租了半年,疫情得控,楼市便回春。势如雨后新笋。两处物业,几个月内账面净升近百万。身边知情的人,纷纷向连粤名贺喜,说嫂夫人这份魄力,当真神勇。连粤名听了笑笑,说:"佢啊,得个'勇'字!"

以后隔开几年,储够了首期款,便买一层楼,用的都是两个人

---

[1] 严重急性呼吸综合征。——编者

联名。连粤名自觉供得辛苦,但仍说:"这样好,好似你对鞋,我哋[1]总算是连理枝。"袁美珍愣一愣,道:"什么'连理枝',这叫'长命契'。谁活得长,将来这楼都归谁。"

买到第五层楼,搬到干德道。她住过的家,如今只住着她后母。两处房子,隔一个街口。连粤名说:"干吗要买到这里?我们不开车,落去山下也不方便。"

袁美珍打开窗子,用手使劲挥上一挥,像是要将夕阳最后的光线扫进来。她说:"那女人住得,我阿妈都住得!"

她说这话时,一把苍声,徐徐喑哑。不似她平日的开阔激越,倒如他人借她口发出。听得连粤名后背生出一股凉气。

明伦堂竞聘舍监,袁美珍要连粤名申请。连粤名起初是不愿的。他刚刚评上了教授,写论文与专著,加上教资委的科研项目,前几年殚精竭虑,终于可以松松骨。他便说:"我们好不容易凑[2]大仔女,如今又要凑别人的仔仔女女?"

旁边的思睿也帮腔。"我刚刚大学毕业,难不成又要住回大学去?"

袁美珍不管。舍监可住在舍堂顶楼,一千多呎的大单位,免费住。住进去,自己的家便可放租,每个月租金四五万进账,哪儿有如此好着数[3]!

---

[1] 粤语。我们。
[2] 粤语。照顾、抚养孩子。
[3] 粤语。好处,便宜。——编者

第二天是周末,连粤名起得很早。近些年,他对睡眠的需求越来越低。无论多晚睡,都会在晨光熹微中醒来。这时打开窗,能看见楼下的体育场已有晨跑的人。天渐渐亮起,跑道上的人也多起来。自从大学对外开放,这体育场便多了许多的日常烟火气。周末,甚至能看到举家出游。年轻的父母,年迈的祖父,或躬身,或蹲在跑道上,鼓励着正在蹒跚学步的幼儿。看台的一侧,成了菲佣们周末聚会的场所。远远地便可以听到他们嘈嘈切切的谈笑声,以及看到他们丰富的肢体律动。在任何时候,他们都有难以言喻的欢乐。

　　这一点感染了连粤名,让他的心情好了一些。但他并未驻足太久,因为他要下山去。这成为他长久的习惯。即使距离他们最初搬来西环的时候已有二十多年。但是每个周末的早晨,他都会穿过薄扶林道,搭西宝城的电梯,回到坚尼地城。那是他最初的住处。附近的一条暗巷里,有"炳记锅贴店"。

　　因为油锅架在靠门的地方,还未走近,已闻到牛油膏腴的香气。门口排了短短的队,都是附近买早点的街坊。连粤名排到末尾,忽而听到有人唤他"教授"。一看,是"炳记"的老板。原先的老板炳叔年纪大了,已退休。生意传给了他儿子——是个精壮的中年汉子。老板当着众人的面向连粤名招手,唤他,反让他有些不好意思。好在很快排到了他,老板说:"照例八个牛肉锅贴,两碗酸辣汤?"他点点头,拿出钱包。老板连忙一挡,说:"教授,多亏你给我孻仔[1]写了推荐信,他被圣彼得小学录取了。今日我请。"

1　粤语。最小的儿子。——编者

说完，又夹起四个生煎包放进去。

老板顺口对后头的街坊说："你看如今什么世道，申请个小学，都要大学教授写推荐信，才得了一块敲门砖。"连粤名一怔，嘴上道"恭喜"，心里也替他高兴，却不禁叹上一口气。近来在网上看到一个词叫"内卷"，才知比起自己半世竞争，如今一代是如何无望。

临了，老板说："教授，我哋做到下个月唔做了。"

连粤名也不禁吃惊，因为"炳记"的生意一直都很好，已成为西环的一块金字招牌。店里贴着复印的报纸，是城中哪个著名的美食节目来采访过的；墙上又有数张照片，虽然满是油烟，但清晰可辨是来帮衬过的明星的。比如住在"弘都"的谢宝仪，都是常客。便问他为什么，他搔搔脑袋，说："铺租年年涨，如今银码好犀利[1]，冇的赚啦。我阿姐开了间物流公司，我想去帮手。"

连粤名脱口而出："这几十年的好手艺，不是可惜？"

老板说："嗐，满汉全席都失传，我哋呢行湿湿碎啦[2]。"

连粤名回到家，母女俩正在洗漱。连粤名将锅贴和生煎包摆在盘子里，在晨光中，是金灿灿的喜人颜色。酸辣汤也还热腾腾的。他倒上了两碟浙醋，坐下来，满意地叹一口气。

袁美珍匆匆望一眼，说："好油，我减肥。"便去冰箱拿她的营

---

1 粤语。厉害。——编者
2 粤语。我们这行没什么大不了啦。

养代餐。都是些菜叶和低卡的糙米。连粤名说:"偶尔吃几口,再减不迟。"

她摆摆手,用膝盖将冰箱门一顶,自顾自就往自己房间走去。

倒是思睿,一边戴隐形眼镜,一边用鼻子嗅嗅,说:"炳记?"

连粤名点点头,看披散着头发的思睿,穿着睡衣,上面印着明黄色的皮卡丘,不施妆容。目光有些散,不聚焦,像又回到孩提时的稚拙样子。

连粤名见她用手拈起来便吃。本想阻止,但想想却终于没有出声,只看着她吃。女儿吃东西,随他幼时,也有儿童的贪婪相。没有了顾忌与矜持,而有知足独乐的一片天真。

他问:"好吃吗?"思睿喝了一口酸辣汤,腮帮子鼓鼓的,不说话,只点头。

他想起那个遥远的冬夜,在曼彻斯特的偏巷里,叫"蓉香"的川菜馆。他坐在最靠里的一桌,独自吃一份火锅。他用筷子夹起一绺冬粉,吃得呼哧呼哧。近旁传来一个苍老的声音,原来是邻桌的白人老妇。她用英文对他说:"孩子,看你吃得这么香,我食欲都好起来了。"

他想着,不禁微笑了。倒是对面的思睿放下了筷子,看着他,是忧心忡忡的样子。他这才回过神来。思睿问:"阿爸,你今天有空吗?"

他说:"有啊。"

女儿将手上纸巾团在一起,旋即展开,再团起来,掷到了桌上,好像下定一个决心。她说:"阿爸,岳安琪约我去看巴塞尔展。她今天有事去不了,要不你陪我去?"

连粤名看看女儿,轻轻说:"好。"

父女二人到了会展中心,大约因为是周末,正人头涌涌。连粤名对各种展览并不是很感兴趣。他在英国这么多年,大英博物馆竟然仅去过一次,而且只看了东方馆。看完并无太多心得,只是感叹所谓文明的迁移。所以,他看到经世致用的香港人居然对现代艺术抱有如此之大的热诚,是有些惊讶的。

入口处巨大的白色机翼,覆盖着厚厚的羽毛,像是一朵停驻在半空的积雨云,臃肿沉厚,仿佛随时会坠落下来。下面的鼓风机,喷出微弱的气流,有些羽毛便飘扬起来,随后又落回到了机翼上。但是有一些似乎偏离了轨道,在空气中凝滞的瞬间,便游离到了一旁,一片羽毛正落在连粤名的脚边。那巨大的"翅膀"便有几处破败,暴露出了金属的光泽。某处折射了一束光线,正射到连粤名的方向,不经意刺痛了他的眼睛。

展位由不同的艺廊组成,以白色复合板隔断,犹如冰冷而洁净的蜂巢。一些人是画廊经纪人、策展人或驻场的艺术家。他们或坐或站,藏在色泽鲜艳或者晦暗的衣服里,脸上有冷漠得宜的微笑,如戴了人均一个的面具。

他和女儿默默地走着。思睿似乎并无念头在所经之处驻足。但是,间或会有一两个男女,停下来与她打招呼。一个浑身披挂着鲜肉色服饰、戴着头巾的黑女人,以热烈的语气叫住她,拥抱、亲吻,开始热烈地交谈。连粤名有些不适应这种热烈,带着热带的未经修饰的礼仪。他不禁退后一步,这女人便更像一块满是经络的、正待入煎锅的菲力牛排。然而她却流利地说着广东话。因为她太大声,连粤名数次听到了林昭的名字。他看到思睿的眼神终于躲闪了一下，似乎对这场对话已经意兴阑珊，思睿看了一眼父亲，并且压低了声量。

连粤名走开了一些，他站在一幅犹如教堂穹顶的画前。艳异的蓝与黄，一圈又一圈，从稀疏到密集，有一种难以名状的向心力，最内是深不可测的漩涡。这漩涡如一个核心，吸引他走近去。他这才发现，那是一只深蓝色的蝴蝶。他抬起头，忽而发现，整幅画上都是蝴蝶。成千上万的黄色、蓝色的蝴蝶翅膀，被肢解、重组，按照颜色拼嵌成这穹顶一般肃穆的圆周。唯一完整的，是那只深蓝色的蝴蝶的尸体，在圆周的核心孤悬。这个意外的发现有些触目惊心。他不禁躬身，看见旁边的标签，写着Blue Cube[1]。

这时，他感到肩头被拍了一记。抬起头看，是个西装客。原来是"南华"的同事，音乐系的老李。他说："在这儿看到你，还真是关公战秦琼。"连粤名被这个不伦不类的笑话弄得不知摆个什么样的表情。说起来，老李可算是他的发小，自小也在春秧街长大，和他上同一个小学。祖籍上海，很早就移民，前些年才回流。便脱去了北角子弟的习气，变得洋派逼人。一年四季都是穿一身西装。但有趣的是，和很多"番书仔"爱在广东话里夹杂英文不同，他的言谈爱掺着一些国语，还是卷起舌头的京片子。这多是拜他的北京太太所赐。据说他这太太是一个相声世家的后人。所以昔日同学小聚，余兴节目便是老李的一段贯口。但连粤名并未见过李太太。此

---

[1] 蓝色立方体。——编者

时老李身边的一位女士十分年轻。连粤名想想，究竟没造次。老李哈哈一笑，"唔好乱噏！[1] 这是电影系的周博士，跟 Professor Perry[2] 研究伯格曼。"

这年轻女士对连粤名点点头，说："连教授，您好。"

连粤名有点诧异。周博士笑笑，"我有个学生，住在明伦堂，说自己舍堂的舍监先生，好得盖世无双。"

这曲折而俏皮的恭维话，还是让连粤名心里熨帖了一下，同时佩服她的情商。周博士说："连教授也喜欢 Damien Hirst[3]？"

连粤名茫然了一下，刚明白过来。老李煞风景地说："他哪里懂这个。你家里冷气机坏了，跟他说就算找对人了。还有，他煎牛排是一把好手，我们在英国时……"忽然，他似乎也被面前的一片蓝所吸引，喃喃地说："你说，这么多'翘辫子'的蝴蝶，就没个环保团体来投诉？"

这时，思睿走过来，看见他，便唤："李叔叔。"

他先是愣一下，然后上下打量她，说："Tiffany[4] 长这么大了吗？叫什么……女大十八变。"继而眯起眼睛，用欣赏的口气说："还好，还好，长得既不随娘，又不随爹。"

因这话突兀而尴尬，周博士脱口而出，打断了他："Leo[5]！"

然而一刹那间，在场者都感到了一丝突如其来的暧昧。周博

---

1 粤语。可不能乱说。
2 佩里教授。——编者
3 达明·赫斯特。——编者
4 蒂法尼。——编者
5 利奥。——编者

士自己先将声音矮了下去。一刹那的安静后,还是老李哈哈大笑,说:"看到没?怎么能叫李叔叔呢,活活把我叫老了。都要叫 Leo。"

又说了一些闲话,无非有关大学改制,以及下学期要换校长的传闻。老李与连粤名约了下周末打球,便各奔东西。周博士临走时看向他们,微笑了一下。连粤名和思睿,在这笑中,都捕捉到了些微歉意。父女两个,望向他们的背影,没有说话。

大约又走了一程,思睿忽而停了下来。连粤名的预感越来越浓重。他看着思睿,说:"女女。"

思睿面向一张黑白照片,照片上是一对背靠背的男女。他们的头发绑在了一起,紧紧地。连粤名想起家乡村口两棵枝叶交缠的榕树。某一个夏天,当他陪阿嬷回到莆田时,看到其中一棵遭到雷劈,树冠已经焦黑。照片的旁边有一张卡片。阿布拉莫维奇 & 乌雷,*Relation in Time*[1],一九七七。

但是,他女儿的目光并不在这照片上。越过层层的白色挡板与交错的人群,连粤名也看到了远处有个坐在轮椅上的女人。这女人的轮廓让连粤名感到眼熟。思睿看一眼父亲,说:"阿爸,你陪我过去。"

他们走过去,越来越靠近时,连粤名在空气中闻到了人们重浊的汗味。他渐渐屏住了呼吸,因为他终于认出轮椅上的人的面目,是女儿的男友林昭。

连粤名确认是他。这个曾经常出入于他们家的孩子,与思睿青

---

1 《时间中的关系》。——编者

梅竹马，整洁又安静，有一种难以言喻的、让长辈们心疼的体贴与本分。中学毕业后，林昭去了日本留学，学习艺术管理，再回来时，人长高了，头发也长了，还是很安静。来做客，无很多言语，与思睿坐在一起，仿佛一幅画。是那种日常的、无须多言的画。若是旧人，会以"静好"来形容他。一眼可望过几十年，是人近暮年的温暖和砥实。阿嬷也喜欢，说这孩子的手上，有一根青蓝色的血管，莆仙话叫"老脉"，作为男人，是顶靠得住的。

然而，连粤名已经一年没见到林昭了。思睿说，他经常出差，往返于欧洲和香港两地的艺廊。他们聚少离多。

连粤名确信他看到的是林昭。但是，面前的这个人，披着斑斓的披肩。脸上有浓重的妆，人极其瘦和单薄，虽然撑持精神，却看得出是疲惫的。林昭说话间，头不由自主地耷拉下来，像是一片枯萎的树叶。连粤名看到了他的手，连着一个在轮椅上支起的吊瓶。那根青蓝色血管，在惨白的手上突起，像蚯蚓样扭曲的叶脉。

连粤名侧过脸，看思睿脸上抽搐了一下。她轻轻说："阿爸，你看得没错。他现在是个女人，就快要成功了，只差一小步。"

她默默地收敛了目光。她说，他没法再继续手术了。排异并发症，医生说，他还有四个月的时间。

连粤名感到，女儿将她自己的手放在他手里。这手温暖而绵软，同她小时候一样。当她进幼儿园，参加会考，第一次走向钢琴比赛的舞台时，她都会将她的手放在父亲手里。但长大以后，她似乎很少这样了。这感觉如此熟悉，连粤名本能一般，将女儿的手紧紧握住了。手心薄薄的汗发着凉，也因为他的握持重新有了温度。思睿说："阿爸，我有了他的孩子，我要生下来。"

对于连粤名的爽约,老李自然是牢骚满腹。因为他一向是个守信的人。

在曼彻斯特时,某周周末,他们几个人相约远足。清晨下了瓢泼大雨,所有人都默认取消了这次活动。但唯有一个人冒雨到达了集合地点,并且等了将近半个小时,是连粤名。

他接到老李的电话,低头看了眼已经穿好的白色球服。一摊番茄酱正浓郁地流淌下来。鲜红的,像是含氧量丰沛的血。他伸出手,想拿一块纸巾擦一擦,却没留神,嘴角有突如其来的腥咸,也是血的味道。他望向客厅里的落地镜。他脸颊上如此清晰地有一道弯折的红。并不恐怖,更似万圣节模样荒诞的偶人。

他去厨房拿过扫帚,将地板上的番茄酱与玻璃碴扫起来。然后抬起眼睛,看一眼袁美珍。袁美珍的手还停在空中,似乎因刚才那个投掷的动作而无处安放。她静止地站着,像一尊雕塑,也正望向他。目光也似雕塑一般冰冷,将连粤名对视的目光冷却、折断。

那一边,是穿着睡衣的思睿。她侧过身体靠在墙上,身上也溅上了番茄酱。睡衣上的皮卡丘,因为一些仓促的褶皱,面目狰狞。

思睿选择了一个不太好的时机,与母亲摊牌。

对于女儿,袁美珍一直心事莫名。这一点在思睿成年后,才慢慢凸显。尤其将儿子思哲送去了英国读中学,她才发现女儿的性情开始显山露水。大概因为思哲豪放性格成了这对儿女的代言。思睿太安静,像一条终日食桑的蚕,你只能听见匀净的沙沙声,却忽略了她的成长。并且也忽略了她在成长中自我消化了许多东西。待你发现了她的长大,她已经将自己织成了一只茧。这只茧经纬密实，让人无法进入。

在以后的数年，袁美珍将自己锻造得如森林中的猎手。她拥有了若兽类的敏锐嗅觉。是那种成熟而敏锐的母兽，可以在气息复杂的空气中，捕捉到极其轻微的荷尔蒙分子。她精确地掌握了思睿的月事周期，每当某个时候来临，那游动在室内的些微腥气都让她兴奋。

而更让她警惕的，是女儿的脸。女儿在脱去了孩子相之后，长成了一张她熟悉的脸。这张脸，既不像她，也不像连粤名。这张脸柔美，有着似江南人的圆润。眼里含笑，有主张。这是她母亲的脸。

她想，隔了这么久。这张脸终于又从她的生命里浮现出来。如此出其不意，又顺理成章。出于某种本能，她开始想要去呵护思睿。然而，思睿却显然地对这忽然的接近存有疑虑。尽管她见过她外婆那张模糊的照片，却只当是家庭历史的残迹，更不可想象自己成为一个已逝去者的附着者。

思睿对母亲的疏离，与对父亲的亲近与依赖，同奏共鸣。这日益成为某种默契。

此时，袁美珍充分地相信，丈夫已和女儿成为共犯。女儿舔一下干燥的嘴唇，扬了扬手中的验孕报告。这时，空气中不单有番茄酱的腥咸，还有另一种来自雌性的丰熟的气味。她觉得自己的手抖动了一下。

思睿转过脸，轻蔑地看了母亲一眼，开始说话，和盘托出。

袁美珍听着听着，不禁有些走神。因为那丰熟的气味浓重起来，对她构成某种威胁。她看着女儿的嘴唇翕动，但似乎已没有声音了。她的目光不禁游离到了很远的地方。厨房的窗户，有暗影掠过。她很确信，那是一只山鹰。他们住在顶楼，有丰满的气流。山鹰不必扇动翅膀，即可翱翔。一圈又一圈地在空中盘旋，远远地飞过去，又飞回来。

忽然，她看见女儿停住了。思睿捂住嘴巴，跑去了洗手间。洗手间里传出一阵阵干呕的声音。袁美珍与连粤名对视了一眼，她迅速地走到洗手间门口，将门锁上，抽出了钥匙。思睿开始拍打着门，发出惊天动地的哭喊。袁美珍看着连粤名，用一种渗血的眼神。

连思睿是在第二天的清晨离开舍堂的。晨跑的学生看着舍监的女儿走出了大门。他们记起，上次见到她还是在舍堂的 high table dinner[1]。当时她穿了一件宝蓝色的晚礼服，仪态万千，坐在舍监的身边，对所有人亲切微笑。他们叫她学姐，因为她毕业于本校的医学院，据说已是令人艳羡的执牌牙医。此时，她低着头，拎着一只行李箱走出来，形容干枯。在她上计程车的一刹那，他们看到她手背上有一块青紫。她拉下衬衫袖子，轻轻盖上了。

---

1 高桌晚宴。——编者

五

连粤名是在百年校园的教员餐厅看到周令仪的。当时他正在吃一客[1]咖喱饭。因为是上下午课程疲惫的间隙，需要这种浓烈的味道来醒神。他见周博士款款地走过来，身影在人群中闪动了一下，即时便不见了。

吃完饭，他走到了梁銶琚大楼的平台上，竟然迎面又看见了周博士。她身后跟着几个学生，正在派发传单。这时的周令仪，把头发草草扎成个马尾状，和学生们一样穿了件T恤衫，胸前写了个大大的"戏"字。人看起来便格外地年轻。她主动跟连粤名打了个招呼。连粤名低一低头，说："上次真是唔好意思，爽了约，屋企[2]临时有事。"

周博士摆一摆手，说："不过是打个球，你也知道Leo这人，惯爱虚张声势。"

说完，她将一张传单放到他手里，说："下周的彩排，连教授没课就来捧个场。"

说完了，利落地一转身，正要离开，她忽微笑，轻轻说："我

---

1 意为一份。——编者
2 粤语。家里。

也喜欢吃咖喱。"

连粤名一怔，瞬间便明白了，自己呼吸间残留着南亚气息。他有些愧意，却也知道是善意的提醒。因他接下来正要去参加一个校务委员会的重要会议。这间大学还保持着受殖民统治时的某些遗风，有些许势利，比如对礼仪的过分注重。

待周令仪走远，他举起那张传单看。上头写："戏中戏——《情，鉴》临演彩排观摩会。"周五下午两点，地点是在陆佑堂。围绕着文字的，是个穿旗袍的女人简笔的侧影，虚虚起伏的轮廓，让他心神漾了一漾。

周五下午，连粤名本来身心俱疲，但还是准时来到了陆佑堂。

这座古老的爱德华式建筑，曾经是南华大学的主楼。自从百年校区投入使用，主楼已渐寥落，学系搬迁，只保留了部分行政部门。红砖和麻石墙上爬满了经年生长的爬山虎，盛夏时节，宛如一面绿幕。这里便成为本港婚纱摄影的热门打卡点。但因是法定古迹，出于文保的考虑，千禧年后，这些爬山虎便被从墙上除去。却留下了藤蔓的遗迹，深深地蚀进墙体。远看去，是一张错综而斑驳的网，将这幢建筑密实地包裹了进去。

他踏上了十几级阶梯，走到了陆佑堂门口，看见陆佑的铜像。面相庄严，眼眶深陷。一百多年前，这个马来亚富商建立了南华大学。关于这座铜像，流传一则传说。有学生在深夜时，看到铜像的眼睛里默然流出泪水。大约每个有年头的大学，都有一些鬼古。南华大学的尤多。比如某个本港富商，捐助一座大楼，电梯有上无下，据说为了超度他莫名病故的太太。这些故事的基调往往是阴晦且恐怖的。但是，唯独陆佑的故事，却只让人怅然与伤感。

他走进门去，看见拥的都是人。迎面的舞台上，正垂挂着厚厚的紫红色天鹅绒幕布。高大的舍利安那式拱窗，有午后阳光照射进来。一些正照在了眼前，可以看见光线中飞舞的尘。自他毕业后，其实很少来这里。但一切，似乎都没有变。他抬起头，看见战后屋顶修补过的痕迹。这里见证过许多历史的高光时刻。那一年，孙中山卸任了"中华民国"的总统，重临香江，便在这舞台上发表演说，谈及在此修业，"极望诸生勉之"。更多的人进来了，他想象着幕布后在发生的事。他知道，这里将上演这个国际导演选秀的尾声与高潮。他将一位已故作家的小说情节重现于她的母校。作家对香港，并无很好的念想。她对这里的一切回忆，与战乱相关。这座大楼曾被征为临时医院，而她不得不和其他女生担任看护，直面生死。他想，当年他选修中文系的课程，有位教授提及这段往事，看了看窗外。于是，他第一次听说了陆佑流泪的故事。

连粤名想象着这一切，在幕布后会有怎样的演绎。然后在礼堂里挑选了一个安静的角落坐下。幕布徐徐拉开，他第一眼就看见了周令仪。她穿了一件碎花的短衫，肩头打着补丁。梳着一条辫子，脸上却夸张地印了两团胭脂。后面的布景也很粗糙，有着一种粗制滥造的假。纸板裁成的"树干"，开着一两枝俗艳的桃花，甚至假得有些不合情理。他不禁讶异。他看周令仪以夸张的形体举止对一个战士装扮的男人喁喁地说着话。那男子被化得眉目粗黑，脸上也印着胭脂。台下响起了轰然的笑。然而，幕布后走出了更多的年轻人，"村姑"和"战士"，都如他们打扮，每个人脸上都是凝重的表情。台下的人，渐渐也庄重了。随着对话展开，观众们渐渐明白,这正是导演的用心。这出戏中戏,是二十世纪四十年代的大学生在母校的舞台上排练爱国话剧。而周令仪的角色,在正式拍摄时,将由女主角取代。她的存在,是用来甄选适合拍摄的群众演员。然而,这话别的一场,其中的庄重乃至庄严,竟至令台下的观众也感到了悲壮。

连粤名许久不看电影,更无从接触舞台剧。但此刻,舞台上的周令仪,却令他回想起了他的青春。那略懵懂的、在旁人看来可笑的青春。自己又何尝不是郑重其事地度过呢。这其中,也包含了恋爱。想到这里,他回忆起了那个微雨的除夕。他和袁美珍,依偎在狭窄的床上,翻看一本相册。想到这里,他心里一阵酸楚。

演出结束,观众们散去。连粤名却觉得脚如磐石,提不起来。他便索性又坐下来。渐渐地,人走干净了。他这才发现,这礼堂前所未有地静和空。这时有人走过来,脚步声竟然远远地有了回响。

这人在他身旁停下。他抬起头,这人却坐下来。周令仪用一张卸妆棉使劲擦着脸上的油彩,一块胭脂突兀地蔓延到了嘴角。

她并没有说话,遥遥地看着台上,几个青年将那些貌似拙劣的布景抬下去。那枝桃花斜躺着,枝条无力地垂下来。

连粤名轻轻说:"周博士,难为你了。"

周令仪侧过脸,看看他,笑问:"怎么了?"

他说:"这戏演得大智若愚,还得让自己先相信。"

周令仪朗声大笑,笑完了,然后说:"自己不信,怎么能让别人相信呢?"

她开始在脸上拍爽肤水。油彩重浊的味道,渐渐褪去,代之以清凛的薄荷气息。连粤名看着空荡荡的舞台,说:"那个时代,人都天真得很。"

周令仪沉默了,她摘下那顶假发,将长长的黑色发辫在手腕缠了一圈又一圈。许久后,她说:"连教授,你还好吗?"

连粤名微微地眯一眯眼睛,垂下头,将心中一些汹涌的东西按压了下去。他点一点头,说:"谢谢。"

他们都不再说话。那阔大的窗户,透过的光线也渐渐地暗淡了。但有一种红金色,穿过了这层暗淡,仍然稀疏地一点点地在地板上跳动。或许是远处院落里的棕榈树叶,又或许是花岗岩柱的反光。这光跳着跳着,也隐藏于更深的暗了。

下一周,连粤名出现在了课堂上,讲台上仍然放着那个硕大的水壶。台下响起了剧烈的笑声。他说:"同学们,我已经辞去了在校委会的职务。非不能也,是不为也。"

这时,校方的调查报告还未对外公布。在众人眼里,他这样做便有了挑衅的意味。他打开了水壶盖,喝一口茶,然后徐徐地将壶盖合上。

自己不信,怎么能让别人相信呢?

他的口中漾起了枸杞与桂圆的香气,醇厚得很,他的心也定了一定。从离家到穿过整个校园,罗汉果在茶里头载浮载沉,味道也渗出得刚刚好。这八宝茶,一清早,他先放上冰糖,除了上几味,还有党参、甘草、冰片和大红枣。用将将不烫手的茶汤冲上,最后搁上两朵杭白菊。春用福鼎白茶,夏用安溪铁观音茶,秋冬用武夷岩茶。都是福建茶。茶色不同,四时有味,一切都刚刚好。

就在上一周,校委会会议上,他也这样打开水壶盖,饮了一口茶。这个水壶,被主席质询,是否装有窃听装置。在会议上,他的话向来不多。他张一张口,终于没有说话,只是打开水壶盖,饮了一口茶。他知道,这和一个月前校委会会议录音内容被泄露有关。理学院院长催谷副校长人选,唇枪舌剑、触目惊心。当晚,这段过程的录音被放上校网,连同全文发表。次日,校委会被学生会代表集结围攻。主席说:"与会委员手机上交,请问录音如何泄露?"

他在众目睽睽之下,打开水壶盖,喝了一口茶。铁观音的味道在口中漫溢开来,连同罗汉果的回甘。醇厚,微涩,一切刚刚好。

这个水壶,被学生拍摄下来,一并贴在了校网上。促狭地取了个标题:"一片冰心在玉壶。"他看了看,木然想,哪里有什么冰心,只有冰片。

袁美珍竟然也看见了,与他吵,说:"连粤名,我现在出门买餸[1]都被学生仔指指点点。你长得好本事,今天搞窃听,他日就要影人裙底。不如我哋快点离婚,费事下次港闻版见!"

袁美珍将水壶扔进垃圾桶。半夜里,他悄没声,将水壶翻出来,细细地擦干净,收了起来。

那天在陆佑堂,演员谢幕时,他忽然感到口干舌燥。下意识地,在脚边找那个水壶,没有摸到。他咽一口唾沫,舔舔自己的嘴唇。

他想起周博士的朗声大笑。自己不信,怎么能让别人相信呢?

这天落了堂[2],他走在百年校园里。学生们看见连教授。他们想

---

[1] 方言。下饭的菜。——编者
[2] 粤语。落堂意为下课。——编者

起上个星期，这人还是全校笑柄，为何此时笑不出来。想一想，才发现这男人平日略佝偻的身形，目下竟是挺直的。他直着身体，拎着一个硕大的水壶，走在尚算清澈的阳光里头。

连粤名回到办公室，看到桌上有一封 campus mail[1]。没有寄件人，寄件地址是电影学院。拆开信封，里头竟是一本略发黄的杂志。上面贴着绿色便笺。他打开来，看到是一整页的"维他奶"广告。一个少年，穿着全身的白色网球服。这少年头发茂盛，微微鬈曲。站在阳光底下，无拘束地笑，青春无敌。

1　校园邮件。——编者

六

连思睿到底还是回来了,参加了太阿嬷的葬礼。

连粤名的阿嬷走得突然,但算得寿终正寝。前一天,连粤名还去看她。连粤名为她卷膶饼。她连吃得下五块,然后骂袁美珍半年没来看过她,越老越唔生性[1]。

吃完了,阿嬷取下嘴里的假牙,说话就漏了风。骂人都用的气声,吟吟沉沉[2],但中气也是盛的。

可就隔了一晚,人竟然就走了。家佣姐姐都没有听见,走得无声无息。

阿嬷生前有交代,不在殡仪馆做追思会。她说如今北角红磡的"大酒店",什么样的人都去烧。烧了,活人都在一起哭。自己的孝子贤孙,都哭给了隔壁灵堂的人,好唔抵[3]!

他们就在北角庵堂设灵,做一场法事。

来的都是相熟的乡亲,老少查某们,照例在日出时分便来到庵堂,掀起大饭盖,准备下锅煮百人斋菜。太阳升起之时,乡里穿起

---

[1] 粤语。懂事。
[2] 粤语。唠里唠叨。
[3] 粤语。不值。——编者

佛袍,与方丈住持一同赞佛诵文。中段休场,乡亲端上生果、豆腐汤,有条不紊。乡里叔伯,木然对望、闲坐。呆呆地用眼神交流,以闽南语交谈,向对方借火,抽一口烟。自家老婆心不在焉,偷眼望手机,港股开市了。一切都熟悉。连粤名坐在缭绕的烟火里,看着头顶悬着的"巍巍堂堂"和"慈航普渡"的牌匾,木木然,依稀觉得阿嬷还在,阿嬷用莆仙话对他喊:"莫再看喽,来啊,来啊,准备绕佛啦!"

他以眼神向四周围找阿嬷,却再找不见,不禁悲从中来。眼底一酸,却听见四周围人轻声议论。他一抬头,看连思睿穿一身黑,走进来。他看着思睿,眼泪便忘了掉落。思睿走到了灵前,直接跪在了蒲团上。庵堂里一片静寂,连诵念经文的声音都停下了。

思睿想弯下腰,对灵位磕头,可是太艰难。她于是一只手支着身体,一只手捧着隆起的腹部,轻轻弯一弯身子,口中说:"太阿嬷走好。你和这个玄外孙,一个太沉住气,一个等不了。哪怕能见一面也好。"

说完,便泪流满面,她也不擦,由着泪不停流,却一边护着肚子,就要站起来。膝盖却动不了。连粤名赶忙就要起身去扶,却被袁美珍一把死死拽住,用的是咬紧牙的劲。

还是旁边两个老妇人,见了便去将她扶起。思睿没有言语,转过身就往外走。这时,恰有一束阳光,打在庵堂里头。她便走进了那束光。身上裹了一层毛茸茸的金色轮廓。本是清瘦的人,此时却是个圆润形状。小腿看得见有些肿,走得很慢,步子却笃定。

待女儿走出了庵堂,直到看不见,连粤名才收回目光。袁美珍拽住他的手,也将将松开。他手腕却还是生疼的。

四围旁人的眼睛,都长在他们两夫妇身上,像针芒一样。

一个月后,思睿顺产了一个男孩。连粤名好说歹说,硬是将她接回了家里坐月子。

到了家门口,思睿和袁美珍都硬着颈。眼神碰了一下,彼此撞得粉碎。思睿不再愿进门。袁美珍咄咄逼人地望着连粤名,不出声。

但那襁褓里的婴孩不知怎的,这时打了个哈欠,眼睛刚刚睁开,却对着袁美珍的脸,咯咯地笑起来。

袁美珍心神一软,便不再挡着门,转身回房去了。

连粤名将婴孩接过来,抱到怀里,自己都觉得抱得不舒适。孩子却不嫌,依然是冲他笑笑的。他一阵心酸,想,自己的外孙,刚生下来,便已懂得讨好人了。

他亦知道,女儿在给他阿嬷奔丧前一个月,才参加了另一个葬礼,是这孩子阿爸的。

连粤名和思睿,都没有带孩子的经验。

好在网上有的是教程,按部就班,亦步亦趋。怎么冲奶粉,怎么换尿片。未免有些七手八脚,半天算是有了一个囫囵。孩子竟然也一直没有哭。喝完了奶,径自睡去了。思睿将孩子轻轻放在婴儿床上。思睿的房间,这大半年,还留着她走时的模样。是那种做惯了好学生的少女的房间。企企理理,除了一架钢琴,依墙摆的都是书,整洁紧凑,未有一丝逾矩与懈怠。此时房间的正中,多了一张粉色的婴儿床,像是放在现实里的一个梦。连粤名看这婴孩,出生不久,便有一头丰盛乌黑的胎毛,微微鬈曲。手长脚长。脸相不算丰腴，大约在母胎中的营养都用来发育骨骼。眉目却很柔软，因为额的宽阔，天然是有些和泰的样子。耳垂也厚，不似思睿，也不似自己，是来自另一人的遗传。他见女儿慢慢伸出手，想在那耳垂上摸一摸，却旋即缩回了手。

思睿说："阿爸，你也累了，去歇一阵吧。"

连粤名转身，却还是回头看一眼，恋恋地。看那婴孩轻蹙了眉头，嘴唇动一动，大概在发梦。他心头一软，暖暖地化了。思睿又轻轻说："阿爸，得闲为苏哈[1]起个名字吧。"

他点点头。这是他的外孙，身上有他自己的血，也有另一人的。他忽而生起些柔情，想要与她分享，一起为孩子命名。

思睿和思哲，是夫妇俩共同取的名。"思"字，是为纪念他未谋面的岳母。这对儿女，由袁美珍一手一脚带大。此刻，她匿在房里不出来。连粤名走到了房门口。

这间房，连粤名通常是不进去的。里面又传出了极其柔美的女声。连粤名知道，是老婆又开了直播。袁美珍在家做带货主播，已有一段时间。这声音出自变声器。袁美珍的声音原是很美的。他还记得，曼彻斯特那个微冷的除夕夜。袁美珍接着他五音不全的声音，唱那首《狮子山下》，清亮的嗓音，好像甄妮的原声。如今老了，她的声音变得干涩而严厉，只能运用科技来拯救与改善。除了变声器，还有补光灯和开到最大的美颜参数。有一回，连粤名申请了一个账号，进入了她的直播室。看到了一个面目陌生的女人，穿着和他老婆一样的衣服，在推销一款脱毛器。那衣服是一件蓬蓬

---

[1] 粤语。指婴儿。

裙,袁美珍从海淘网站买来的,质料粗劣。此时却焕发着华丽的丝质光泽。一样焕发光泽的陌生女人,年轻而鲜艳,长着挺秀细巧的鼻梁。连粤名想,真的是魔术啊。袁美珍最不满意的,就是自己扁塌的鼻子,曾经起意去隆鼻,终究被手术费所劝退。原来女人的愿望如此简单就可实现。屏幕中的女人,用甜美而造作的声音在谢谢老板。他们为她刷着各种礼物,从"火箭""游艇"到"玛莎拉蒂"。连粤名想,这小小的手机屏幕,是仙德瑞拉午夜十二点前的城堡,是个迷你的仙境。她看着屏幕中的袁美珍,笑得如此由衷而满足。

连粤名曾经问袁美珍,为什么要做直播。袁美珍不屑地望他一眼,说:"靠你那点工资过活,指拟你……揸兜都得啦[1]。"

对这言过其实的话,他习以为常。然而看着屏幕中的妻子,他忽然有些明白。他不禁伸出手指,按下右下方的红心,点了一个赞。然而,一分钟后,他就被"踢"出了直播室。

此时,房内安静了。他看一看墙上的挂钟,大约是她直播结束了。他抬起手,想敲一敲门,但终于还是停下了。忽然,他听到孩子的剧烈的哭声,赶紧跑去了思睿的房间。他看到女儿抱着婴孩,惊惶失措。孩子正在大口地呕奶,刚才哭得声嘶力竭,此时却已有呼吸不畅的声音,气息在一点点弱下去。他也不禁有些慌,对思睿说:"使唔使打'999'?"

思睿机械地摇晃着孩子,眼神是乱的,望着外面正黑下去的

---

[1] 粤语。指望你……不如去要饭。

天，张一张口说："BB[1] 唔好喊，唔好喊……"

这时，忽然听到门"砰"地被打开了。袁美珍气势汹汹地走出来，道："使乜 call 白车[2]？！"

说罢，她走到思睿跟前，一把抱过孩子，将他身体直起。对连粤名说："愣住做乜？快擸[3]块毛巾过来。"她叫连粤名将毛巾放在她左边肩膀上，将孩子的下巴靠在她肩头。然后托起孩子的屁股，将手弓起来弯成勺子的形状，开始在他背上轻轻拍打。上上下下，一边画着圆圈，同时身体轻颤，嘴里发出"哦哦"的声音。孩子渐渐安静了，忽然咳一声，打了个响亮的嗝，一边吐出一大口奶。袁美珍没有停止动作，用手一下一下地在孩子背上抚弄，为他顺气。一套动作行云流水。孩子仰起脖子，又打了个嗝，这才舒服地埋下头，靠在了袁美珍耳边。紧紧地，慢慢闭上眼睛，睡着了。

待孩子呼吸喘匀了。连粤名对思睿眨一眨眼，轻轻说："睇到未？都是阿嬷叻[4]的噢。"

听到这里，袁美珍忽而变色，大声道："一个野仔，谁要做他阿嬷？！"

说罢将孩子往思睿怀里狠狠一塞，道："戆鸠[5]到咁，点做人阿妈！"

孩子大约被这动作弄疼了，终于震天响地哭起来。思睿一时气

1　宝宝。——编者
2　港俚。叫救护车。
3　粤语。拿，取。——编者
4　粤语。指有能力，有本事。
5　粤俚。形容人蠢、智力低下。

结道:"我嘅仔死活,都不要他人理。咁你又过来?"

袁美珍冷笑一声,说:"我不过来?佢死咗,我间房不是变了凶宅?"

连粤名站在原地,愣愣的,一时没反应过来究竟发生了什么事。待他回过神来,听到"砰"的一声响。袁美珍已经将那边的卧室门反锁上了。

孩子还在大哭着。他干干地对思睿一笑,说:"你都知你阿妈份人[1],就是这样……"不待他说完,思睿终于也哭了起来,说:"阿爸,你唔好再讲了。"

思睿将他推了出去,也将门关上了。

连粤名一个人,站在客厅里头,黑着灯。他在黑暗中站了许久,这才慢慢挪动了步子,走到阳台上去。外头黑漆漆的天,有一两点星,闪一闪,便躲到夜霾里去了。他弯下身,在角柜里摸索了一下,摸出了半包"红万"。这半包烟是几年前他在角柜里发现的。大概是上一任舍监无意的遗留,只剩下了半包。他没有扔掉,就一直这么留着。这时候从里头抽出一根,就着厨房的火头,竟然点着了。他狠狠地抽了一口,他本是不抽烟的,烟吸到了肺里,来不及吐出来,辛辣地一漾。于是他剧烈地咳嗽起来。待咳嗽平息了,他不甘心,又抽了一口,缓缓地,让那温暖在胸腔里停留了一下,这才慢慢地呼出来。这时竟有月亮出来了,月光底下,他面前就出现了一团浅浅的蓝雾。在这缭绕的雾中,他闭上了眼睛。依稀还能听

---

[1] 粤语。你也知道你妈这种人。

见孩子断续的哭声，可还有别的声音。他辨认了一下，是钢琴声，拉赫曼尼诺夫，第二钢琴协奏曲。在这家里，他许久未听到过。此时也是断裂的，将静夜裁切得七零八落。

他在沙发上和衣睡了一夜。第二天清晨，收到了二妹连粤南的短信，让他去收拾阿嬷老屋里的东西。

他走到春秧街上，整条街市刚刚醒来。店铺开了门，照例僭越将摊位摆到车道上，生果档、鱼档，都是新鲜而清凛的味道。赶早市的人也在车道上。电车叮叮当当地开过来，人流便自然分到两边，任由电车开过去，然后又重新汇集起来。并不见一丝慌乱，进退有据，有条不紊。

振南制面厂的机器又轰隆作响起来。有些金属的摩擦声音，如同年迈人胸腔的共鸣。往前走几步，就消失在市声中了。连粤名这才觉出了饿来，便在南货店隔壁买了一个芋粿，一路吃着，一路往楼上走。

打开门，是一股子尘土味。这屋子空了不过一个多月，竟像是尘封了几年。但有一股子腥潮气，证实不久前还有人住过。阳台上，晾晒着女人遗留的衣物。菲佣姐姐来不及收拾干净，慌张地结算了工钱便走了。临走多要了一个月人工[1]，说和个死人老太太睡了整个晚上，这笔钱主家要给她冲冲喜。

阿嬷走了，留下了一种气味，那是长年的福鼎白茶浇灌出的。

---

1 粤语。工资。——编者

阿嬷说,自己脾气躁,要用白茶平息心火。白茶清冽,所以直到"米寿[1]",阿嬷身上也从未有过那种不新鲜的、带着颓败气息的老人味。他一边收拾,一边想。老辈人都惜物,爱囤东西,瓶瓶罐罐、胶袋纸皮,尽是多而无当。阿嬷也囤,叠得密密实实。但细看看,竟没有一样是可有可无的。阿嬷房中的大柜子,除了衣物,便是六个柜桶[2]。打开来,每个里头都清清楚楚,分门别类。打开一个,便是一满格的记忆。一格里头放着各种票证和存折,还有房契。一格中摆有一个蓝罐曲奇铁盒,里头用橡皮筋叠成一沓。连粤名一张一张看。有三叔公一九七六年"抵垒"办的临时身份证。有任剑辉和白雪仙在新光戏院告别演出的戏票。有一九九〇年他们从罗湖坐长途汽车去莆仙的车票,那是连粤名最后一次陪阿嬷返乡。还有一张,打开来是火化证,上头的名字是拼音:Lin TongBo。"连同保。"他轻轻念出来,依稀记得这个人的名字。火化证里还夹着一张照片。这照片他没有见过。照片上是一对年轻男女。男的是个文气的样子,五官净朗,笑得不太舒展,他看出了自己眉目的出处;女的梳一条独辫子,长及胸前。眼很亮,铮铮的笑模样。这张照片泛黄有年头,中间对折过,又展平了。可男女之间还是有一道深深的痕。

"如可赎兮,人百其身。"大柜子深处,还有一个包袱。扎得很紧,他费了一些力气才解开。里头有一个襁褓,虽然颜色暗淡,但他可以辨得出是自己的。上头绣着石榴与水仙,阿嬷亲自绣的。还有一个虎头帽,眼睛是塑胶的琥珀纽扣做的,也还是炯炯的。压

1　指八十八岁。——编者
2　方言。指抽屉。——编者

在最底下的，是一双拖鞋。宝蓝缎子的底，鸳鸯戏水。鞋头已经磨破了，用同色的线补过。大约又被顶开了，还是有半个窟窿。连粤名将这双鞋捧在胸前，心里忽然一阵钝痛。

待他收拾好了，背上包就下楼去。到了楼下，才发现外头已经下起了密密的雨。雨越下越大，伴着浅浅的雷声。香港的冬天，很少有这样的雨。他怔怔地看了一会儿，才想起来上楼避一避，却将钥匙忘在了屋里。他正在门口踌躇，忽然听身后有人轻轻唤："连教授。"

他回过头，看到一个女人。女人也没有带伞，正掸着身上的雨滴，手里拎着一个篮子，看样子刚刚买餸回来。连粤名认出来她是个街坊，便笑笑说："看我'大头虾'[1]，将锁匙忘在了门里头。"

他往外看去，雨更大了，形成一道帘幕，外头竟然什么也看不清了。女人也看着外面的雨，说："连教授，要不要上我那里避一避雨？"

连粤名转过头，想起这个女人叫月华。是个外乡人，却也在这楼里住了十几年了。

她大约是楼上大只荣的续弦妻子。大只荣做鳏夫好多年，待略上了年纪，攒了些钱，就北上做生意。生意并不见得做得有多好，还赔了钱，却从四川带回了这个女人。带她回来后，他也并没有在家里待着，考了个两地车牌，给人跑运输。有回在深圳湾遇到了车祸，没来得及送医，当场就死了。旁人都以为，月华要卖了房子回乡下去。她倒没有，守在这儿，十几年也没跟别人。白天给人当保洁，晚上给人看更。赚的钱，贴补给老人院里大只荣的老豆[2]。只是

1　粤语。形容一个人很粗心。——编者
2　粤语。父亲。——编者

近年，有一种传说，说她晚上不看更了，做起另一种生意。有一回，住在明园西街的阿嬷的老姐妹，就是连粤名当初的房东，来探阿嬷，说起这桩事，脸上露出鄙夷而暧昧的笑。没等她说完，阿嬷一拍台面，说："收声喇，你道是一个女人过得容易？要是你死男人，揸兜[1]都冇人理！"按说，多年的姐妹，何至于此。对方脸上红一下白一下，拂袖而去。阿嬷也便横了一眼在场众人，厉色道："唔好系出边乱噏[2]！听到未？"

女人见他不说话，定定望着门里头，便细声说："阿嬷人善，一路好走。"

说罢便转过身去，走了几步，听见连粤名却跟上了她。开了门，走进去。屋里头简素清寒，并无许多过日子的气象。月华走到厨房里，将餸菜搁下。出来，叫连粤名坐，却看到他的目光远远地扫过。那里有些莹莹的小灯泡正闪着光，粉红的、金灿灿的。她于是走过去，将卧室的门轻轻掩上了。她给连粤名倒上茶，自己拿过来一个很大的柚子，用竹刀斜斜砍一下，然后将皮慢慢地剥下来。两个人望着外头的雨，没有要停的意思。从窗里望出去，整个北角都模模糊糊的，陌生得很。连粤名喝一口茶，味道很熟悉，说："福鼎白茶。"月华点点头。"还是阿嬷给我的，从去年中秋喝到现在。这些年，我吃的用的，多亏了阿嬷照应。连教授，你知道吗？我们自贡也产茶，叫'川红'。我们家种，最好的叫'早白尖'。我总想着，要回一趟家，给阿嬷带些来，可是，到现在也没回得

---

[1] 粤俚。外出行乞。
[2] 粤语。不要在外面乱说。

成。阿嬷却走了。"

月华说到这里,眼睛一红,低低头,沉默住。许久后,将手上剥好的柚子递给连粤名,手背在眼角上靠一靠。连粤名也不知说什么,过一阵,问她:"你公公可好?"

月华说:"还好,就是身边离不开人。别人都不认识了,只认识我。大事小事,都叫'新抱[1]'。老人院的姑娘,天天打电话叫我过去,说他不见我不肯吃饭。胃口倒很好,一个人能吃掉一大碗叉烧饭。"

连粤名说:"那很好。老不老,都是看胃口。吃不下饭,人才真老了。我阿嬷……"

他终于没说下去。月华看出他的黯然,说:"阿嬷是好福气的。教出了一个教授,教授又教出了一个医师。街坊里多少人羡慕。平日里,阿嬷跟我们谈起你,中气都足了不少。"

连粤名笑笑,说:"可当着我的面,只是骂。"

月华说:"慈母多败儿。阿嬷是明事理的人。"

这时候雨渐渐小了,连粤名说:"我该走了。"忙站起来,却碰翻了桌子上的茶,全倒在了身上。连粤名说:"我借用一下洗手间。"

走进去,按一下灯的开关,却不亮。

月华递过一块毛巾,说:"唔好意思。坏了好久了,call[2]了很多回师傅。师傅嫌活小,都不肯上门。"

连粤名看一眼,说:"我来试试。"

他就搬来一个板凳,一只脚踏在板凳上。不够高,他便踩到

---

1 粤语。儿媳妇。——编者
2 叫。——编者

了浴缸沿子上。将灯拧下来，查看一下，叫月华将电闸关上，说："小问题。"过了一会儿，他说："好了。"就从板凳上下来。这时碰到了什么，是轻柔的织物，在他脸上擦过。有一种柔润的气息，让他脚软了一下。

月华拉开了电闸，洗手间里透亮。他看到，原来浴缸的拉杆上，晾了一个胸罩。在灯光底下，呈温暖的米白色。

他见到眼前的女人，脸庞也呈温暖的米白色，也是一样的气息，瞬间在他的鼻腔里放大了数倍。他踉跄了一下，女人扶住了他。忽而有一种力量，在他体内奔涌了一下，摧枯拉朽般。他一把抱住了面前的女人。

事毕，他仍有些晕眩，看着头顶忽暗忽明、五颜六色的灯，疑心是在某个不知来处的圣诞夜，如此虚幻与美好。他闭上眼睛，忽而睁开了。他下床，从包里拿出那双陈旧的丽宫拖鞋，给女人穿上。女人迟疑了一下，还是穿上了。净白的身体，唯有脚上，闪着一两点的珠光，若隐若现。他体会到自己的壮大，在壮大间冲撞着这女人，恶狠狠地，攻城略地。

待他终于彻底地疲惫了，嗅觉却冷静下来。他觉得这室内的气息，无端地有些卑琐。半晌后，他问女人："你闻过素馨花的味吗？"女人转过头，看他，不知该说什么。他一个人走到洗手间，看到镜子里的自己，有些惊讶。他许久没有这样好好看过自己。镜子里是个半老的秃顶男人，两鬓斑白，双眼无神，有优柔而颓败的表情和体形。刚才，就这样，在一具陌生的也近衰颓的女体上盘桓。甚至，他注意到下体也有了几根白色的毛发。他忽而感到一阵羞愧。

他穿戴整齐,准备离开。想一想,从钱包里掏出了两张千元钞,递给女人。

连粤名说:"对不起。"

月华说:"对不起?本来就是关起门来做生意。不偷又不抢,谁对不起谁?"

她将他的手轻轻挡开,说:"这些年,阿嬷给我的恩惠,不止这么多。"

这时外面的雨,忽而又大起来,伴随狂风呼呼作响,竟把一扇窗户吹开了。月华走过去,将窗户关上。冷冷看了一会儿,回头说:"不是我要留你,是天要留。"

连粤名便也坐下来,倏然,喃喃说:"下雨天留客天留我不留。"

月华说:"连教授,我读书少,但懂你说的。教我们小学语文的先生,是个大学生,没回城的知青。可巧他给我们讲过这个故事。同样一句话,看怎么说,谁来说,意思就大不同了。既然天留客,也是个缘分,一起吃个午饭吧。"

连粤名愣愣地坐着,听到月华在厨房开了火头。不一会儿她出来了,端出来一盘白灼生菜,淋上蚝油,和一盘紫菜蛋汤。又从微波炉里端出了一盘烧味饭,外卖烧鹅。饭菜是一个人的量。她取了一只空碗,放在连粤名跟前,拨了大半进去。肉也是整块的肉,留些边角和骨给自己。她便低头吃起来。连粤名不声不响,终于也吃起来。鹅肉有点老,有些甜腻,但味厚而丰腴,令人满足。连粤名在家,许久未吃过这样的饭。他似乎打破了某种禁忌,大口地吃起来。胃里充盈起来,湿湿的暖。

他回到家,原本准备了一些说辞。但袁美珍并不理睬他,只望他一眼,给股票经纪人打电话,又打给发货商追款,声音山响。

他轻轻推开思睿的房门,看母子两个都在睡觉。孩子将手指塞在口中,忽而震颤了一下,大概是做了个梦。

晚上,一家人坐在一桌,都不说话。倒是思睿先开了口。她说:"爸,我想好了。这孩子,以后就叫林木。"

下一个周末,连粤名又说去老屋。袁美珍问:"还没收拾完?"

他说:"阿嬷几十年的东西,一时半会儿怎能收拾完?"

他敲开月华的门。月华看一眼,让他进来,说:"教授,你落下了一双鞋。"

她回里屋,捧出那双鞋。连粤名看到鞋头的窟窿已经补上了。衬了一块同色的缎子,针脚密匝匝的。

连粤名看月华脚上,有莹莹的珠光隐现,也是一双缎面拖鞋。

他将手里的东西放到桌上,说:"上次你请我吃了饭,我要还给你一餐。"

这狭窄的厨房,因气窗上的排风扇也坏了,前所未有地烟气浓重。

月华看连粤名利落地将食材拿出来,分门别类摆在碗里。就对他说:"看不出连教授上得课堂,也入得厨房。"

连粤名笑笑。"我自小跟阿嬷长大,日日看,什么都是看会的。"

月华说:"那我帮你打打下手。"

连粤名推辞。她顿一下，便说："其实做年节，我也帮过阿嬷。看这些食材，大概也知道你要做什么。这道焖豆腐，胡萝卜、火腿、节瓜都要切丁，我总是会的。"

连粤名便由她去了。厨房逼仄，两个人就靠得格外近。都不说话，近得能听见彼此的呼吸声。月华埋着头洗菜，这时极其微弱的阳光，照进了厨房里。有一道光，正落在她的脸上。两个人都不说话，只能听见水声和切菜的声音。久了，竟然听出了一种抑扬顿挫。两个人手势间的默契，倒好像已相处多年的感觉。顺着那道光，连粤名望见了她眼角浅浅的皱纹。不知怎的，心里漾起了一阵暖。于他而言，这暖意也是久违的了。

待菜摆上了桌，已经是一个多钟头后了。因为有道扁食汤。扁肉皮要用刀背将猪肉捶打去筋，再混上番薯粉揉匀，极其考功夫。这一碗盛上来，连粤名让月华尝一尝。月华吃一粒，脱口而出："味道和阿嬷做得一模一样。"

连粤名说："我今天做的，都是阿嬷的真传。"

月华叹一口气，说："焖豆腐、荔枝肉、海蛎饼，我本以为，阿嬷走后再也吃不上了。"

连粤名说："你要喜欢吃，我可以教你做。"

月华："我别的还好，就是煮馔的手艺不大行。说起来，我倒是最怀念阿嬷做的蹓饼。我看着不大难，教授有空教教我。"

连粤名心头无端地痛一下。他想起了二十多年前，他东拼西凑，因陋就简做了一餐蹓饼。有个女人，定定看着他说："别的我不管。这蹓饼一世你只做给我吃。"

许久，他回过神，对月华说："叫我阿名吧。"

七

这一年的春天,副校长的任命终于尘埃落定。国际导演也完成了在南华大学的拍摄。据说这部新的影片将要成为坎城电影节的开幕片,并参与主竞赛单元。

大学于是前所未有地安静了下来。虽是春天,风吹面不寒,校园里倒有了一种入秋的萧瑟。

连粤名收到一张婚礼请柬,来自周博士的。新郎是个他不认识的外国人。

连粤名想了想,决定还是去。

婚礼在圣约瑟教堂举行,只有一个冷餐会。并没有铺张摆酒,这倒是符合周令仪新派的作风。他原以为,参加婚礼的还有大学的其他同事,然而举目四顾,并没有一个熟悉的人,并且以西方人居多。他不禁有些拘束。

新郎新娘来向他敬酒,他立即站起来,说着百年好合之类的客气话。周令仪哈哈大笑起来。新郎显然没有听懂,但也凑趣地笑,笑得十分憨厚。这是个很俊俏的年轻人,但瞧上去脸相很嫩,是没经过什么历练的样子。能看得出,他很爱周令仪。当着连粤名的面,也并不掩饰他的爱。他含情脉脉地望着自己的妻子,并且深深地亲吻她。周令仪抱歉地微笑,对连粤名说:"意大利人。"

然而，后来的仪式上，新郎发表演说，他才知道他们是在艺穗会认识的，在一个朋友的 farewell party[1]。那不过是两个月之前的事情。

席间，周令仪单独走过来，看到连粤名又在张望。她敬他一杯酒，轻轻说："连教授，他不会来的，我们分手了。"

她说得轻描淡写，如在陈述一个众所周知的事实。倒是连粤名不安起来，好像自己是个泄露秘密的人。周令仪望着他，眼神坦荡荡的。她说："我就要去欧洲定居了。方便的话，帮我跟 Leo 说一声。我用了一个月的时间，才教会我先生那段他教我的贯口。"

说这些时，她始终在微笑。她望一望远处的太平山，说："香港多好啊。说起来，我还真有点舍不得呢。"

这年前后，经历了一些动荡。虽未算尘埃落定，但先前的混沌，渐渐显山露水。

院长和连粤名谈话，关于高分子研究所的周年庆典，却问及下一任的系主任人选。连粤名知道自己早已过了少壮年纪，别无所想，只是重复往年一些和事佬的说辞。但是，院长话里话外，却是提醒他老骥伏枥的意思。他笑一笑，说："我最近当一个舍监，都当得左支右绌，何谈管一个系。学生来来往往，自然都传开了，我未嫁女儿，却做了外公。屋企正是一地鸡毛。"

院长自然是听到了风闻，但从连粤名自己嘴里说出来，心里还是一惊。他想这么个老实人，不声不响。如今不吐不快，却叫人骨鲠在喉。

连粤名从院长办公室走出，周身松泰，步履轻盈。路过教学楼，

---

[1] 告别派对。

外头的车道正在装修，几个印度裔工人突突地打着电钻，声音震耳。忽然停下来，他才听到一个工人正唱着支小调。大约来自家乡的，音节简单，工人唱得如痴如醉。虽然一句都听不懂，这旋律却在连粤名耳畔萦绕不去。如同一句咒语，回环往复，他也不禁轻声吟唱。

在日复一日的日常里，思睿的孩子也长大了。连粤名未尝初为外祖父的喜悦，只觉自己无端地又老了一些。欣慰的是，家中隐隐地有一种和解的气氛。袁美珍开设了一个新的公众号，认证是"育儿专家"。订阅者寥寥无几。她将录制的短片链接发给了连粤名，不着一词。连粤名打开链接，看到了袁美珍抱着一个塑胶的婴儿公仔，极其耐心地示范与讲解。短片中的妻子，不再有"美颜"，面色青黄，眼袋下垂，有这个年纪的女子常有的老态与臃肿，但却有一种砥实与可靠，是他曾经熟悉的。那眼中的严厉，也柔软下来，甚而有一种母性。目光落在那婴儿公仔上，便是一层暖意。

他终于醒悟，于是将链接发给了思睿。WhatsApp[1] 并未收到回复，但显示已读。

这样许多次后，晚饭时，他看到思睿怀抱孩子的姿势有了些微的改变。他抬起头，袁美珍的目光也正落在女儿身上。紧皱的眉头略略舒展。

在某一个下午，他回到家，打开门，便听到孙儿的哭声。他看到思睿从浴室中走出来，正慌乱地擦着湿漉漉的头发。他们同时疾步走到卧室里，却看到阿木已停住哭声，以柔软的姿势，窝在袁美珍的肩头。袁美珍轻轻拍着孩子的背，面容松弛，嘴角有一丝笑意，

---

1 一款即时通信工具。——编者

待看到父女俩，便恢复了一种不耐的神情，看一眼思睿，说道："论论尽尽[1]，点做人阿妈！"

然而，她说罢，并未将孩子塞到思睿怀里。倒是一边哄着阿木，一边向客厅里走去。姿态熟稔而自然，像个平凡而怡然的外祖母。最终停在了露台前，指着露台外的鸽子，轻轻唱道："细路乖，睇鸽仔；上下飞，唔返来。"

连粤名心头缓缓震动了一下，他回忆起，上次听到袁美珍唱这首童谣，已经是二十余年前了——年轻的母亲，灿然而略羞涩地对着自己的第一个孩子唱。

过往的大半年，连粤名待在自己一手成立的高分子研究所。整合设备，建立团队，申请GRF[2]项目。虽然疲累，但却有一种淋漓与畅快，也是久违的了。他看着身边的年轻人，闻着仪器的金属味与隐隐的荷尔蒙混合的气息。依稀回到当年，虽无铁马冰河入梦来，但总也有些宏愿与抱负。这些抱负始终未曾与人分享，便逐渐蒙尘，连他自己看着都面目模糊。在退休之前，院里允他远离政治，埋首这一处学术异托邦，竟让他有青春重回之感，只觉非殚精竭虑，无以为报。

某个黄昏，他穿过Pacific Place[3]，看到中庭贴有一张巨幅海报，正是那个国际导演的新片预告。男主角是个华人影帝，女主角名不见经传。

---

1 粤语。形容人笨手笨脚，行动不灵活。
2 香港优配研究金。旨在为表现卓越或潜质优厚的学者提供学术资助。
3 太古广场。——编者

谍战与浪漫，都非他兴趣。然而，他愣一愣，不知为何，鬼使神差，竟然买了一张票，走进去。在进入放映厅之前，他被要求查验包。工作人员抱歉地一笑，说是防止有人将摄影机放在包里偷摄。"毕竟是近三个小时的足本'三级片'。"工作人员放他进去，却加上这一句。这句话并安慰不到他，反而让他有些心虚。

影片虽长，无冷场，见大师功力。其中必有内容，情事令人面红，谍战令人心跳。但是因为等待，似乎于他并未有强烈的触动。终于出现，是陆佑堂。简陋的舞台，桃花三两枝。他想起那个阳光尚好的下午。台上的人，生离死别，上演革命加爱情的戏码。女主角青涩而美丽的六角形脸庞，在想象中，不断叠合另一张脸。

在茫茫的黑暗中，他大着胆子，端详着银幕上的脸。无助而笃定，天真而勇敢。另一张脸，神情别无二致，但没有憧憬，眼里有光，瞬息湮灭。

他看一对男女真刀真枪，贴身肉搏，无端起了反应。黑暗也掩藏了潮汐的欲望。事毕，他看女主角点起一支烟，着睡衣站在窗前。睡衣上开着大朵的金色鸢尾，缓缓滑下。脊背青白，长而优美的颈。

他回到家，已是夜半。他悄悄开门。思睿房间黑了，照例是睡了。近来他早出晚归，已是常态。无人关心，也无人以之为怪。

卧室里倒有一盏灯亮着。他推开门，见袁美珍躺在床上，好像也睡着了。手边摆着一张强积金的宣传单。这灯便不知是她忘了关，还是为他留的。

袁美珍睡着了，人便松弛下来。光的柔和，抚平了脸上的褶皱，还有嘴角的法令纹。这法令纹里，集聚的平日里的一点狠，也隐没了。他许久未见这女人的脸上呈现出了一种憨态。这憨态是对世界不设防的,在香港女人脸上尤其稀见。他心中莫名产生一股柔情,他悄悄地上了床,从背后拥住妻子。这背让他有些许陌生,坚硬而厚实。他犹豫了一下。但是,同时间若有若无的香气,从女人的头发间散出,并渐浓郁。是素馨花的气味。这气息,是女人与他自己信守的诺言。如二十多年前,还是让他心驰神往,进而迷离。那已经退潮枯败的欲望,出其不意地泛绿。他将下巴贴到妻子的颈项间,让那气味离自己近一点。热烘烘的,丰熟的,让他有一丝痒。呼吸也重浊。袁美珍并未避开,他反而感到一点隐隐地贴近。这对彼此也是久违的。不知为何,刹那间,他心里出现"相濡以沫"这个词。他不再动作了,只想维持这一刻的静止。

不知过了多久,他几乎昏沉睡去,忽然听到了急促的声音,是一阵杂沓无序的脚步声。这段西班牙踢踏舞舞者的舞步声,被袁美珍用作手机铃声已经多年。

他看见袁美珍"腾"地坐起身来,神经质地将他推开。

她接通电话,旋即便放下。她看着他,眼里有光。

"那个女人终于死了。"她说。同时紧张地搓着手。连粤名看她身体微微颤抖,双颊潮红。

在袁美珍后母的葬礼上,连粤名再次见到了她的家人,上一回见还是二十年多前,出现在婚礼上的,只有她同父异母的大弟——袁尊生。

尊生的样子似乎并无变化,那时已是个持重成熟的青年,代表家庭出席长姐的婚礼,于他如同与年龄并不相称的使命。然而,他做得很好。礼貌周到，举止言行均无可指摘。还有一种令人舒服的雍容大气。就连最挑剔的阿嬷，在婚礼结束后，都放下了成见，说袁家大弟"好得，好生性[1]"。他的得体，令众人似乎都忘却婚礼上缺了一方高堂的事实。特别是他代表女方致辞，为连家塑造了一个他们所不熟悉的袁美珍。这个袁美珍，是独立而低调的都市丽人，不袭家世，溯流而行。他甚至表达了对他已去世的大娘的敬重，完成了他所塑造的完美长姐其来有自的逻辑。听完了这段致辞，众人将目光投向了连粤名，仿佛他是那个入深山得珍宝而不知的樵夫。

在这个过程中，袁美珍只是浅浅微笑，并未对大弟表现出任何言语和神情上的呼应。但连粤名当时想，这或许会是一个节点，代表着她与家庭的和解。

然而，第二天清晨，袁美珍在敬公婆茶之前，对连粤名说，她没有娘家回门的环节。她放弃了对父亲财产的继承权，袁家便陪她将这场戏做圆。

事实上，袁美珍的确没再回过家。她最后一次与大弟见面，是在西半山附近的一处私人会所。那是一九九九年，袁美珍与他借款，为筹满"何翠苑"的首期款。

在葬礼上，连粤名第一次与袁美珍的整个家庭会面。确切地来说，是一个家族。他并未预料，袁美珍拥有一个庞大的家族，并有如此广泛的交游。在过去的这些年，袁美珍除了间或提到尊生这个名字，甚至对其他的弟妹未有只字。而显然，除此之外，她还有至

---

[1] 粤语。好能干，好懂事。——编者

少两个叔父和一个姑姑,这时,他们以一种矜持的神情和她说话,丝毫不理会她身旁的连粤名。对连粤名而言,这是一个完全陌生的环境,这个环境反而让他自在,无须敷衍。他获得一种特权,可以理直气壮地做一个旁观者,环顾周遭。

然而,这个情形未几便被打破了。他看到一个花白头发的男士向他走来。他一眼认出是袁尊生。袁尊生似乎没有变,除了头发白了些,脸上还如青年时般光洁红润。举手投足,是优渥生活造就的良好修养。连粤名无法对尊生陌生。因为后者城中名人的身份,每周六十点档——《港人说法》的常驻嘉宾。

他看到这张名人的面庞,穿过陌生的众人的脸,向他飘浮而来。尊生亲切地唤他:"姐夫。"然后,就近将他介绍给旁边的来宾。他说:"我姐夫是南华大学的教授,研究高分子物理。"然后以征询的目光,看一眼连粤名,说:"姐夫,我没有说错吧?这都是你们科学家的事情,平常人哪儿说得清。"

连粤名愣了一愣,恍惚于长久缺席于自己生活的妻弟,昨天是否刚刚见过。他也感到了身上有一些灼人的眼光。意识到,这意味着头发半秃、黑西装上还有褶皱的"麻甩佬",忽然被人刮目相看。尊生将他引见给其他人,一如既往得体周到。他不禁也打量。时光荏苒,和这个男人的会面,漫长的空白期,竟然是在一个婚礼和一个葬礼之间。那时尊生不过是一个法律系实习生,如今已是国际知名律所KMC的合伙人。即使作为袁家的长子,尊生并未继承家业,但丝毫没影响他的地位,比起二弟正疲于应付商界往来,此时他倒有了一种游刃有余的超然。因为他,这个葬礼未显得过分沉重,更像是带有暖意的追思会。

面对宾客致辞，尊生提到了自己的父亲，说到他与自己母亲的相识。连粤名禁不住看一眼袁美珍。她的神色倒很平静，一如当年在她自己的婚礼上。听的过程中，连粤名有些走神，因为在这致辞中，他感觉到了某种套路和圆滑。这或许是律师的职业品性所致，他想。尊生在致辞中塑造了自己父母的婚姻，一如多年前塑造自己同父异母的姐姐。他省略了这桩婚姻门当户对的功利实质，而凸显了父亲的一往情深。台下的宾客唏嘘。连粤名想，这是多么完美的因势利导的案件重现。

因为走神，连粤名将目光落在尊生身后的遗像上。活在袁美珍口中的女人，今天的主角。这是张无法激起他人仇恨的脸，与尊生面目类似，但更为平和，平和至平淡，甚而眼神有些恍惚。连粤名不知道，这是她在袁老先生身后，经受了长年的抑郁症折磨所致。这一点，袁美珍一直未告诉他。她需要她生命中的敌手始终是个强者。

在致辞的尾声，连粤名看着妻子缓缓站了起来，然后转身，在众目睽睽中离开。尊生似乎停顿了一下。或许并未停顿，仅是连粤名的错觉。致辞便走向了华彩一般的收束。

回到家里，袁美珍立即将自己关在了房间里。隔着门，连粤名听到了一阵号啕声，继而安静。

思睿抱着阿木走出来，父女俩站在门口，对望了一眼。连粤名对思睿挥一挥手，让她回房去。在长久的寂然之后，传来极其细隐的啜泣声。

第二天清晨，袁美珍才从房里走出，竟还穿着参加葬礼的黑色套装。连粤名想,尽管袁美珍是个孤寒[1]的人,却为参加后母的葬礼定制了套装。这套装质地精良,剪裁可体,扬长避短。连粤名看妻子穿上套装的那一刻,双眼生辉,如同临阵的武士身着铠甲。

然而此时,穿在同一套衣服里的袁美珍,似乎整个人都坍塌了下去。套装皱巴巴地发着晦暗的黑。脸上的妆,被泪水冲洗得七零八落,冲出两道干枯灰黄的沟壑。她站在门廊处,发现了丈夫和女儿的目光。于是将身形撑持,但似乎自己也感到徒劳,就放弃了。她用手背胡乱地在脸上擦一把,掩饰已干涸的泪痕,在餐桌前坐下。她从连粤名手中抢过一块还未涂好果酱的面包,狠狠地咬了一口,咀嚼几下,然后用含混不清的声音说:"佢点解要死?"

连粤名看着她。她将面包掷在桌上,大声地道:"那个女人,佢点解要死?"

说完这些,她好像泄了气,再一次地失声痛哭起来。

这次回到房间,她没有将门关上。晨光初至,厅里的光线,渐渐亮了起来。一束光沿着露台,投到了餐桌上,桌上有远方在风中摆动的稀疏树影。这光线朗净,似乎划破了令人压抑的安静。让父女俩都松了一口气。

这时,思睿轻声说:"爸,孩子大咗,我想回去上班了。家里请个保姆带阿木吧,钱我自己出。"

还未等连粤名应她,房间里传出一把嘶哑女声:"使乜晒钱[2]请菲佣,我来带!"

---

1 粤语。吝啬,形容人过于节省。
2 粤语。干吗浪费钱。

八

研究所出事，是在两个月后。

旁人都说，早前就有征兆。这高分子研究所的风水不好，前身是嘉风楼的一处货仓。日据时被征用，囚禁过东江纵队的几个队员，在附近行刑，胡乱埋掉了他们。因为北向，四围寸草不生，是极阴之地。连粤名是不信这个邪的。但先前这里做过化学系的实验室，莫名发生了爆炸案，有史有据。虽说已是一九六〇年的事情，至今未调查清缘由，炸死了一个英籍的管理员，是确实的。所以研究所挂牌那一天，他听几个老同事的建议，还是点红烛，上高香，摆了乳猪的仪式。

后来谈起，连粤名自己都觉得好笑，说："上香拜祖师爷，倒该有个名目，是拜保罗·弗洛里，还是爱因斯坦？"

可就算这么着，还是出了事。

连粤名接到医院的电话，听完，愣愣地一闭眼睛。

许栩是连粤名带的第一个博士生，研究所成立时，已在多伦多大学拿到 tenure[1]，手中握有三项专利，前途大好。但他听说导师需

---

[1] 指"终身教职"，是在美国和加拿大等地的大学里对教授职位的一种保障系统。大学教授通过考核期被正式授予终身教职后，没有法律上的正当原因，其职位不会被终止。

要人手，便毅然请辞，回来母校效力。连粤名看他，毕业多年，还是那个白马轻裘的少年，毫无学院积习带来的圆滑和暮气，不禁欣慰。许栩加入研究所后，未负众望，短短一年间已申请到两个重点科研项目，发表了数篇SCI[1]论文。长此以往，连粤名有心让他接下研究所的重任。上回见院长，院长问及下一任系主任人选，连粤名当时未表态。但事后却发专函推荐了许栩。按理说，这有违他低调的作风，但想一想，举贤不避亲。院长再见到他，便说："论学术，你这个学生是真好。但人事上，不怎么成熟啊。"连粤名笑笑，说："路遥知马力，多历练就好了。去年和威斯康星的研讨会，他操办的。办得如何，您有数。不像我，就不是管人的材料。"

连粤名自然知道院长说的是许栩张扬的个性，毫无乃师之风。因为恃才傲物，他得罪了一些前辈，甚至博士论文答辩时，还被为难过。这些年在学术圈摸爬滚打，他褪去了不少脾气，为人圆融了些。但一涉及学问，还是寸土不让的性格。

作为导师，连粤名明里暗里，也为他护航，当初是不想看到初出茅庐的才俊被汹涌的暗潮淹没。久了，其实心里有些羡慕，是为这孩子的不变。他总想，只要许栩铮铮地硬下去，终有一日，能做那掌舵的人，立于暗潮之上，便无人可奈何了。

但他未免乐观。在周年庆典的前夕，院里的学术委员会收到一封实名举报信。举报人是美国一所社区大学的学者。举报的对象是许栩，直指他去年年底发表的一篇 Tier1 Journal[2] 涉嫌抄袭，列出了

---

[1] 即《科学引文索引》。——编者
[2] 即一级期刊。——编者

十多处比对性细节，证据确凿。对方发表的刊物名不见经传，但发表时间比许栩的这篇早了三个月。因这篇论文是研究所去年立项后的重大科研成果之一，兹事体大，学术委员会便成立了调查组，专司此事。

一切发展得太快，连粤名来不及反应。一周之后便要召开听证会。早晨他收到了许栩的邮件，许栩说已经准备好发给理学院的 appeal letter[1]。这十多处引证，有一半以上是来自他在夏威夷年会上发表的论文，他倒要问问这举报人的实验数据从何而来。

不等连粤名动作，院长已找到他，让他说服许栩，压下这封 appeal letter。连粤名道："别的好说，但自证学术清白，有什么商量的余地？"院长说，这些都交给委员会。此时他自己申诉，无异于飞蛾扑火。

见连粤名茫然，院长犹豫一下，叹口气。"你以为这个举报人是什么来头。他是莫里斯以往在密歇根时的学生。"

连粤名一怔，脑海中映出一张牛肉色的脸。莫里斯教授是系里的老同事，退休已有四年。据说未拿到荣休资格，和数年前那起风起云涌的学院政治事件相关。当时物理系的系主任，即如今的院长。也就是说，此次来者不善，恐怕没那么简单。

院长说："他是冲着我来的。树欲静而风不止，何必殃及池鱼？按住许栩，要保证研究所的周年庆典如期举行。"

院长想的是近在眼前的研究所的声誉，许栩想的是学术清誉，

1　即申诉信。——编者

他们似乎都没有错。这时候,连粤名接到老李的电话。老李说,退休生活淡出了鸟来,约他出来喝一杯。

两个人在中环一间居酒屋见了面。老李似乎老了不少,大约是神情里少了许多的意气。但他一见面就嘲笑连粤名的外公相。连粤名看着他拿着酒杯的右手微微抖动,嘴角也有些歪斜。老李年初时小中风了一场,落下了后遗症。连粤名不确定,这是否与周令仪相关。但如今的老李,确不是那个洋气的、浑身散发着古龙水气味的Leo了。他身上是件讲究的黑缎唐装,白色袖口上绣了"L.&L.",是他与他太太姓氏的缩写。

连粤名说起近事。老李眯眯眼睛,说:"本来我是写一幅字给你共勉,'两只麻甩佬,一对老学究'。如今看,不对。麻甩佬是我,老学究是你。这几年,我还是比你看透得多了。我们系里两只'乌眼鸡',以往在乐团争首席,后来在大学里争讲座教授。争到一半,死了一个。另一个高处不胜寒,去年也死了。我送他们两个字:'挚敌。'"

连粤名说:"我倒是无所谓。可是老辈的恩怨,报应在年轻人身上,还是欠公平。"

老李摇摇头,说:"儿孙自有儿孙福。不聋不哑,不做翁姑。"

连粤名叹口气。老李说:"不如我给你讲段古。"

连粤名说:"我正愁,你仲同我讲古?"

老李说:"听听无妨。当年我老婆肯嫁给我。上门见家长,没说一句,我岳丈先用这一段来考我。是个单口相声,《解学士》。里头说有个明朝才子,叫解缙。出身寒门,细个时读书好叻[1]。解缙

---

[1] 粤语。小时候读书好厉害。

家对面是曹丞相的后花园,门对丞相的竹林。除夕,他就在门上贴了一副春联:'门对千棵竹,家藏万卷书。'丞相见了,想他好大口气,就叫人把竹子砍掉。解缙呵呵一笑,于上下联各添一字——'门对千棵竹短,家藏万卷书长'。丞相更加恼火,这回下令把竹子连根挖掉。解缙不动声色,在上下联又各添一字——'门对千棵竹短无,家藏万卷书长有'。"

连粤名心说,这个才子,还真会搞搞震[1]。

老李说:"我就问你,这才子蚀底[2]没?"

连粤名说:"佢蚀底?分明占了人便宜。"

老李又问:"那他得罪了人没?"

连粤名说:"得罪了?好像又谈不上。"

老李说:"当年我岳丈问我,在这相声里头听到什么。我嗰阵国语都说不利索,听得半懂不懂,只好说,看到我亲事黄了。他呢,哈哈大笑。说这后生真老实,就把女儿嫁给我了。"

连粤名笑说:"你要是人老实,猪嫲会上树。"

然而接下来,他愣一愣,忽而懂了,说:"这是个好故事。"

连粤名终于没来得及对许栩讲这个故事。他看到了许栩将写给理学院的 appeal letter 用电邮抄送给了他。他不禁有些光火,立即打了电话给许栩,但许栩手机关机。

许栩的消息,是第二日清晨传来的。当时连粤名睡眼惺忪,立

---

1 粤语。搞乱。——编者
2 粤语。吃亏。

时清醒了过来。当他赶到研究所时，空气中似乎还流淌着残余的乌头碱气味。在服毒之前，许栩给自己注射了肌松药。这样在清洁工人发现他时，他嘴角上扬，脸上竟呈现出了柔美的微笑。

警方很快将凶案定性为自杀案。因为在傍晚时，全校师生都收到许栩定时发送的邮件，是他的遗书。这封中英双语的遗书，遣词造句都非常准确，且文采斐然，令人不得不佩服许教授的语文造诣。更难得的是，其中颇有几分举重若轻的幽默，甚至用来陈述自己饱受抑郁症困扰已有六年的事实。

当然，这封遗书的后半部分，剑锋所向，是"南华"物理系多年的朋党之争，以及隐藏于其下的学术腐败与利益输送。这是积重难返的卷裹，似乎少有人能独善其身。在这封遗书发酵一周之后，理学院院长与物理系主任分别递上辞呈。

遗书的末尾，他说，唯一愧对的是自己的导师。

连粤名再见到许栩，是在一周后，又是个周五。那一天本来是研究所的周年庆典日。

已成为植物人的许栩躺在床上，仍然微笑。这笑意或将永恒地凝固在他脸上。连粤名望着他，想，这孩子生前总和自己拗着劲，活得太紧张，现在总算让自己放松了下来。

他迅速地纠正并说服了自己，说许栩还活着，和他一样活在空气和阳光里头。只不过不用再为生活缠绕，如窗台上的一棵黄金葛。他看着许栩生动的脸，像是个装睡的人，嘴角憋着一股笑意，时时将要在他面前睁开眼睛。他看得很久了，看到窗外暮色苍茫。这张脸终于成了一张面具，不再是他的学生的脸。许栩与他同存于世，幽明两隔。

走出医院的时候，他遇到了月华。

女人手里拿着一个保温桶，看上去憔悴了些。她说，她公公前两天进了一次ICU，抢救过来了，醒了，连她都不认了。

她遮掩了一下，他还是看到她眼角的伤痕。她的声音很轻，对他说话，神情与问候，也都是浅浅的。

他这才想起，已经许久没去北角了，便也未再见过月华。曾有那么半年的日夜，他们常坐在临窗的桌前，有时吃煲仔饭，有时吃豉油鸡，都是味浓质厚的。从窗内看出去，是万家灯火。由于楼距近，甚至能听到声响。父母责骂孩子的声音，年轻情侣的嬉闹声。对面是新建的公屋，新移民多。这声音里便有南腔北调，共同积聚为浓重的烟火气。近在眼前，又恍若隔世，让他心里砥实。

不知为何，他不再去北角。不去了，便也好像从未发生过，留在了那一时，那一处。

月华于是对他浅浅点一下头，说："连教授，我先走了。"

他听得一怔，定在了原地，看女人转身离开，走了很远，消失在人群里头。他这才想起，她以往叫他"阿名"。

九

  四月时，连粤名送阿嬷的骨灰回仙游县。
  这是阿嬷生前夙愿。米寿时已经请定了佛塔的位，等着回去。
  复活节假期，港人北上出行得多。高铁对面的男人，挈妇将雏，是不胜其烦的模样。那男孩哭闹够了，便看着连粤名。眼睛晶晶亮，又盯着连粤名手中的包裹。尽管连粤名将它包成礼盒模样，他眼睛却挪不开似的。终于问，里头装的是什么。
  连粤名笑笑说："朱古力。"
  孩子便向他索要。
  孩子爸爸呵斥，说："冇礼貌。"一边对连粤名颔首致歉。
  连粤名说："唔紧要。"便从背包里真的拿出了一板朱古力，给那孩子。
  两下都算亲切，便攀谈起来。男人问他去哪里，他说，去仙游。
  男人说："那我们同路。仙游一年一变，你回去怕不认得了。"
  连粤名说："我有三十年没回去了。"
  男人笑说："那是变得天翻地覆。我是以往的糖厂子弟，'文革'后跟亲戚去的香港。父母还都在，年年都回去。"
  连粤名依稀记得听阿嬷说起过糖厂，就问他还在不在。
  他说："早就没有了。关了也好，污染得乌烟瘴气。你去看看，如今木兰溪的水，清回去了。"

连粤名印象深刻了一些,想起了这条河。想起那回阿嬷急躁躁的,踮着小脚,一路骂着他,在乡野小道疾走,走得比他快,终于太阳落山前赶到了坂头村。阿嬷站在大桥上,眯着眼睛向河水上望。河两岸都是成熟的荔枝,红彤彤的一道弧。那时甘蔗也熟了,河上有木船,运的都是甘蔗。甘蔗绑得密匝匝,船吃水很深。阿嬷说:"当年要有咁多甘蔗,无饥荒,你阿公就不用逃去印尼。"

那一回,阿嬷买了许多莆田糖厂产的"荔花"牌白砂糖回香港。送遍北角街坊,还有许多存在家里。吃不完,招蚂蚁;雨季招潮,结成块,比砖都结实。她还是不肯丢弃。谁要是动,她就骂,骂得震天响。

想到这儿,连粤名喃喃:"怎么就关了呢?"

男人接上他的话说:"产业调整呗。一九九八年停产,一千多个工人下岗。我阿爸办了内退。我让他到香港来,死硬颈,说不甘心,要做糖厂的鬼。就辛苦我们来回跑。"

车开到了莆田站。

连粤名和男人一家一齐出了站,在站口道别。连粤名站在太阳底下,等了许久,这才拨了电话过去。电话那头的人气喘吁吁,说:"表叔,我的车在高速路上被人追尾了。你和祖阿嬷等等啊。"

连粤名听到电话那头嘈杂得很,还间或有吵闹声音。忽然间就挂了。

他愣愣地站在原地,这时一辆比亚迪在他跟前停住,车窗摇下来,是方才的男人。男人对他说:"教授,我载你一程。"

连粤名犹豫，说："不用麻烦，我等等。"

男人将头往后一扬，说："上车吧。送老人回去，耽误不得。"

连粤名恍恍惚惚上了车，想起男人的话，问："造次了，你点知嘅？"

男人说："谁会这样毕恭毕敬，抱着一盒朱古力？"

连粤名嗫嚅道："这怎么好？"

男人摆摆手。"唔好念多咗。我冇乜忌讳，当年我也是这样送舅公回乡的。"

车开到仙潭村，已是傍晚。苍茫暮色。余晖里，连粤名认出村口那两棵枝叶交缠的榕树。他记得其中一棵遭到雷劈，树冠已经焦黑。然而在树干的中段，竟又生出了一丛旁枝，枝叶甚至已经粗壮葱茏。有气根曳曳垂下，已又落地生根。

村口有个黎黑的年轻后生，迎上前，怯怯地问："堂叔公？"

他茫然，后生说："我是阿胜嘅仔。"

后生接过他的行李，道："阿爸的车拖去修，他接了你的电话，叫我在村口迎着。"

他才恍悟。打量下，后生说："叔公叫我发仔。你上次和祖阿嬷回来，我还没出生。"

连粤名想，上次回来时，自己比这后生大不了多少。如今自己都是半老的人。

他跟着发仔，在村里走，对周遭不认不识。多了许多二层的小楼，都很有排场，墙体用贝雕和蚝壳镶嵌作为装饰。好像也看不到什么田地。连粤名就问："还种不种甘蔗？"

发仔说:"不种了。我细路嗰阵时[1],糖厂就关了。种甘蔗做乜噢。"

连粤名问:"那还种什么?"

发仔说:"山上种茶叶,种蜜柚。大棚里种巴西菇,都好过种甘蔗。"

他们经过一处,门口写了"福胜工艺家具厂",里头有宽绰的厂房,听得见隆隆机器运转的声音。发仔说:"这是阿爸开的厂,我同老婆都在里头做工。"

连粤名说:"原来阿胜出息做老板了。"

发仔挥挥手,谦虚地说:"这样的厂,在我们村里有十几家。我们这个算小的。"

说话间,就到了阿胜家。也是两层小楼,外头的院墙上也有贝雕装饰。镶拼成了醉八仙的图案,洋洋大观,一团锦簇。仔细一看,张果老却倒坐在一架屁股喷火的飞机上,不知是谁的创意。

这时有个年轻女人,抱着孩子迎出来,是发仔的老婆招淑。

招淑模样灵秀,与发仔交代两句,便唤他"叔公"。这一唤,用的莆仙话。他才恍然想起,说:"发仔,你先前同我说的是广东话噢。"

发仔摸摸头,说:"我初中毕业,去东莞打工,学识讲广东话。怕叔公不会讲莆仙话了。"

连粤名说:"我怎会唔识?阿嬷日日夜夜同我讲。"

---

[1] 粤语。我小时候那会儿。

他便改用莆仙话同两夫妇交谈。倾过一阵[1]，两下觉得有些词不达意。招淑说："叔公说的是老派莆仙话，这些说法，现今年轻人都不这样讲了。村里老人勉强听得。"

连粤名说："阿嬷怎样讲，我就怎样讲。几十年过去，学说话学成化石了。"

他便跟着发仔上楼去。到了楼上，直进了一间屋。里头竟然搭了一个很大的龛。发仔说："阿爸一早给祖阿嬷留了龛位，叫好师傅做了牌。今晚住一夜，明天就送她老人家去广胜寺。"

连粤名在牌位前，恭敬地放好阿嬷的骨灰坛。牌位上写着"连何氏　秀英　莲位"。

连粤名知道阿嬷娘家姓何。

何是仙游县的大姓，却来自异乡。传说仙游县以往叫清源，得名自安徽庐江何氏九兄弟为避淮南王刘安叛乱，陷居该县九鲤湖畔，炼丹得道，乘湖中鲤鱼羽化升天。此后就改叫仙游。阿嬷便总说自己是仙人后代。

发仔点上香，要和连粤名一齐拜拜。连粤名听到有人迈着杂沓脚步，噔噔地上楼来。听人叫他"堂叔"，回身一看，大头大脑的人，是阿胜。连粤名竟还记得他当年模样。除了老些，并未大变。阿胜不及和他寒暄，便叱责发仔。一边小心上前，将他阿公牌位旁的另一个牌位撤去。

连粤名看到那牌位上写的是"连荣氏"。

记得阿嬷说，当年她嫁给他阿公，旁人都说大吉之姻，莲荷得

---

[1] 粤语。谈了一会儿。

藕。所以连粤名的阿爸小名叫阿藕。"六七"那年,他阿爸出街给英国人乱枪打死。以后家里人便不再吃藕。阿嬷买拖鞋,倒还是爱买"鱼戏莲荷"。可有年始,也不再买,断了念想,以往的鞋也都收埋。后来,连粤名在庵堂听乡党阿金婆说,阿嬷知道阿公回了仙潭,还带了他印尼的老婆。

阿胜连连说:"小孩子不懂事,不周到。堂叔和祖阿嬷莫怪罪。"

连粤名说:"也没什么。都算是团聚了。"

阿胜说:"不好。至少今晚,让祖阿嬷和太阿公,自己两个说说话。"

晚上,连粤名与阿胜一家人吃饭,又来了旁系几个亲戚。

招淑在旁头烧芋粿,包膶饼。将那面团在锅底一旋,再一擦,便是一张薄如纸的饼皮。手势很娴熟。

阿胜与连粤名喝酒,说:"堂叔,我这个唪林姆[1],是福安溪潭人。发仔打工认识的。来时下厨房,蚵仔都不会煎,现在也做得似模似样。"

他阿爹祥营,连粤名称堂哥。年近九十,耳朵半聋。大约听懂意思,便大声说:"查某就要多做。"

他阿爹对连粤名说:"阿弟,你阿嬷当年在查某里是一等一,能做满堂流水席。你阿爸小我五岁,长在辈上。都还是小孩子,一齐玩到大。那年她刚嫁来,过年我磕头,叫她阿嬷。她笑笑脸就红,说哪儿来这么大个孙。我阿公是长房,当年不放你阿公和四叔

---

[1] 莆仙方言。指儿媳。

公去印尼，是看不得她年轻查某守活寡。多少人出去都回不来。那时还记得她眼湿湿，在屋檐下唤你阿爸回来吃膶饼。你阿爸吃，我也吃，往后许多年，我没吃过这么好味的膶饼。"

连粤名看他阿爹纵横老泪，混着醉态。亲戚们方才热闹，此时也就肃然。外头有溪声虫鸣，院落里头一株刺桐，花期将尽，间或簌簌落下，浅浅飘香。香味生涩，醒了醉饮者的心神。连粤名吃一口膶饼，细细咀嚼，也是五味杂陈。

月色朦胧，人散尽了。送罢了亲戚，连粤名回来，见招淑在堂厅里点一盏灯，上着绷架，俯身在飞针走线。连粤名不禁好奇，问发仔。

发仔说："我老婆是溪潭芹洋村人。那整个村子，三百多户，没有查某不会织绣的。福安闽剧团，戏衣旦裙，八成都是这个村里的人制成的。女仔从小眼看手做，绣桌围寿序，个个好身手。嫁给了我也闲不下来，你看这沙发巾，电视罩，都是她绣的。"

连粤名这才打量那日常陈设，绣着花果百蝶，针线竟都十分精致。

招淑远望望他，笑笑，说："叔公你先去歇着。明天还要早起身。"

第二天清早，天蒙蒙亮，连粤名送阿嬷去广胜寺。

连粤名将骨坛由龛位取下。招淑从里屋走出来，手里捧着一块织物，展开来，竟是金灿灿的一块织锦。

招淑两眼红红，有疲态，说她从三个月前就开始织，织好了要上绣。可又有家具厂的工期，就耽搁了，其实只差了一面，昨夜赶工绣了出来。

连粤名端详那织锦，不禁心里一动。原来蓝色织锦正中是一尊金佛，面容慈正。周边是灿灿佛光，肃穆得圆中有圆。然而再仔细看，原来佛光里藏的全是佛手。佛有千手，各执法器，将金佛护于其间。他伸出手，摸那绵密的针脚，只觉得这千手之佛似曾相识。倏忽想起来，原来是早前在巴塞尔展上看到的那幅巨大的装置画，如教堂穹顶。成千上万蝴蝶翅膀，艳异的蓝黄，一圈又一圈如涟漪。最内深不可测，似漩涡，孤悬一只深蓝蝴蝶。

织锦正中的佛，面容忽而模糊，让他一阵眩晕。他问："这是什么？"

招淑说："我听阿发说，祖阿嬷长年持斋信佛。我们村里的老人上路，都要由家里的媳妇手绣一块佛帐。叔婆是香港人，怕是不会绣。祖阿嬷走时快百岁了，只有百岁人，才当得起这块'浮图'。"

招淑静静地，用这块织锦，将骨坛裹起来，扎好，说："按规矩，'浮图'送葬不入葬。叔公记得，送祖阿嬷入龛要取下来，带回家里挂上，可为生人添寿。"

回途，没有了阿嬷伴着，连粤名孑然一身，却紧紧将背包端放在胸前。里头放着那块"浮图"。

然而，他终于没有将"浮图"挂起来。

回到家里，灯黑着。卧室门反锁。

他敲敲思睿的门，也没有人应。轻轻一推，门开了。

房间里是空的。不是人不在，是所有的东西都搬空了。钢琴、家具、书籍，那些在思睿少女时代便严丝合缝地镶嵌于这房间中的陈设，都没有了。只留下一张床，空荡荡的，上面是一只不甚干净的维尼熊玩偶。

他想，这只熊玩偶是怎么出现的？这是思睿当年获得全港钢琴大赛的青少年组亚军时，他阿嬷送她的礼物。但她中四时，已经找不到了。思睿因此哭了很久。它是怎么又出现在这里的呢？

连粤名退出房间，一点点地。恍惚间，他走到露台上。露台的窗开着，吹来一阵冷风，将他吹醒了。他这才想起，拨通了思睿的电话。

许久，思睿才接了电话。他说："女……你系边[1]？"

思睿的声音传来，冷冷地，像从很远的地方飘来。她说："唔使指拟[2]我返去。"

连粤名问："点解？"

那边是漫长静默。不久后，他听到了女儿哽咽的声音。"阿爸，她要杀咗我嘅仔，你会唔知？"

电话挂了，是嘀嘀长音。他再拨过去，已经关机。

连粤名愣愣地站在露台上。这时，他听到后面窸窣的声响。他回过头，看见袁美珍坐在黑暗中，正打开桌上他的包裹，从里边取出一块牛蒡饼，嚼食。袁美珍坐在黑暗中，发出嘎吱嘎吱的声响，平静、规律而细碎。像是一只昼伏夜出的啮齿动物。

1　粤语。你在哪里。
2　粤语。指望。

他打开灯,看着自己的老婆披散着头发,穿着已经陈旧发污的睡衣,正不紧不慢地咀嚼,两腮的肌肉机械律动。他走过去,看着她,问:"你做咗啲乜?"

她的目光落在桌上的一块饼渣上,她捡起来,吃掉,然后说:"我瞓唔到,佢好嘈[1]。"

连粤名用颤抖的声音问:"你给他吃了多少安眠药?"

袁美珍看一眼他,说:"我想困,困唔到。"

她站起身,走出客厅,顺手将灯关上了。连粤名又将灯打开,他拦住了袁美珍,他握住她的肩膀,才发现女人脸上敷了厚厚的一层粉。他狠狠地说:"你给木仔吃了半瓶药。你知唔知,你谋杀紧你嘅亲外孙?!"

他摇晃着她的肩膀,看她冷白脸上无表情,甚至皱纹都被白粉所掩盖。双眼的瞳仁却深不见底,空洞无内容。她在他的摇晃间,松弛无力,像一只破败人偶。

半年间,连粤名从未想过,要将袁美珍送往"青山"。

虽然他终于知道,袁美珍母系的精神病史,由来已久。他再次看到那个埋藏在景泰蓝香盒中的女人。所谓多年前的意外亡故,不过是用一条丝袜结果自己。

他打开香盒,看那张圆形小照。照片很老,上面印着一抹胭脂。外头镶着金丝绕成的枝叶,覆盖着莫可名状的月白花朵。不知为何,他忽而觉得此时袁美珍的面目有些类似这张模糊照片。究竟

---

[1] 粤语。我睡不着,他好吵。

哪里相像，说不清。

尊生望着他脸上的伤痕，有一种愧意的笑。仿佛是因为多年侥幸的欺瞒。他说，他可以将他姐姐接回家里，雇专人照料。连粤名向他摇一摇头，说自己可以。

袁美珍在家中歇斯底里地叫喊，终于被学生投诉。因思觉失调伴生脑退化，她数次从家偷跑出去，有次坐在舍堂门廊哭泣，引起学生围观。连粤名辞去了舍监的职务。一年后，又交了提前退休的申请。

他退还了买家订金，卖掉自己一处物业，清偿弟妹的业权份额，独自购下阿嬷的老屋。他和袁美珍搬进了老屋。

妹妹说："阿哥，要不要简单做个装修。去去老尘气？"

他说："不用。"

他如儿时，重新出没于北角。春秧街上，电车盘桓，两边的果栏小贩，忙着收拾。街面上人潮分开，又聚拢。数次聚拢，一天便过去。

他去坚拿道东"振南面厂"买碱水面；去"同福南货号"买咸肉、火腿、芋粿、绿豆饼；他去马宝道，排档后在卖印尼杂货。老板娘为他留有自家制的咖喱。他伸出手付钱。老板娘看他胳膊上有块瘀紫，关切问起。他笑笑，说："唔关事。"

以后，他们便也不再问。他们熟悉这样一个连教授，微笑得宜，言词恳切。总有一些或深或浅的伤痕，有时在脸上，有时在眉间。

他用新出的咖喱给袁美珍做咖喱鸡。袁美珍安静地吃。吃了几口，笑了。他便也安慰。袁美珍掰下一只鸡腿，蘸满了咖喱汁，脸上有孩童的颠顶神情。她拎起鸡腿，认真地看了一会儿，开始在自己的面颊上涂抹。姜黄色的咖喱汁顺着她的脸颊流淌了下来。涂满了她自己的整张脸，或许眼睛有些辣。忽然，她开始抓挠，同时激烈嘶喊。连粤名知道，这时他才可以有动作。他拿起毛巾，在袁美珍脸上擦拭。袁美珍想要推开他，并一口咬在他胳膊上。他皱了一下眉头，未停止动作。他看着自己的妻子更深地咬下去。疼痛渐渐成为一种麻木。女人似乎也放松了。声音渐渐低沉、细隐。喉头含混，如受伤的兽。

　　他更紧地抱住她，闭上眼睛。室内充盈着浓厚的咖喱气息，馥郁微辛，带一点难以名状的苦涩，不洁净，却有暖意。然而，不久后，有另一种气息刺穿了这浓厚，一点点地进入了他的鼻腔。开始极其弱小，但慢慢清凛坚定。他睁开眼睛，才看到近旁地柜上，有一束素馨花。是他三天前买的，已经有些枯败，星状的花朵边缘，现出铁锈色的红。

　　及至九月，花期未过。北角街上还有卖素馨花的。大约是错落在铺档前的走街小贩，多半是年迈阿婆，花绑成一束一束在卖，阿婆自己也在襟头或发髻上插一朵花。他看了就买，插在一个"郎酒"的瓶子里。瓶子也是阿嬷留下的，白瓷，他觉得好看，与花辉映。

　　袁美珍精神好时，看着花，也欢喜。将鼻子凑上前去闻。目光柔软。神志稍混沌时，便撕扯花束，将那花瓣一片片扯下。目光仍是柔软的。

他在旁看着，由她。这时，他觉得这是他们未相识时的袁美珍。目光柔软，清澈温存。

在袁美珍睡着的下午，连粤名请了护工，照顾妻子。然后去阿婆生前常去的庵堂。

他坐在缭绕的烟火里，看着头顶悬着的"巍巍堂堂"和"慈航普渡"的牌匾。但他不再听到阿嬷的声音唤他，叫他绕佛。外面阳光朗净，堂内可看见轻烟旖旎而上。他随师父念大悲咒。念罢，又念往生咒。这时，庵堂信众，多是有年纪的虔敬人。空间有回响，如耳语。

再念罢，他坐在厅廊里的蒲团上歇息。身旁的人便开始闲谈。谈家庭，也谈子女。烟茶传递间，谈股票，也谈国事。谈三千烦恼，也谈一念无明。因多用莆仙话，是阿嬷说的那种，古老而诘屈。但始终声调嘈切，底色还是世俗。就为清冷的庵堂布上一层暖。

这时候，点传师走过来，谢他观音诞上为北郊莲净寺修缮捐赠的香火。因为寄付瞩目，可上功德碑留名。问他镌谁的名，他想一想，报了"袁美珍"。

他又想一想，打开手机，将他拍下的那块"浮图"给点传师看。师父仔细看一看，说："收好，不宜张挂。"

他再想问，点传师合十行礼，退身而去。

他回到家时，是傍晚。家门洞开，他看见袁美珍不在床上。那个护工也不见了，他心头一凛。

他走到了走廊上,四处张望。从消防通道上下逡巡。这时候,却看到来电,是月华。

他愣一愣,还是接了。月华说:"连教授,阿嫂在我这里。"

他上了一层楼,看到那扇斑驳绿漆的安全门,门头上尚贴着已褪色的春联。已很陌生了。住过来这么久,竟好像咫尺天涯。他伸出手,想按那门铃。门却开了。他的手还静止放在门铃上。

他想起许多时日前,月华也这样提前为他开了门。她微笑,说,认得他的脚步声。

此时,月华只是将他让进门里。他看到袁美珍,她正坐在临门的沙发上。电视里翡翠台在播放六点档的卡通片。她目不转睛地看。袁美珍身上穿着一件粉红色的蓬蓬裙。他记得许久前,她直播时穿过,是从海淘网站上买的,不知她如何翻找了出来。这件裙子质料粗疏,却是晚装的设计,紧紧裹在她身上,却暴露着肩颈,露出一截皱褶的、橘皮色晦暗的皮肤。

连粤名忽而觉得一阵羞愧。月华说:"我买菜回来,见阿嫂坐在楼梯口。我想是荡失路[1],就把她带回来了。"

他向她致谢,却跟着问一句:"你认得她?"

月华点点头,说:"阿嬷给我看过许多次,你们的全家福。"

他这才看见,室内堆叠起一些纸箱,除了日常用具,已经没有了多余陈设。他犹豫一下,问:"你要搬?"

月华依然点点头。他看一眼袁美珍的方向。这时卡通片结束了,在播一个厨艺节目。主持人是师奶模样,教人做芋头扣肉,语

---

[1] 粤语。迷路。——编者

调夸张、喧哗，眉飞色舞，袁美珍为她所吸引，也模仿她的动作，兴奋不已。

连粤名终于低声说："没听你说起过。"

月华淡淡笑，说："你搬过来，不也没说过？"

她走到袁美珍跟前，递给她一个剥开皮的广柑。一边说："上月公公过咗身，我无谓再留下，这里揾食艰难，还是回乡下去。"

月华走进厨房，再出来，端着两杯茶。一杯递给连粤名。

"教授，坐下喝杯茶吧。"她说，"我回了一趟自贡。家里还在种'川红'。这'早白尖'，阿嬷没喝上，你代她饮一杯。"

连粤名便依窗坐下，喝一口茶。早白尖汤色浓亮，味也是醇厚的。窗外已发黑了，灯火渐成流光。他看到一个老妇人正将身子伸出卧室窗口，拍打窗外晾晒的被子。那被套的颜色灰扑扑的，应该洗过了许多水，也用过不少年头。老妇人用力地拍打。拍完了正面，拍反面，最后一使劲，将被子抱拢起，回到屋里。阖上窗子，顺手便将灯关上了。便一片漆黑。

这一黑，似惊醒了连粤名。他放下茶杯，说："我该走了。"

月华说："你等等。"

她再回来，手里捧着一双鞋。鞋面暗淡，闪现莹莹珠光。上有经年老绣，是"鱼戏莲荷"。鞋头的窟窿补得巧。衬了一块同色的缎子，针脚密匝匝。月华低声说："你每次来，都不记得带走。"

连粤名想接过来，两个人的手却碰在了一处。都迟钝一下。连粤名在女人手背上轻按上一按，说："保重。"

十

那天从春秧街取道回家。连粤名其实是欣喜的。因为"鸿记"的老板给他留了一块上好牛排。这牛肉经络分明,丰腴鲜嫩,有饱满的汁水。

自袁美珍生病后,她不再节食,也忘记营养师的嘱托。她的口味变得浓厚而饕餮。这让连粤名的厨艺重新得以施展。他在路上想着,这块牛排,即使原料鲜美,还是浇上黑椒汁,会更为惹味。

他为牛排码上海盐跟粗粒胡椒。胡椒要即磨,才能锁味。然后用手轻轻按摩。他闭上眼睛,感到指尖为滑腻的肉质卷裹,辛香冷洌,冰火两重。

这时,他听到了外面的声响。来不及洗手,急忙走出去。

他先看到袁美珍的背影。她在地上摸索一下,又举着一把剪刀,正在剪着什么。剪得十分用力。

他上前,看到是阿嬷的那双拖鞋。一只已经被拦腰剪断,而另一只在袁美珍的手中。他见她正在微笑着用剪刀尖细心挑起那块补过的鞋头的针脚。大约因为补得太密,她挑得艰难,脸上的肌肉也一同绷紧,终于被她挑开。一条跃然的锦鲤,从眼睛处断为两截,身首异处。

连粤名一动未动。此时才想起去阻拦,要从她手中夺过剪刀。

他不记得那一刻是如何发生的。他的印象,定格于袁美珍的神情。那是怎样的一张脸？他只记得，当血从她的脖子喷溅而出时，他似乎听到了簌簌的声响。他看到自己的妻子，脸相松弛，如云雾散。

等到袁美珍不再挣扎，他将她摆成了平躺的姿态。但颈项上的缺口，让他觉得触目。他走到卧室里，看见大衣柜的柜桶都敞开着。放着这双鞋的柜桶深处，正安静地摆放着一块织锦。

于是，他将那块"浮图"铺在妻子的脸上，也遮盖住了她的颈项。他叹了口气，坐在了地上。他看到还是有一些血渗透出来，沿着"浮图"的圆周，一圈一弧。纷繁的法器，闪现金红，熠熠生辉。靛蓝入紫，正中深不见底的漩涡，一佛孤悬。

连粤名在打通了"999"后，才开始煎那块牛排。煎至五成熟，他想已经可以了。他粗略地估算过了，这样警察来到时，他刚好可以吃完。

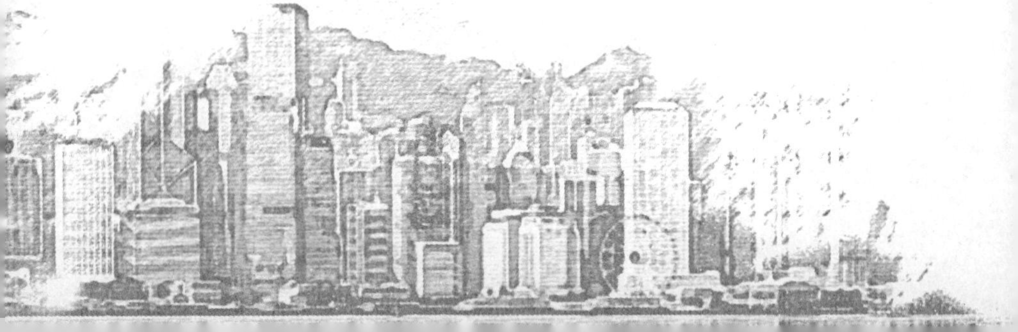

章贰

女篇：灵隐

一

若不是因为段河，连思睿不知香港也有座灵隐寺。

说起香港的宝刹，大约有几座。大屿山的宝莲禅寺，建在光绪年间，因日后天坛大佛和回归宝鼎的供奉，成了遐迩闻名的观光景点。另有一座寺是新建的，寺龄不足十年。慈山寺地处大埔洞梓，背依八仙岭。是香港的首富李先生出资兴建的。大雄宝殿依的唐制，不算很巍峨，但有座如意轮观音圣像，七十六米高，坐北朝南，越海与大屿山的天坛大佛遥遥相对。入内参观要预约，便有清修之意。

至于在市区中心，闹中取静的，则是志莲净苑。毗邻钻石山荷里活广场。曲桥流水，于其间，宛若置身于一座江南园林。抬头四望，皆是大厦摩天，人才顿醒不过般若幻象。据说当年重建，得梅姓女星秘密捐赠。女星身后，设其长生灵位，存放骨殖。故中庭左边的莲池，命名为"梅池"。

刚到香港时，段河将这些寺院一一走过。做佛像的人，要多看，看的不是佛像的形制，而是形神，看大雄宝殿，阿弥利多，大势至菩萨，一直看到山门韦驮，看得多了，心里便有数。

若不是因为段河，连思睿不知香港也有座灵隐寺。

那天段河到北角这间佛堂，是听闻这里存有晚清某大师仿制的北魏佛陀造像。待他辗转找到了这里，看到佛像，未及细端详，已发现许多破绽，于是叹了一口气。

他正待离开，看到佛龛处，有一个女人，正合手跪拜——看背影很年轻的。佛堂里昏暗，但有浅浅一束光，在她身上。靛蓝的裙装上，便如裁开一道明蓝。光不知从哪里来，竟有些跳跃，牵制了他的目光。

这时，忽然响起了孩子的哭声。他望过去，孩子五六岁的模样，长得高壮。本不是这样哭闹的年纪了。那女人站起身来，并不急迫。只是从容地走到孩子跟前，摸摸孩子的头，说："仔，乖喇。阿妈买鱼蛋俾你食。"

段河见这孩子眼距很宽，目光也散着，立即便不哭了。他只是信手拍着巴掌，动作很机械。段河便看见了女人的脸，不着粉黛。口罩上方，是清丽的一双眼。这眼睛不是时下的香港女人常有的。眉目舒展，不见嗔喜。

女人收拾停当，牵起孩子的手，经过了段河身边。段河闻到了一种好闻的香气，若有若无，似曾相识。

段河再去这间佛堂，是一个月后。自然是高人点拨，说他在佛堂看到的佛像，其实是赝品。其为收藏家在一九四〇年请台湾地区的雕塑师傅所作，用以躲避战时纷乱。但这前辈却是个热心人，说是联系了佛堂主理人，让他去，到时点传师会接待他看那晚清的佛像。他便想，原本就是个仿品，又做了个赝品，便是玄上加虚，何苦来？他虽这样想，人却还是去了。

可他这天进了佛堂,却发现人头涌涌,盛况远非前次。门口的人叫他扫"安心出行"码。看他犹豫,以为是介意疫情后的安全,便说:"你看,如今政府限聚十个人。我们都是八个一组,按照社交距离来的。"

他恍惚中点点头,走进去,听得梵音阵阵。茫然间,走来一个男人,问他名字。原来男人便是点传师。点传师有些抱歉地道:"和你约定时间,却不记得今日是佛堂大日子,观音诞。"请他稍等等,待这仪式过去。他便在一个蒲团上坐下来。一位僧人领诵经文。烟火缭绕间,看头顶悬着的"巍巍堂堂"和"慈航普渡"的牌匾。他耐着心听完了。僧人双手合十,低头道:"绕佛。"只见全场男女老少站起身来,围着观音像绕场,脸色端庄肃穆。他便也跟着绕,这时他忽然看到一双眼睛,有些熟悉,稍纵即逝。

待整个仪式落定,点传师便着众人离开。有些年纪大的,多少有些流连。一个师奶模样的人抱怨道:"捐咗咁多香火,疫情搞到斋都冇的食。"

点传师说:"贤姨,唔好咁讲。捐香火都唔系为食斋,菩萨听到唔安乐噢。"

他这样讲,这贤姨好像便有些心惊,忙对着观音像,连说"阿弥陀佛"。

待看到这尊佛像,段河不禁屏息。他知道自己是为美所击打。佛像不大,木制而成。这让他有些惊异,也便知道为什么佛堂以赝品示人。木太脆弱,而精美细节更彰显了它的脆弱。但它的形制又是雄健而庄严的。舟形背光上是熊熊火焰，袒右的僧祇支衣纹、底座唐草纹，也是火焰状，与背光相应。佛像的面容，也非通常雍容的形貌，而是有些刚劲英武的长脸。而佛光背后，另有乾坤，雕刻着完整的鹿野苑首次说法的场景，一鳞一焰，连比丘的面容都栩栩如生。

出于本能，他毫不犹豫地掏出画本，开始临摹。也不知过了多久，直至他发现佛像面容上的光影有了显著的移动。这时，他又闻到了一些气息，若隐若现。他回过头。看到一双眼睛，正看着他的画本。

因为他回过头，那专注的眼睛，惊惶了一下。他听到了一把柔和的声音。"画得真好。"

他看见女人转过身去，开启了手中的吸尘器。吸尘器发出嗡嗡的声响，声音不大。但女人向他的方向看了一眼，还是将吸尘器关上，走远了。

段河对点传师说，他想要用玻璃钢仿制佛像。这样美的佛像，即使是需要示众的现代版本，也应该是更好的。

点传师说，好是好。但惭愧，小堂除了日常支出，其他方面真是有限。

段河说："我不收费。只要你让我临摹。我先做倒模，免费送给佛堂一尊。"

点传师说，要跟主理人商量。很快回了话，点传师说，佛像不外借，他要临摹是可以的，就要劳烦他自己来佛堂了。

段河总是黄昏时来佛堂,因为这时的光线好。临佛像,他一向喜欢用自然光。

灯光是死的,自然光是活的。不同角度,不同时间,光不同,临出的佛像,气韵便不同。

来了几次,他发现三不五时,除了点传师,那女人也在。她多半做洒扫的工作,有时在一张贡台改的写字桌前,写写算算。

有一天,原本阳光晴好,到了下午,下起了小雨。段河看见佛像面容上阴影一扫。听到"吱呀"一声,他猛然回过头,大声道:"唔好!"

女人正在关窗的手停住了,仿佛受了惊吓,但很快,就将窗子重新打开了。

段河抱歉道:"唔好意思。光线变咗……"

女人摆摆手,说:"唔使……"

大约为让他心安,她临了补上一句:"我在大学里也学过点画,我明白。"

他一直以为,这女人是佛堂的一个帮工,因为她过于朴素的形容。加之勤勉而寡言,唯一唤起她存在感的,只是那一种气息。听到她读过大学,他心里不禁好奇,不过他将这好奇心压抑了下去。

又一日,佛堂里的冷气机忽然停了。未几,他看见女人扛了一架梯子,稳稳搁在冷气机底下,人就要爬上去。段河站起来,问她要不要帮忙。她又摆一摆手,说:"没事,老毛病。"

她利落地爬上去,揭开盖子,将滤网抽出来擦一擦,再装进去。只听"咔"的一声,冷气机竟然就启动了,恢复了正常。女人将梯子折叠起来，看他一眼，说："做义工，系嗽嘅，乜都要识[1]。"

有天他跟点传师闲聊，终于问起她。点传师说："你说阿睿？人家是正经执牌的牙医噢，名校毕业的。"

段河问："我看她总在佛堂里，唔使返工？"

点传师看他一眼，道："那要问她自己喇。"

月尾的时候，段河画了最后一张图。那天的余晖长些，再加之最后一天，多少有些惜别之意，就留得晚了。临走，他才发现叫"阿睿"的义工，正在等他锁门。

他连忙收拾了东西。见女人小心地将佛像放在锦盒里，走进内室。那里有个保险箱。他道一声别，就往外走。这时，女人叫住他。说："我们主理人说了，要请你吃一顿饭。他人在美国，让我帮他招待。"

段河说："不用客气，太麻烦。"

女人说："不麻烦，我也要吃饭的。"

两个人就出来，穿过南园街，往电器道上走。

电器道上原有许多食肆，萧条过。如今政府防疫政策放宽，有些复苏的景象。

但女人目不斜视，直往前走。走到"华记牛腩粉"旁，忽然转进一条小巷。走到深处，停住了。

---

[1] 粤语。是这样的，什么都要会。

段河跟着她，这时也停下，看见面前有一扇铁闸门，上面贴了张纸。纸上写着：东主搬迁，急让。

再向上看，门楣上是模糊发灰的招牌，"南粤美斋"。

女人说："这间店门脸小，斋做得很好。以往法会后，佛堂的人都在这里吃。好久没来，看来也执笠了。"

段河看出她的失望，想了想说："我不一定吃斋的。"

女人有点惊讶地看他，但继而在眼睛里露出笑意，说："那我们去另一间。"

另一间店其实也不远，但在更深的巷子里。门口悬了一个灯笼，用周正的楷书题了店名，"夏宫"。

段河走进去，看见店里其实空间很小。只有四张桌子，都还没上客，已经显得有点局促。

他们坐下来，女人拿着菜单，问他："你笑什么？"

段河说："这个店名，有点托大。香港的店铺，似乎都有野心。我记得刚来时，在南华大学进修课程。学校附近有一家'贝多芬琴行'，隔壁就是'刘海粟画院'。可进去，都是巴掌大，转个身都难。"

女人愣愣地说："水街。"

段河也愣一下。她说："这两间铺头，都在水街。南华是我的母校。"

两个人都没有发出声音。段河忽然说："难怪说，你读的名校。"

女人看他，轻轻问："谁说的呢？"

便又是一段沉默。这时店老板过来，开口道："我这间铺，不算托大。我姓宫,夏天生的,所以叫'夏宫'。"

这老板满口大胡子,是个孔武的样子。广东话说得流利,却有浓重的江南口音,是很软糯的。两个人听了,不约而同地笑出声来。

女人点了菜,环顾四周,说:"这店我中学时就开了。那时就是四张台,现在还是。读书时觉得店面挺大,现在是小了。"

菜上来,头一个是四喜烤麸。女人将口罩摘下来,说:"这勉强算是一个斋。"

段河也摘了口罩。原本算是已说了些话,有了熟人的样子。但摘下口罩,似乎彼此又对着陌生人。段河看女人,原来她生了很圆润的下巴,是南粤人不常见的鹅蛋脸。鼻梁挺秀,和两边的颧骨处都印着浅浅的口罩印子,是戴久了口罩的缘故。这时候,他听见女人说:"原来你这么年轻。"

他说:"我做佛像好多年了。"

女人笑笑,听出了他忽起的胜负心,说:"我是说,看你画得好,不像这年纪的人。"

段河夹起一块烤麸,嚼了几下,说:"以往我们家门口,也有一个上海馆子。他们家的烤麸,比核桃还硬。"

女人说:"我听闻,以为做佛像的人,都茹素。"

他摇摇头,说:"我荤素不忌。"

女人说:"不持斋。你做这么多佛像,自己读不读经?"

他说:"我不读经。"

女人抬起头,不解,问:"为什么?"

段河说:"我把佛像当成人像来做。"

女人说:"佛要是都像人,人还要跟佛求什么?"

段河说:"佛像人,人才能看到自己,拔掉自己的念。好比你做牙医,替人拔牙。人知道自己牙痛,却拔不掉,只好求你。你拔了牙,就度了他们。"

女人看着他,问:"你知道我是牙医?"

段河不再说话,低下头吃腌笃鲜。许久,他抬起头,说:"我以为牙医会好忙。"

女人还是看他,忽然朗声大笑,说:"原来是看不得牙医得闲。"

她说:"我这个牙医,偏偏得闲得很。原本疫情时就生意淡,来的客又有人确诊,一半关了张;另一半零打碎敲,除几个熟客定期护理,还有做'隐适美'换牙套。倒像个江湖游医,时间不如捐给了佛堂自在。"

段河想,原本她可以说这样多的话。这一个月,他和她说的话,也并没有一句半句。原来不是因为静,是她不想和人说话。

他问:"你的诊所在哪里?"

女人问他:"你要来帮衬?"

说罢她拿出一张卡片给他,大大方方地说:"我给你打八折。"

段河看上头的名字,连思睿。再看地址,在荃湾,和北角遥遥地几乎有一道纵跨港九的对角线。他就叹道:"这么远啊。"

女人将干烧小黄鱼拆开,剔出刺来,说:"铺租便宜。"

他望她,说:"你也不食斋?"

女人将鱼肉放进嘴里,鱼皮炸得酥脆,"咔吧"一声响,说:"我几时说过我食斋?"

她看他一眼,问:"你年纪轻轻,做什么佛像?"

段河想了想说:"除了佛像,我什么都做不好。"

女人问:"你在哪里做?"

段河说:"灵隐寺。"

二

若不是因为段河,连思睿不知香港也有座灵隐寺。

在巴士上晃晃荡荡,终归是好奇,她便掏出手机来Google[1]。还真的有,在大澳的一处村落。她想起中学时候,班上男生说大澳有个少林寺,是当笑话来说,当作嵩山少林的山寨版。她原以为段河也是说笑,看他郑重的样子,又不像。没想到,还真的有。

原来这座寺庙也建了将近百年。一九二八年,有个法号叫臻微的法师在羌山山麓建寺。鸠工将成,突然圆寂。便征得灵溪法师来任住持。这灵溪是在鼎湖山庆云寺出家的,生在光绪十四年,俗姓凌,是广东合浦[2]人。他师父是鼎湖山寿安和尚。臻微大师临终时,将重任委托于他,灵溪法师力肩修托,致力农禅,普利众生,四众皈依者达六七百人之盛。寺院广做佛事,随期传戒,而寺内事无大小,灵溪法师均身先劳役;年届古稀,躬犹健硕。[3] 终于灵隐寺建成。灵溪法师于一九六〇年秋天无疾示寂。据说从寺门通向山麓处原有一泓溪水,经年长流。但大师圆寂那日,溪水忽然停流,盘

---

1 谷歌。——编者
2 合浦今属广西。——编者
3 引自《中国寺庙宝典》。——编者

桓不去。僧众大为罕异,就临溪水之畔建起一座"至止亭"。亦叫"灵公纪念亭",亭内刻有碑记灵溪法师及遗像,供后人追思景仰。

连思睿不知不觉便看进去,到站忘记了下车,发现已经坐过了一站。

待她赶到了林家,菲佣姐姐开了门。两个老的,正坐在厅里看电视。见她来了,一起站起来。林医生说,阿木吃过了饭,已经睡着了。她点点头,便往里走。林太太跟过来,欲言又止,想了想,说:"孩子护觉,今晚就让他在这儿睡吧。"

连思睿笑笑。"明天约好了,带他去见他阿公。"

林太太不好说什么,陪她入房,她替阿木迷迷糊糊地穿上衣服,抱他出来,走到门口,浅浅鞠一躬,道:"林阿伯,Aunty[1],麻烦你们了。"

林太太眼神恋恋地在孩子身上,听到这里,转过身去。林医生叹一口气道:"思睿,总不能老这么叫我们。一直叫下去,阿木渐渐大了,怎么跟他说?"

连思睿便又笑了。"他要是哪天能听懂,我倒'阿弥陀佛'了。"

走到了楼下,天已经黑透。这屋苑虽老,却也很大,几十年下来,自己发展成了一个小社会。许是她也来得多了。久了,走在路上,竟也有人跟她打招呼。虽然人们都戴着口罩,彼此的眼睛,也是熟悉的。不说话的,就眼里闪过一点暖光,触碰一下。连思睿想

---

1 伯母。——编者

着，便把阿木放下来，让他自己走。她现在越来越多地让孩子自己走。阿木三岁才会走路，开始脚是软的。他似乎并不知道会走的意义，走几步，回头望望她，便折返，伸开胳膊，向她的方向走回来。她心里一抖，人却避开了，不给他接近。孩子便哭，哭得撕她的心。可她眼里噙着泪，还是向后退。

待阿木会走路了，走得稳了，却比别的孩子都爱走。她要紧紧地看着他，一个不留神，他便不知走到哪里去了。他走失过两次，她报了警，千辛万苦地找到了。她心里又气又急，还怕。可看见了孩子，无辜地看她，一边笑，一边对她伸出手去，她心便软了下来，可还是怕，怕得忘了哭。那次差馆[1]里是个女警，她叹一口气说："这样的小朋友，还不睇实啲[2]，点做人阿母！"

她只觉得额前猛一抽搐，想起另一个女人，曾这样厉声抱怨她。不知觉，眼泪便决堤似的流下来。

此时，阿木走得壮健，竟至于跑。她紧紧看他。看他跑向了屋苑里的儿童游乐场，看他直直地跑向了秋千。以往，她是不敢带他去游乐场的。特别是白天。阿木异类的形貌，会激起其他孩子原始的恶。那种未经教育拘束的恶，会让幼童瞬间变得残忍如小兽。他们出其不意，围攻他，视为自己的正义，全然不顾他身旁的母亲。

反而因为防疫，她给阿木戴上了口罩，缩短了他与其他孩子样貌的差距。但阿木不愿意戴口罩，便撕扯下来。连思睿用了很长时

---

[1] 粤语。警察局。——编者
[2] 粤语。看牢一点。

间戴,甚至训斥他,也没有用。后来在心理医师的帮助下,忽然有了起色。阿木开始依赖口罩。似乎口罩为他带来了安全感。戴上了口罩,他那略迟钝的眼睛,开始有了光芒,是一种受到庇护的自信,他甚至连吃饭时,都舍不得摘下来。这自信鼓励了连思睿,带他去更多的地方。

在夜的掩护下,母子俩在空无一人的游乐场。阿木坐在秋千上,连思睿推一下他。他便发出欢悦的声音。后来,连思睿也在另一架秋千上坐下来,看着他。秋千发出"吱呀"的声音,沉钝的金属摩擦。秋千也老了。

连思睿看着秋千上的阿木,这孩子的轮廓。那样的瞬间,她仿佛看到一个少年。少年含笑看她,问她:"连思睿,你知唔知,我哋屋苑有几多人?"

连思睿摇摇头。他便学他阿爸,用业主委员会主席的腔调,开始背诵这屋苑的历史与过往,抑扬顿挫。

连思睿未听进去,她的眼睛,都在他的脸上。那样的一张脸,白得透明的额角。他在秋千上使力的时候,颈项上便显现出青蓝色的血管。她看着他。他背诵屋苑守则,先用中文背,然后用英文。背完了,自己觉得不耐和无趣,不再说话。便安静了下去。两个人,一前一后,只剩秋千吱呀声。多数时候,他都是这样安静。偶尔轻轻地扯一下衬衫的领子。连思睿知道,他的校服被他母亲送去浆洗过,太过硬挺。

他们不再说话,直到夜幕低垂,才各自回家去。连思睿想,这样好,她可以陪伴他的安静。而他不多的一些话,都说给她自己听。

他们的联络,除了同校,另有一层。连思睿的太阿嬷,在同乡中有声望。每到年节,佛堂里的查某便结伴来探望她。少年被母亲带了来。查某们有许多的话要讲,带来的孩子们少许熟识了,声音也是喧阗的。独少年坐在一旁,安静看她太阿嬷养在鱼缸里的一条红锦鲤。她太阿嬷看见了,将一封利市放在少年手里。少年微笑,没说恭喜发财、寿比南山,只是站起身,对她太阿嬷轻轻鞠一躬。

相聚到了尾声,主家孩子照例要展示才艺。连思睿坐在琴凳上,弹巴赫曲。熟透的谱子,她忽然忘了,手停下来。少年从鱼缸前抬起头,等一等,才在静寂中走过来。他坐在连思睿身边,伸出手指,弹了几个音。连思睿就记起来,接着弹。少年未走,待下一个段落加入,为她和音。

太阿嬷眯起眼睛,看到这孩子弹琴的手背上,有一根凸起的青蓝色血管。

晚饭时,她忽然说:"阿睿,你大个了嫁人。要找手上有'老脉'的男人,是顶靠得住的。"

连思睿的弟弟连思哲,伸出手,问:"太阿嬷嬷,我有冇?"

太阿嬷看都不看他,说:"你冇。林太家仔仔的手上,有一根。"

阿木生下来,瘦瘦长长,全是骨。三天后,褪去胎皮,一身似雪。连思睿却看见了孩子手背上,有一根青蓝色血管,从中指贯穿下来。她这才忆起太阿嬷的话。"男人老脉,终身有靠"。

这时候,太阿嬷过身一个月。林昭去世半年。

中学毕业，少年去日本留学，学艺术管理。

连思睿考上了南华大学医学院。她去机场送少年，笑盈盈。少年问她笑什么。连思睿开始不肯说，待少年要过安检，她忽大声喊："林昭，你要回来！我太阿嬷讲，我考上了医学院，做林医师家的新抱，唔失礼。"

少年回过头，对她笑一笑。过安检的人，都跟着笑。有人吹口哨，有人鼓掌。

四年后，林昭回来了，身形长高了一截，不再是少年。连思睿去机场接他，看着一个人，瘦瘦长长，从通道走出来，头发也留长了，大而松的西装，晃晃荡荡。是复古的时尚，像三十年前的木村拓哉，二十年前的柏原崇。

在计程车上，林昭不说话，侧着脸看着车窗外。车开上了青马大桥，外头是大片的海，还有绿色山脉，连着昂坪洲的水一湾。连思睿与他坐近些，轻轻唤："林昭。"林昭回过头，微笑对她。她只看见他上翘的嘴角。头发太长，覆在额上，看不见眼睛。连思睿伸出手指，拨开头发。看见还是青黑的瞳，幽幽亮。他嘴唇在笑，这眼里却没有笑意。连思睿在这眼瞳深处，看得见自己，浮在一片翳上。她的手垂下来。林昭将她这只手包在自己一双手里。一只手是冷的，另一只暖。她看四年不见，这手似乎又长大了些。手背上一根青蓝色血管，曲张着，又凸起了些。

中环歌赋街有间画廊，叫"Mong"，不大，邻近"九记牛腩"和兰芳园。里面悬着一幅油画，画底下标签有个红点，已经卖出。可还是长久地悬挂在那里。画上是一个裸女，坐在淡蓝色的天台上，远方有一架飞机飞过。女人一边的手与脚，不合比例地紧张交缠，另一边的身体却很舒展，私处生长出一朵莲花，昂然地艳。

这是林昭的画。连思睿隔一段时间，就会去看一看，她确定，画中的女人是自己。虽然，林昭从未完整地看过她的身体。但她确信，那就是自己。

她认真地看，看这女人蓓蕾样小小的乳，毛发的走向，以及颧骨上的一颗痣。

她想，林昭不可能没有画过她。

那个油麻地众坊街的出租小屋，在大厦顶层的天台。她记得，当时很仓促地租下了它。那天大雨，林昭脸上有伤痕，说再也不回家。他们用油漆将靠近街道的那一侧刷成了淡蓝色，一直蔓延到门口。就好像是小屋投到地上的一道淡蓝色的影。

那年香港的冬天，格外冷。广东竟然开始下雪。毫无预警的寒流，冷得冻死了人。连思睿用实习期的工资买了一台取暖器。小屋暖和了一些。两人坐在窗前，听外头的风呼啸着将屋顶上的铁皮吹得哗哗作响。

连思睿说，不如打甂炉[1]。林昭听了，就出门去。回来时，手里拎一堆从楼下超市买来的半成品食物。他说："我给你做个寿喜锅。"

在电磁炉上做了一锅东西，看不见面目。连思睿说："原来是个大杂烩。"

---

[1] 粤语。吃火锅。

可是，这一锅，在这冬日散发着膏腴的香味。她吃一口，味道居然很好，是各种食材鲜味的混合，虽然混得鲁莽，但从胃里一直暖下去。林昭说："我在日本四年，只学会做这个。"

连思睿说："我太阿嬷和我阿爸，都会煮饙。只有我，连个膶饼，都不会整。"

这时候，林昭看看她，就将她揽进自己怀里。林昭很瘦，但是肩膀宽而饱满，将她裹进去。隔着衣物，她仍然能感受到他的胸骨，像是被一幅竹帘包裹。有些硬，却抵心抵肺。她觉得踏实，心里有些悸动。抬起头，林昭却几乎没有动，只在她额上轻轻吻一下。

实习那年，是连思睿最快乐的时光。她频繁地走堂[1]，从冬天至夏天。这个天台小屋，邻近百老汇电影中心。他们在特价场叹冷气[2]，看冷门的东欧和西亚电影。看着看着睡着了。睡到一半，醒过来，连思睿发现自己靠在男孩肩膀上。男孩也睡着了，却正襟危坐。在闪烁蓝光中，她看男孩侧脸，轮廓圆润完美，肃穆如沉睡佛陀。唯山根处，隆起一块骨头，倏忽将这轮廓阻断。不由自主，连思睿伸出手，在这骨头上按一按。按不下去。林昭醒了，望向她，微笑无声，似水温柔。

若干年后，连思睿在大埔文武庙求签。相士望着阿木说，这孩子三十三岁时，临西北无水之地，可度劫数。

---

1 粤语。逃课。
2 粤语。在公共空间享受免费空调。

阿木生就同他父亲一样的鼻子。山根有节。

连思睿发现那只皮箧,出于偶然。

酷暑天,连思睿趴在桌上写毕业报告。小屋的冷气机忽然停了。以往也出现过,冷气机架在高处,林昭身长臂长,以往伸出手拍打几下,冷气机便恢复运作。偏偏这天他不在,去中环开的新艺廊应聘。

连思睿搬了一个凳子,爬上去,学着林昭,使劲拍打了几下冷气机。冷气机轰然一响,真的启动了。待她要下来,回头看见柜顶深处。有一只皮箧,粗砺的鳄鱼皮上,手绘着紫阳花。她没有见过这只皮箧,想了一会儿,将它搬了下来。

皮箧很轻,像是并没有装着东西,上着锁。她先试了林昭的生日数字,无反应;再试了自己的,锁打开了。

连思睿愣愣地看着箱子里的一片琳琅,都是女子衣物。有的颜色极其热烈艳丽,有的极幽暗。质料都很轻薄,放在手里,皆盈盈一握。

连思睿忘了表达情绪,惊奇、愤怒或哀伤。她甚至忘了追究它们的归属。她只是深深被这些衣服所吸引。它们太美,美得在她的经验之外。像是二十年的懵懂间,十回九曲,误入了一处桃源,眼前豁然。

拎起其中一条裙子,那样辽远的黑,在裙底渐变为蓝。墨色的蓝,像是宇宙深处的一个黑洞。这黑洞,引诱着她。情不自禁,她脱下了自己的衣服。

她穿上了,对着镜子,才发现这裙子格外地大。裙裾垂至脚踝，肩线松松地叠在手肘上。

　　她以为的美，顿时消沉了。像她还是细路女时，偷偷试穿母亲袁美珍的衣物。那种不合身，带着一点偷窃的心理，在期待中落荒，忽带来羞愧与自卑。她不甘心，又穿上一条艳丽的裙子。那夸张斑斓的花卉，以饱和的色彩将她卷裹、吞噬，让她黯然地沉没下去，让她透不过气来。她像溺水的人，在挣扎中将裙子脱下来，扔在了一边。她颓丧地坐在地上，想，作为一个女人，还没有看到对方，却已一败涂地。这时候，她才感到悲从中来。

　　她没有听到林昭从她身后走了进来。林昭站了一会儿，默默地脱去了衣裤，他将那条裙子拎起来。当连思睿回过头时，看见刚才那斑斓的裙子已完美地贴合于另一人的身体，每一处细节。嚣张而喧哗的色彩，此时也熨帖了，像是被驯服的猛兽。林昭坐下来，从抽屉里拿出连思睿的化妆包。开始化妆，手法熟稔。良久，他解开马尾辫，长发如瀑披散。他回过头，站了起来。

　　连思睿抬起满布泪痕的脸。她看到眼前立着一个陌生人，一个陌生的"女人"。甚至，不是女人。因"她"美得太夺目。在这狭小的天台出租屋，"她"艳光四射，美得有如神迹。连思睿不禁跪着，爬了过去，捏住那裙裾。她望向这个神——如幽井的瞳，慢慢翕张，有一种由衷的、喜悦的力量，从神的脸上焕发出来；然而另一边，微阖双目，眉宇清明，低眉仿若佛陀，都让人膜拜。一半佛陀，一半神。

　　林昭说："这是真的我。"
　　许久，他终于坐下去，随手捡起纸巾，大力地擦去脸上的妆。

连思睿上前阻挡。然而迟了。妆容已被擦得残破黯淡,他面目全非。林昭亲手毁了这个神。

连思睿将从云端跌落下来的林昭轻轻抱住。她将他的头揽到自己怀里,说:"留住真的你。我帮你。"

连思睿问做手术前的林昭,有什么愿望。

林昭沉默很久,说:"我想要一个孩子。"

连思睿沉默很久,说:"我帮你。我们一起养大他。"

手术后的一个月,他发生了排异反应。

连思睿验孕,两道清晰的红线。

林昭说,打掉吧,还来得及。

说话时,林昭想摸摸她的脸。可他的手连着轮椅上支起的吊瓶。那条青蓝色血管,在惨白的手上凸起,像蚯蚓样扭曲的叶脉。连思睿一下一下地梳着他的头发。这头发长已及腰,垂下来,像是乌亮的锦缎。也是奇,人已经虚弱单薄,如叶秋萎,却仍然有能量供养这头发,让它无止境地盎然生长。

连思睿相信,这就是神迹。她说:"我不会打掉。这孩子在,你就会一直活着。"

林昭没有等到孩子出世。

但他的形神,历经数年,终于以一种曲折的方式,在阿木的脸庞上浮现。

连思睿记得,那是雨夜。诊所的护士姑娘说,有一对老人,在外面已坐了整个下午。不说话,不求医,只等她问诊结束。

她走出去,觉得其中一个老人似曾相识,终于想起是林太太。那依偎着太阿嬷的同乡妇人,玲珑娇小。不见数年,如今怎么这么老?她的丈夫,公立医院的退休院长,再无意气风发,眼睛混浊。他们一同站起身,小心翼翼唤她:"连小姐。"

她冷声问他们:"什么事?"

林太太说:"让我们见见孩子。"

连思睿将头轻轻偏过去,看墙上挂钟,指针指向九。

林医生说:"我们发现了林昭的日记。"

这个名字刺痛了她。她想,就是这个男人当年将林昭赶出家门。林昭有一个医生父亲,却至死未向他求助。

忽而,林太太向她跪下。这个年老的妇人,哭着扯住丈夫的裤脚。林医生硬挺的膝盖倏然一软。

连思睿说:"这是我的儿子,林木。"

阿木躲在她身后,怯怯地望着老人,好奇而颟顸,宽阔的眼距间,是山根上凸起的一块骨。

林太太对他张开臂膀。许久后,他摇摇晃晃走出去。连思睿一咬唇,让他走。

林太太将孩子抱过来。阿木有些惊,看向母亲。连思睿点点头,不说话。

林医生将孩子的手放在自己手里,紧紧握住。一大一小两只手,翻过来,手背上,都是青蓝色的一根血脉。

连思睿问:"这样一个孩子,你们不嫌弃?"

林医生说:"自己的孙,为什么要嫌弃?"
连思睿问:"自己的儿子呢?"

她从包里掏出一张照片,放在他们面前。那个盛夏黄昏,在天台小屋里拍的。宝丽来照片不清晰,色彩却分外艳。照片上的林昭,长发如瀑,脸相舒展,在那一片斑斓中盛开。一半佛陀,一半神。

三

若不是因为段河，连思睿不知香港也有座灵隐寺。

段河没有想过会见到她。那天，他将玻璃钢制成的佛像送到佛堂，众人啧啧。他用目光在佛堂里寻找，没有见到那个女人。

问起点传师，他只说，她时来时不来了。可能疫情趋缓，诊所又有了生意。

段河找那张名片，许久未找到。便打电话给点传师，问连思睿诊所的电话。

他说，自己有一颗智齿发炎，想拔牙。

点传师给了他，补一句，她的诊所在荃湾，还更远些，要坐小巴，下车看到"陈记深井烧鹅"，就到了。

他答应。点传师又补一句。"记得要预约。"

段河没有预约。他在一个黄昏，从东涌坐港铁到荔景，转乘荃湾线，坐到底。然后乘九十六号小巴，穿过一片荒凉，竟渐渐又进入热闹的街市。这热闹，是荒凉中的一座孤岛，被青山公路所阻隔。可见是经久而成的烟火气，与他所见过的香港休戚与共，却又仿若无关。他知道，这里便是所谓新市镇，有自己发展的脉络与习性。像是某个游荡在外的孩子，不必晨昏定省，生长得烂漫不拘。

所以这里的房屋、街道乃至路人的衣着语态，都似乎有些不同。他借助导航，找到了"陈记深井烧鹅"。原以为是个烧腊店铺头，没想到三层楼高，堂皇得出人意料。他在这食肆的右手边，看到了"连城牙科诊所"。

他笑一笑，无聊地联想了一下牙医与餐厅的关系，可算是周边业务。

于是他推门进去。护士姑娘问他有没有预约。他说，没有，他可以在这里等。

护士说："唔好意思。吴医生今天的预约满了。"

他问："吴医生？"

护士说："你不是来看吴耀城医生？"

他说："我来找连医生，连思睿。"

护士说："连医生今日休假，不当值。"

段河想一想，从包里拿出一只盒子，递给护士，说："麻烦转交连医生。"

三天后，段河去万佛寺临罗汉像。深夜才回到灵隐寺，看到桌上摆着盒子，打开，里面是那尊佛陀像。

阿爹说，傍晚时候，一个女人来过。等了一会儿，放下就走了。

阿爹抽一杆烟，里面是云南种的大叶青，味道有些发冲。可闻得久了，便会醉。醉里雕出的佛像，他醒来再看，神态便不一样。阿爹做的佛像，便总比别人多了一种微妙神情。

他看着那尊佛陀像，在灯影里头，低眉肃然，嘴角却有一丝未解笑意。不知是因他醉，还是因眼倦。

他问阿爹，女人可留了什么话。

阿爹说："她说谢谢你。自己屋企不供佛陀，只供观音。"

段河默默坐下，将那尊佛陀像面向自己。佛的笑意没有了，青森森的眼眶里，却见火苗。是蛾在灯光中飞过扑翅的影。

阿爹说："她说，还会再来。"

几天后，连思睿真的来了。

她下了车，大约一路车程漫长，又无前次的新鲜，忽觉得疲累。便在路口的息肩亭坐下。这息肩亭上开了一扇花窗，听到有声响，从窗外探进了一个脑袋。她回头，竟然是头小黄牛。她站起身，牛也吃了惊。一抬头，叮叮当当一阵响。她看牛脖子上挂了个铃铛，上头镌了"灵隐"这两个字。

那牛便往山路上走，她也便跟着走。眼见着，前面还有几头牛，都回过身，好奇地朝她望过来。牛都挂着铃铛，并没有停下脚底行路，便有众声喧哗之势。

走了许久，她依稀听到泉水声。待看到溪流，牛只都停下喝水。她也就望见眼前的石牌，刻着一副楹联："灵气独钟，一水萦回登彼岸；隐修证道，众山环拱护真如。"

她看那山门上，三个大字："灵隐寺。"

前次大约来得晚，下了计程车，她便进了这山门。暮色低沉，她竟然连寺名都没有看见。原来字体是敦厚持重的。因这山门也依稀有些历史，花岗岩上生满了青苔，竟然让她有些恍惚。她这时想,香港,原来也有一座灵隐寺。

她和林昭唯一一次旅行,是在她大学毕业后。他们去了浙江,先去了杭州,又去了绍兴、乌镇。到杭州,他们自然去了灵隐寺。因是盛夏,树木葱茏,整个寺庙也便绿透了。那座寺庙,真是气势盛大。一重又一重,天王殿、大雄宝殿、药师殿,一殿接一殿,走不完似的。

他们上飞来峰,全是宋元间石刻造像。在龙泓洞,看到一尊天冠观音像。林昭停住,久久地看,这观音像身上风化斑驳,法相却丰美庄严,也与他们久久"对视",抬头可见一线天光,映照在洞壁上,缓移如日晷。

连思睿走进来,将一只盒子放在桌上。当时段河正在雕刻韦驮头像,金刚怒目,用的是樟木,房间里飘荡一种清凛而厚重的气息。然而连思睿走进来,有一种淡淡的植物香味,穿透了那清凛。

他抬起头,打开那只盒子。盒子里是一尊德化瓷制的水月观音像。他捧出来,才发现观音像从腰部裂为两半。连思睿说:"我不供佛陀。这观音像,你能为我制一尊吗?但是,我家里有孩子,要用不怕摔打的材料。"

段河想一想,说:"好。"

他迎着光,看见这观音像底部,刻有几个字。迎光认一认,是"苏舍葛氏"。

这时走进来一个中年人,着土黄直裰,应该是本寺的和尚。见桌上断裂的观音像,他似乎一惊,双手合十,道句"阿弥陀佛"。

说完递给段河一只琴盒,他说:"今天实在走不开,唔该。"

和尚合十躬身，便退出了。段河拎起琴盒便走出去，看她一眼，道："我送送你。这里车不好等，在大澳车还多些。"

连思睿跟着出去，遥遥看见几个僧人，在园子里忙碌。段河说，他们在收葫芦瓜，前些天总下雨，饱了水，再不收要烂在地里头。

连思睿就问："他们平日里吃的，都是自己种吗？"

段河说："嗯，他们在后山还垦了块地。人也不多，够自给了。以往旅游旺季，大澳那边的游客会过来吃斋，还要到外头采买些。这几年疫情，没什么人来了。他们自己吃足够了。"

他们听到有人咳嗽一声，看一个花白发的人走过来。那人将烟杆在树干上敲一敲，说："早点回来。"

寺庙后头，竟还有一个车库，停着一辆"通用"车。段河走到最里头，推了辆电单车出来，给连思睿一顶安全帽，叫她坐在后头。

连思睿接过帽子，遥遥向庙里看一眼，说："那是你阿爹？"

段河点点头，说："嗯，生人勿近。"

电单车沿着山路经过咸淡水的交界，进入大澳的区域。可见两边依海而建的棚屋，都是高脚的，底下便是不甚洁净的海水。这些棚屋挤挤挨挨，屋顶有的被油漆成了亮丽的颜色，自然而成自己的一道轮廓鲜明的风景。虽有些言过其实，这大概是被政府对外宣传为"东方威尼斯"的依据。

远远地，他们看到一幢淡蓝色的建筑，上面写着"佛教筏可纪念中学"。校门口等着一个少女，正孜孜地望着外头，眼神有些焦灼。段河就停下，背上琴盒。叫一声"阿影"。少女便笑盈盈地走向他。段河说："你爸说修好了，先用着。下学期给你买只新的。"少女接过那只琴盒，说："唔该河哥哥。"

少女看看连思睿，也对她浅浅鞠一躬，然后返身就往校园里走去了。

段河说："阿影好乖的，识得照顾自己。她是靖常师父的女。"

连思睿大约有些迷惑的神情。段河说，靖常是结婚后出家的，本来是大澳的渔民。他出家后没多久，老婆过了身。阿影是他师兄弟几个人一起帮着他带大的。

连思睿说："上这间中学的孩子，都是本地子弟？"

段河说："是啊。渔家孩子们没学上，宝莲禅寺的筏可大师就捐了这个学校，办到现在。校训是'明智显悲'。"

连思睿笑笑，说："你倒很了解。"

段河说："别看我没来多久，天天待在寺庙里，听师父们讲古，什么不知道？我还在这学校兼了门课呢。"

连思睿问："那你教什么？"

段河说："美术。"

他重新推起电单车，说："我呢，没事就帮师父们跑跑腿，省得在寺里白吃白住唔好意思。如今这一带我熟得很，有些地方香港人都未必知道。虎山后头有一门葡萄牙人留下的大炮，我带你去看看？"

连思睿见他眼里有光，是少年稚拙的得意样子。她说："你要有空，陪我去买瓶虾酱。"

他们穿过横水桥,走进大澳的市集。因为疫情缓退,街上似乎有些复苏的景象,荡漾着海味铺传出的风干的鲜香。丰腴些的,是近旁炭烧鱿鱼的香气。鱿鱼在铁板上嗞嗞地响,渐渐打起了卷。铺里则是一片丰足的明黄色,是茶果、鱼肚与咸鱼。经过一间凉茶铺,段河走进去,出来拿着两瓶凉茶,鸡屎藤茶给自己,紫背天葵茶给连思睿。忽然他愣住,看着连思睿问:"酸唔酸?"

连思睿说:"酸。"

他又问:"腥唔腥?"

连思睿细品品,说:"有啲啲[1]。"

他便将瓶子放在阳光底下看一看,说:"弊!买到假嘢。"

连思睿笑说:"十几蚊[2],仲有假嘢?"

段河皱皱眉头,说:"怎么没有?阿影教我,正宗的要用绍兴金钱葵煲,几千蚊一斤。成个大澳都饮,哪儿来这么多?啲衰人用本地水葵整,几十蚊一斤,有啲腥嘅。"

连思睿见他疾恶如仇的样子,愣一愣,道:"你好憎人做坏事?"

段河缓缓说:"来世会有果报。"

连思睿看到远处有渔船接近,发动机发出轰隆的声响,遮没了周遭其他的声响。她说:"你又说你不读经。"

两个人默默往前走。沿街有许多铺头,都在卖虾酱。但连思睿并未停下,他们一直走到石仔埗街,经洪圣古庙,转入吉庆后街,连思睿总算停在一处铺头前。铺头极小,很败落,没有招牌,仅仅

---

1 粤语。有一点点。
2 粤语。十几元钱。

在一个白板上写着"生记"二字。一个胖大的妇人抱着婴孩，问他们要什么。她说："我想买虾酱。"

妇人横了她一眼，就往铺头里喊了一声。便有一个男人走出来。男人干瘦，耳朵上夹着一支烟。屋里面传出用粗口催促的声音。显然正在进行一个牌局。男人有些不耐烦地对他们说："冇虾酱。"

连思睿在他转身时，轻轻说："我是林阿嬷的孙。"

男人回过头，问："北角嘅林阿嬷？"

连思睿点点头。男人叹一口气。"我听说林阿嬷几年前过身了。"

连思睿说："我太阿嬷只钟意食'生记'的虾酱。"

男人又叹一口气。"我老母旧年都走咗，我屋企现时没人整虾酱。你知十年前，政府都唔俾'梅虾拖'系大澳捕银虾。现时'郑祥兴''胜利'那些虾酱厂都系用外地虾整。"

连思睿说："我自小食太阿嬷整的虾酱肉饼，食得出味唔同。我太阿嬷话，好虾酱系陈家阿婆用脚板踩出来，唔系机器压出来。"

男人就笑了，说："因为这个，食环署啲人来投诉好多次，话唔卫生。我啲唔整啦。"

连思睿说："我知道你哋有，我想买来整饼拜我太阿嬷。"

男人狡黠一笑，说："果然有料到。我阿母过身前，都整咗几十罐。我藏在雪柜里，都是用本地银虾。我哋屋企想自己慢慢食，让你一罐啦。五旧水。"

段河听罢在旁边说："一罐虾酱五百蚊？不如去抢银行！"

连思睿掏出一千块，说："老板，唔该，两罐。"

连思睿捧着两罐虾酱，还带着冰凉的雪意，不知为何，心里忽然充满一种富足的感觉。他们穿过夕阳下街市的人群，段河看到她脸上光灿灿的，仿佛镀了一层金。远处的海水，也是一道潮汐下金色的线。船的轮廓，桥的轮廓，都是金的。一群放学的中学女生，穿着与阿影同样浅蓝色的校服，一路嬉笑着走来。在这阳光底下，这浅蓝色折射出一种蓝金色，像是孔雀翎的色泽。这些青春的孩子，抑制不了爱美的天性。她们戴着色彩缤纷的口罩，表达着自己的审美和个性。有草间弥生的波点南瓜图案，有黑底上画着性感红唇图案，有凡·高画似的金黄麦田图案。而有一个孩子，并没有参与热闹。她安静地望着同伴们。她的口罩，白底上，只有一段五线谱。

连思睿微笑着将那段谱子吟唱出来。

段河问："你在唱什么？"

连思睿的笑容慢慢地消逝了。过了半晌，她说："是《安魂曲》。第三乐章 Dies Irae，《末日经》。"

孩子们远远地走了，连思睿望着她们。那个最安静的孩子，落到队伍的后面。她仿佛躬身系鞋带，却没再起身。连思睿眼睛不眨，望向人群，那孩子就此消失在人群里了。

连思睿问段河："SARS 那年，你在哪里？"

段河想了想，说："可能在澳门。"

连思睿看看他，说："可能？"

段河说："那年我刚出生，不记得了。"

连思睿说："你不记得在哪儿出生？"

段河望见横水桥上的人，这时被清空了。这桥从中间慢慢断开，抬起。一只高身的机船缓缓地驶过河道。狭窄的、挤挤挨挨着棚屋的河道，像是游进了一头搁浅的巨鲸。

段河说："我是阿爹在船上捡的。"

当机船的船尾也开进了河道时，那桥慢慢地降下来，在中间合龙。四周的人声才重新响起。原来刚才人们不约而同地屏息凝视，像在看一场大型表演。

段河问："你呢，SARS 那年在哪里？"

连思睿说："在香港。那一年，楼价跌到插水。我阿妈买了第二层物业。我们换进了一个八百呎的单位。我阿爸说，我阿妈一世人，得个'勇'字。"

段河没有接话，静静地看河底。连思睿说："你几时知道我的事？"

段河问："我知道什么？"

连思睿说："素昧平生，送我一尊佛像。在你看来，我是有多少业呢？"

过了一会儿，段河说："你为什么不改名字？"

连思睿说："我为什么要改？改了名字，能改命吗？"

他们到了车站，却看见一个白发人坐在巴士站台上。他阿爹见了他们，站起来，对段河说："衰仔，唔听电话。"

他将那只盒子递给连思睿，说："这尊观音像，我们不留。"

连思睿愣住，没有伸出手接。他阿爹说："若非出佛身血，我为你重新造一尊，你请回去。唔使留低[1]，我已记得样。"

夜里，连思睿将阿木照顾睡着了。这才坐下来，在电脑里输入自己的名字。

互联网有记忆，所有的。

五年前，震动全港的教授杀妻案，渗入了网络的每个枝节。政府公告、媒体、论坛。那些谩骂与诅咒，被时间稀释，仍汩汩地流进毛细血管，激发了皮层，结成痈疽。都还在。

最著名的一张照片，是她父亲连粤名戴着头套，手里却捧着那块沾满血的"浮图"。血，是她阿妈的。那头套里露出的眼睛，眼神并不慌张，相反，十分地平静。日后，在媒体和舆情的发展中，这张照片被多次引用，作为他冷血的佐证。

她阿爸的中学同学 Uncle Leo[2]，为他请了本港最出名的刑事律师。庭上传召临床心理学家，辩方供称，被告长期患有重度抑郁症，而死者因患思觉失调给予被告的压力，属言语暴力，甚至达心理虐待程度，水平介乎中等至严重，令其情绪控制能力受损，理性被情绪骑劫而致误杀死者。

然而，在接受传唤时，面对控方质询，连粤名说："她活着受了许多苦，我是想让她死的。"

连思睿终于又看到了那张照片，是她自己的。在北角的诊所门

---

1 粤语。不用留下来。
2 莱奥叔叔。——编者

口,有人用红漆喷着"杀人犯嘅女"。护士报了警,却引来了媒体记者。她想要不卑不亢地面对镜头,眼神却虚了下去。那张照片被媒体记者别有用心地将玻璃门上的医生简介拍了特写:

连思睿　牙科医生,
南华大学牙医学士;南华大学牙医硕士(义齿学)
DENTAL SURGEON BDS(SC)MDS(SC)

曾经令家庭骄傲的履历,成了红漆下的污渍。她的名字在互联网上,被扩散开来。虽然她经历了一个干净而出色的学生时代,但还是被挖出了未婚先孕的事实。网友们乐此不疲,进而发现孩子的父亲——一个以女性身份示人的画廊策展人,在手术过程中丧生。

媒体记者因此而兴奋,像是嗜血的鲨。他们潜伏,闻着血腥味而来,终于等到了阿木。他们在一个小公园里拦住了坐在婴儿车里的阿木。那是一辆特制的婴儿车。一般的婴儿车已经无法承载阿木的体形了。媒体记者面对这个眼距过于宽阔的孩子,犹豫了一下,但是手却没有停。在闪光灯的耀射下,阿木原本呆滞的眼神被激活了。他对着镜头咯咯地笑起来,甚至手舞足蹈。在他眼中,这些突如其来的陌生人,都是取悦他的玩具。

连思睿扔掉了手里的奶瓶,扑到了婴儿车上。她如一头凶狠的母兽,护住自己的幼犊。多年之后,她看着八卦杂志记者拍摄的照片,自己姿态狠且硬,目露凶光。是的,她很像个杀人犯的女儿。

网民的结论是,这孩子,是这个罪恶家庭被诅咒的结果。

她没有改名字。只要她愿意，她可以像蜗牛一样活着。她背负着一只壳，可以游到更远的地方。这壳有些重，因为壳里装着阿木，还有过去的她自己。

中午时，连思睿在厨房里，煎姜丝，蒜粒，打开了那罐虾酱，下锅爆炒。那熟悉的膏腴的香味，在家里弥漫开来。六年了，她久违这香味，此刻竟没有半点陌生。一忽儿，让她产生幻觉，以为太阿嬷还在。太阿嬷将通菜放进锅里，"嗞啦"一声。小小的她，便跟在太阿嬷身后，嘴里也"嗞啦"一声。太阿嬷说："花雕要少放噢，通菜自己会出水！"她便跟着说："花雕要少放噢，通菜自己会出水！"太阿嬷说："通菜半熟下芡粉噢。"她跟着说："通菜半熟下芡粉噢。"太阿嬷说："放点红椒更惹味啊。"她也跟着说："放点红椒更惹味啊。"

此刻，她嘴里念着，跟着太阿嬷念完了，菜也做出来了。

连思睿用筷子夹虾酱给阿木吃。阿木吃了，两眼生光，咿咿地叫起来。她也笑了。现在的孩子，有几个喜欢吃虾酱的呢？

太阿嬷说："到底是我们连家的囡，嘴里有数，知道'生记'的虾酱好啊。"

四

若不是因为段河,连思睿不知香港也有座灵隐寺。

段河是跟着庆师傅来的。他叫庆师傅"阿爹"。

因为庆师傅今年六十七,比段河大了将近四轮。叫"阿爸"年纪老了点,叫"阿爷"又少了点,所以就叫"阿爹"。

阿爹并非生来孤寡,原在澳门也有家有口。不过家里人丁并不兴旺,到他又是单传。

沈家并不是历来做佛像的,至于为什么后来做佛像,个中也有缘由。

澳门与粤港一样,有清明拜山的民俗。但到关外拜山实在是近百年内才有的事。早年澳人身后大多葬在大三巴门外,自连胜街、连胜马路、沙岗至莲花山一带,过去都是乱葬岗。再就是镜湖医院一带,后又转至竹林寺。澳葡扩大管治后,这些地区的山坟还有后人的,便迁往关闸外莲花茎的两旁。但也有无人认领的。当年大三巴门外若有民居扩建,还常发现深埋的骸骨和骨坛。

近一百数十年间,由于镜湖医院建于连胜街,并设有长亭,彼时送葬的人大都到此为止,自此便由仵作运至关闸外下葬。这镜湖医院周边几条街,便被称为"阴阳路"。凄风冷雨间,常见送殡队伍。贫家便罢,一副薄棺,小队吹打手便送走往生。若有钱人家,仪仗队伍迤逦,祭帐如林,四十九日内守孝,逢七便做一番盛大法事。所以连胜马路一带由此形成了颇为庞大的殡葬行业,由仪仗至棺材,由做法事的道士到打斋的僧尼。无一不有。而沈家,庆阿爹的阿爸,便是给人刻墓碑的。

  沈家爷爷大名自昭。有些学问的人便知道,典出《周易》,"君子以自昭明德"。连胜街上的人,没学问,不管这么多,都叫他"昭叔"。昭叔有名气,因为自己写得一手好魏碑。隶书和瘦金体,也都似模似样。别人家的碑匠,生意来了,往往要照主家的要求,从帖上集字,再往石上刻。他不用,提笔便写。可遇到要墓志铭的,别人家的碑匠还得求他来写。这"沈家印刻",赚主家的钱,也一并赚了同行的钱。因为他的字写得好,到了年关,竟还有人央他写挥春[1]。就有人背地里说,写了碑文的手写春联,谁贴到门上,这一整年可不好过了。可旁边人就嗤他道,这条街上的人,哪个不是吃的死人饭,谁还嫌弃谁呢?

  听到议论,昭叔就好脾气地笑一笑,继续铿铿锵锵地刻自家的碑。按说有这样的本领,昭叔的生活应该是颇为顺达的。但其实不然。他们夫妇两个,多年膝下无子。他自己倒没什么所谓,放不下的是他阿娘。

  昭叔是入赘到妻家的。沈不是昭叔的本姓。他姓韩,但韩又是他的母姓。至于他的阿爸姓什么,竟然没有什么人知道。连胜街上下只传说,他阿爸是广州城的一个多情殷商。那年代,陈塘风月名

---

[1] 粤语。春联。——编者

闻天下。但这商人逛厌了紫洞艇，便有些向往濠江风月，乘船来澳门冶游寻芳。在福隆新街执其寨厅，花符飞去，莲步迟来。打水围时，见到一个筵上引吭的琵琶仔金秀，惊鸿一瞥，再难忘了。两意缱绻，即晚封相。点了大蜡烛，洞房春暖。商人情重，未几，便给金秀赎身，纳为外室。算在澳门安下了另一个家。因多有生意往来，与金秀便做日常夫妻，恩爱甚笃。一年后金秀有了身孕。商人说，若诞下麟儿，便接她回穗，从此乐享天伦。金秀便日日到女娲庙上香叩拜。可就在临盆时，商人来澳，风阔浪大，遇上海难，整艘船沉没了。金秀忍痛生下孩子，果真是个男孩，更觉哀恸不已。终日神思恍惚，有一日抱着孩子便出了门，再未回来。很快，就传来其跳海殉情的消息。

有人便说，那日似乎在连胜街看过她。连胜街上住着一个瞽姬，叫明香。那天晚上，明香听见后院有啼哭声，像是夜猫声，就摸索出去，在柴房摸到一个包袱，便喊她男人。男人一看，是个几个月大的婴儿。打开包袱，明香问他有什么。男人说，有两本书。一本《竹枝词》，一本《论语》。还有张字条，上头写了"自昭"两个字。明香愣一愣，大声痛哭起来，说："是金秀姐托孤来了。"

金秀和明香，自小就相识，长在同一条街上。两个女仔，家境相若，都是贫苦出身，长大后命途却不同。金秀貌美，给卖去了福隆新街做琵琶仔；明香眼盲，却生得好歌喉，便随她爹沿门卖唱。明香人聪明，椰胡、月琴、三弦，样样使得好。声音清婉，沿街呼叫："打琴唱嘢，有嘢唱，玉葵宝扇，夜吊秋喜……"

有一日，明香照常出门卖唱。一日唱下来，精疲力竭，不过换得"双毫[1]"数枚。傍晚却遇见轻薄街少，截住她，许以重金，叫她唱《花艳离》。这是首风月小曲，内容露骨，别说是如她般的稚龄琵妹，就是上年纪的琵师、师娘开口都唱得脸红。但明香阿爸只觉人穷志短，此时计较不了许多，便让她唱。唱了没几句，琴声停住。有人按住她的手，对那街少说："少爷想听，我唱给你听。这哪里是清白女仔唱得的？"

金秀附在明香耳边，轻轻说："我们在人眼里是下九流，不能看轻了自己。"

以后，金秀就把明香带在身边，只要自己应纸出台，便让明香跟着唱曲。因为金秀在濠江花国名声日隆，客人里不乏文人雅士、阔佬豪客。明香弹得唱得，有客打赏，渐渐日子也好过了许多。久之，外来的寻芳客，到福隆新街，便都要见见这对有名的阿姑和琵妹。所谓伶不离妓，妓不离伶。明香眼看不见，但心亮。知道金秀为了帮带自己，推却了许多恩客来打水围。这行池浅，哪里来这么多情重之人？都是假凤虚凰。舅少们做了几回"干煎石斑"，便另觅良枝。她想，金秀做不了红牌阿姑，是因为自己拖累。

有一日，她便对金秀说："阿姐，我要嫁了。"

金秀愣愣地问："嫁给谁呢？"

明香说："沈阿祥。"

金秀想了很久，说："沈阿祥是谁呢？"

明香说："连胜街口的驼子。"

金秀说："噢，这我倒是想起来，他们家是给人刻碑的。"

1　旧时价值二角的银币。——编者

明香说:"是啊。大家都不记得他的大名,只叫他沈驼子。驼子配盲妹——正般配。"

金秀说:"你情愿吗?他年纪有些大了。"

明香说:"由得我吗?我阿爸将我卖给他了。嫁谁不是嫁呢?"

金秀说:"我听说,这个阿祥,读过书的。他爹以前在广州得过秀才,写一笔好字,来澳门做写信佬,人人都说他写得好。"

明香说:"是啊,他和他爹字都写得好。他爹写给活人,他写给死人。我都看不见。"

金秀说:"做女仔,其他都是假。有个好人家做归宿,最重要。"

明香说:"阿姐是我恩人。我千盼万盼,就盼阿姐有个好归宿。"

明香嫁给沈驼子,过了两年生了个女女。满月时金秀来看她,送给女女一把赤金长命锁。金秀问:"阿祥对你可好,可痛锡[1]你?"

明香点点头。她看不到自己脸上的两片飞红。

金秀将她的手轻轻放在自己隆起的肚子上。

明香手一颤,喜道:"阿姐也有了身孕?"

她将那有障翳的眼睛使劲睁一睁,仿佛这样地努力就能看见。她看不见,但耳力好,她躬下身,将耳朵贴在金秀的腹部。半晌后,抬头说:"阿姐,我听到他蹬腿呢,可盼是个男仔。"

金秀柔声笑道:"男女都好。女女我就教她女红。男仔我就盼他能像他阿爸,多读点书,能读《论语》,能写《竹枝词》。"

明香说:"《论语》是什么书?"

---

[1] 粤语。疼爱。

金秀摸摸自己的肚子，说："他阿爸说，是读通一半，就能治天下的书。"

明香说："那读通了全本，不是要中了状元，还能当皇帝？"

金秀说："这些都不求。他阿爸给他起了个名，叫自昭。就是让自己亮堂堂地活着。"

这时，明香听到隐隐的啜泣声。金秀拉起她的手，握住，说："阿姐也算有个归宿了。"

昭仔是吃香师娘的奶长大的。

那时候，明香的女女彩云已经断奶。她硬是让自己的女女将那已回去的奶给吸出来。那乳头给吸得发紫了，这才有淡淡的奶水，一点点地渗出来。她喂昭仔喝。昭仔饿极了，使劲吸吮，小脸给吸得通红。明香一边喂他，一边感到有滚热的水从自己脸上流下来。她想，这孩子来了，她才知道自己也会哭。她爹娘死了，她都没哭。以前她娘说："女，哭出来吧，眼就亮了。"

这孩子来了，她哭出来了。哭出来了，仍旧看不见，但好歹哭出来了。

昭仔刚会说话，明香就叫驼子阿祥伯给他念《论语》。阿祥伯说："我自己都读不懂，怎么给他念呢？"

明香说："那我就请先生给他念。"

阿祥说："我们这样家庭的孩子，要念什么书呢？"

明香睁一睁眼睛，斩钉截铁地说："念！金秀姐说，我们在人眼里是下九流，不能看轻了自己。"

昭仔读书，一直读到了十五岁。不但读了《论语》，还有《孟子》《资治通鉴》。

昭仔聪明，读书过目不忘，朗朗上口。读完了就背给明香听，明香听不懂，只觉得好听，比自己唱的所有的曲都好听。

阿祥伯别的教不了，但会教昭仔写字。家里有老秀才留下的书帖。《张猛龙碑》《曹全碑》《黄州寒食诗帖》，一本接一本地临。

明香看不见。昭仔写完一幅字。她说："仔，拿过来给我。"昭仔就拿过去。明香将那白报纸放在鼻子底下，仔细闻一闻，只闻见清凛凛的墨香，分外醒脑。她说："仔仔写得好。"

昭仔就笑，说："先生先前给我讲过一段古，是《聊斋》里的，说有个盲和尚，不用看，闻一闻就能闻出文章好坏。阿妈也有这个本事呢。"

明香听了，立时变色，将那白报纸掷在地上，无声响了。

昭仔以为是自己说错了话，提到盲和尚，惹了明香伤心，立即跪到地上，说："儿子不孝，阿妈打我。"

明香听了，真的伸出手，重重打在他身上。她一边哭，一边说："你点可以叫我阿妈！教你几多次，要叫阿娘。"

昭仔也哭了，说："人家叫得阿妈，我怎么叫不得？你养我长大，你就是我阿妈。"

明香长叹一口气。"你记住阿娘嘅说话。点都好，你在世上只有一个阿妈，姓韩，叫韩金秀！"

昭仔十五岁那年，清明前，阿祥伯去山里运碑材，被一块大石砸中，当场命就没了。

明香将积攒的钱都拿出来,给他置了一副体面的寿材。可是,下葬没有墓碑。街上的同行找过来,说:"一场兄弟,我给他刻,唔收钱。你间铺好顶给我,价钱好说,供仔读书。"

明香想想,说:"好。"

昭仔将那人推出去,说:"我阿爸的碑,我来刻。"

昭仔生平刻的第一块碑,是给他的驼子阿爸。刻"沈阿祥"三个字,用的是大隶,看过的人都惊叹,有王侯气派。

有人说,沈驼子算有福,自己的碑,好过他为人哋刻。

那同行又找过来。明香摸摸索索,寻出了店契,要抵给他。昭仔一把夺过来,又将那人推出去,说:"阿娘,你糊涂。"

明香不说话。

大清早的,昭仔见她手里拎着一把三弦,穿了一袭黑色师娘衫。一只手搭在彩云肩上,要出门样。

昭仔拦她,她硬着肩膀要出去。她说:"不顶铺,拿什么供你读书?阿娘唯有再沿门卖唱。"

昭仔说:"阿娘,我不读书了。"

明香便哭起来,说:"你不读书,我点对得起你阿妈?"

昭仔说:"家都要散,我的书能读得安乐?我点对得起阿爸同阿娘?"

昭仔说:"有我在,'沈家印刻'不能倒。"

因为昭叔,"沈家印刻"没有倒,日益昌盛,成了连胜街上碑刻第一块牌子。

众人都说,昭叔比他驼子爹的手艺还要好。他刻出的碑文,字里有魂。

他读过的书，喝过的墨水，全都派上了用场。他写出的墓志铭，文采斐然。

昭叔二十岁时，娶了彩云。

彩云人静，模样不靓，却随她阿妈有副好歌喉。昭叔干活累了，她便唱曲给他听。"犹记月下花前同数更漏，郎情妾意你笑还羞，有阵轻搂蛮腰疑是风前杨柳，你桃腮杏脸比芍药娇柔，秋水眼波横，春山眉峰秀，双瞳如漆，亮眉画如钩，皓齿红唇未言香先透，的是嫦娥天降与俗客情投。"昭叔听到耳里，就觉得身子轻快了，手下铿铿锵锵，并不觉得累。到了夜阑人寂，周遭都静下来。她便依偎着昭叔，再唱："每当月白风清共把瑶琴奏，平湖秋月我地共泛轻舟，文禽有意随舟后，游鱼相送逐水流，娇情爱我如山厚，我爱娇情可历千秋，笑笑欢欢郎心似酒，估道良缘天订可永结襟绸……"

明香在隔篱[1]屋听着，长长叹一口气。这曲《吟尽楚江秋》，不知自己唱过了多少回。平常人家，哪里有如此多爱恨。都是胼手胝足，踏踏实实地过日子。可一世为人，心总有这么点绮思顾念，多少想要一些不寻常。自己过不了，就唱在曲子里。自己唱不了，就听别人唱。这唱着听着，一辈子就过去了。

彩云不唱了，明香听见了另一些声音，窸窸窣窣，是些喘息与轻笑。当娘的便不好再听下去，心底却也安慰。

---

1 粤语。隔壁。——编者

小两口婚后五年，没有诞下一男半女。他们不急，明香却急了。

她问昭叔："仔，你可应承过阿娘的。"

昭叔问："我应承阿娘乜？"

明香说："你说你把'沈家印刻'撑起来，就生一个仔。让阿娘找先生教养，读书识字，中状元。"

昭叔笑说："阿娘莫急，人说水到而渠成。"

明香想一想，就去问彩云。她将彩云拉到自己身边，问起她的都是房中人事。问得细。彩云脸红红，倒也都说了。明香一五一十，听得真切，没听出什么错处，便也罢了。但又不甘心，去找郎中寻偏方。熬草药，给小两口饮，天天饮。草药苦口，昭叔孝顺，咕咚一口便喝下去。彩云喝不进，昭叔拿过来，也是咕咚一口便喝下去。彩云抹抹嘴，说："阿妈，这药可真苦。"

药喝了五六年，"沈家印刻"盘下隔篱铺，打通了铺面。名气大了，从沙岗传到了竹林寺，竟还有港九的客人渡船过来。可明香看两个小的，还是膝下孤单，更是心焦。

大约勤于朝暮，这些年，昭叔其实有些见老。旁人就说："阿昭啊，这爿家业，总要有人继承，俾吔心机系彩妹度啦[1]。"

昭叔笑说："继承乜啊？我阿娘话，我嘅仔要读书中状元。"

旁人摇摇头，说："依家乜年代，仲有状元？书院就有一间两间，都系鬼佬先生。"

---

1 粤语。多用点心在彩妹那儿。

明香便给金秀的牌位上香更勤，一天上两次香。她说："阿姐，你保佑昭仔，快啲生个仔。我哋两姐妹的香火，将来读《论语》，写《竹枝词》，中状元。"

人哋就话："你拜金秀有乜用？她都未成仙。澳门咁多神庙，大神小仙，总有能帮到你嘅。"

而且的确，澳门弹丸之地，别的不说，就是神庙多，漫天神佛。出门街尽头就是一个社坛，一株九里香，几片方石，供奉着社公社婆。便有人贴上一副对联："公公十分公道，婆婆一片婆心。"

大的有观音堂、莲峰庙、妈祖阁，小些的有下环福德祠、沙梨头的土地庙，都是背山面海而建。洋庙也不遑多让。葡人在此建的天主教堂，少说也有三四百年历史。《香山县志》里头写，"俗好施予，建寺独多枕近望厦村，故有东、西望洋寺，又有三巴寺、板障庙、支粮庙、风信庙、龙崧庙、花王庙、家司栏庙、飞来寺、医人寺、尼姑寺、望人寺、唐人寺、发疯寺……若崇闳瑰丽，惟三巴寺为最。"这龙崧庙正名是圣奥斯定堂，板障庙是圣多明我堂，花王庙是圣安东尼堂。在澳门，它们名字通称为"庙"，都是入乡随俗。

明香不信洋教，便说要去中国庙。旁人就说，送子的事情，梗系去拜观音。

明香就对彩云说："女，我哋去观音堂。"

这观音堂实名为普济禅院，在望厦。望厦是福建人聚居的地方，遥望厦门的意思。福建人有钱，所以这观音堂建得气派轩昂，渠渠广厦。

旁人就对明香说："你哋又唔系福建人，拜什么观音堂？应该去观音仔。"

观音仔在莲峰山脚下。莲峰山素称多奇石，如屏障然。山上有一天然石托，俗名"燕子巢"。燕语呢喃，故村人又称此石山为燕岭。曾有村人，捡得一观音像者，置于石托之下，昔人迷信，间或向之祷拜，据云每获奇验，后来沐恩弟子，渐就石下，结一神龛。观音仔，便是由这神龛扩建的，原本香火很盛。但庙地狭小，深只数尺，广仅数桁，容纳不了信众。观音堂建起后，便渐渐衰落。于同治年重修，建了偏殿供奉诸方神圣。左右楹联"八万四尘界连燕岭，三十二应法普蚝江"，说的自然是渊源滥觞。庙门额书"观音古庙"，也是相对观音堂，要正本清源的意思。但老辈广东人说惯了，仍称"观音仔"。

明香想一想，说："好，那我就等到观音诞再去。"

城中人谈起观音仔的灵验，就说每于观音诞前，都有清泉自神龛之石下流出，汩汩所经，洁净如洗，年年如是，历验不爽。而这一日祭拜许愿，必得偿所愿。

明香买了香烛，牵了彩云，便去了观音仔。这一日天气响晴，明香看不见，但能感到阳光照在脸上，是和暖一层的。空气中也是净爽的，还有一丝干燥的甜，是初生树叶的气味。她心情好了许多。到了庙里，有浓郁的香火味。她能听见，信众的默祷，嗡嗡齐鸣，如万籁参天。她便也让彩云点上香烛，面对菩萨，虔敬祷告。

从观音仔出来，明香只觉得神清气爽。往前几步，忽然听到有人问："师娘系来求签？"

这才听得彩云叫住自己，说："阿妈，我一步没跟上，你就周围走，好易荡失路嘅。"

明香问:"我走到哪里了?"

彩云说:"走到城隍庙里了。"

这城隍庙是观音仔的配殿,里头供的是"张大爷",就是晚清重臣张之洞。时年,两广总督张之洞入奏嘉许望厦村民抗葡,很受爱戴。澳门人就将他供进了城隍庙。但明香心里只装了观音菩萨,便转身往外走。

可听到后头那男人声音。"既来了,就是有缘人,何妨求一签?师娘方才许的愿,都在这签里呢。"

明香听见心头一动,就站住,说:"那好,我就求一签。"

男人接过签,读那签诗。看明香使劲张开眼睛,眼上虽有翳,却有灼灼之色。他便问:"师娘求什么?"

明香急忙说:"我求个孙。"

男人说:"噢,替家里求子嗣。这签诗说'回到家中宽心坐,妻儿鼓舞乐团圆'。你命中系有个孙嘅。"

明香支起耳朵,要听下文,但听男人话语中并无许多恭喜之色。男人又问:"跟住你的这位系你新抱?"

明香说:"是我嘅女。"

男人沉吟一下,说:"能否借一步说话?"

明香说:"乜都讲得。"

男人说:"借一步好说话。"

男人便走过来,附在她耳边说了几句。明香"呼啦"一下站起来,道:"我嘅孙将来要读书做状元!"

男人见她泄露天机,也有些不悦,便道:"呢个由唔得你。咁嘅孙你要系唔要?"

明香掏出一张葡纸[1]，重重拍在签台上，说："梗系要喇！"

翌年秋天，彩云诞下一个男孩，母子平安。第二日，彩云忽来血崩，当晚过身。

明香摸着女儿渐渐失去温度的脸，又想哭，这回却没有哭出来。在黑暗里头，她狠狠扇自己的脸。她想起城隍庙里男人的话。他说："你谂清楚，真系要呢个孙？这孩子来时招血光，他朝必剃度。"

昭叔亲手给老婆刻碑，一边刻，泪水顺着脸滴到了碑石上。一凿一滴血，待他将老婆的名字完整地刻完，已是夜半，只觉得疲累得动弹不得。他便靠着那碑，昏昏沉沉地睡过去。不知睡了多久，迷迷糊糊间，听到彩云在耳边悠悠唱：

"飘零去，你都莫问前因，只见半山残照一个愁人，去路茫茫不禁悲来阵阵，前尘惘惘惹我泪落纷纷，仍是念念不忘心相印，尚有几回肠断几度销魂……"

他猛然睁开眼睛，没有彩云，只有冰冷的墓碑，触手凉，但歌声却还在，断断续续，悲意丛生。原来是阿娘在屋里唱。打他成年，就没有听过阿娘唱曲。阿娘的声音与彩云好像。但不及彩云清润，是干枯的老人声。

这孩子满月，才取名字，叫庆余。

积善之家，必有余庆。他金秀阿嬷、驼背公公，还有他阿妈的福泽，都在他身上。

---

1 中国澳门特别行政区的法定货币，即"澳门元"。——编者

五

若不是因为段河,连思睿不知香港也有座灵隐寺。

段河问过阿爹,为什么阿爷姓韩,阿嬷姓沈。他和阿爹却姓段。

阿爹说,断了好,倏忽一生前事了。

段河说:"那我的名字——断河。河断了,河水不就枯了吗?"

庆仔三岁才会说话,头些年,人们都以为他是哑的。

一张口,不是叫"阿爸",也不是叫"阿嬷"。他们先是听不分明,再听,却很熟悉。

明香听了一会儿,说:"昭,他是学你刻碑的声音。"

昭叔也仔细听,原来他舌下颤动,发出的真是"铿铿锵锵"的声响。

因为没娘教养,阿嬷又盲,昭叔整天将庆仔带在身边。彩云过身后,昭叔变得更为寡言,生意来往,少了寒暄。客让做什么,本分做了就是。他做事,庆仔就在旁边看。有一日,庆仔蹲在地上,吃一块钵仔糕,对着新制的墓碑念:"先考梁讳锡邕……"

昭叔吃了一惊,因为这个"邕"字是很生僻的字,漫说一个五岁孩童,许多成人都未必认识。他便问庆仔。庆仔吮着手指说:"先前有个墓志铭,我听阿爸读过一遍,里头有这个字。"

昭叔就更惊奇了,却已回忆不起是谁家的墓志铭。他便胡乱在周围墓碑上点了几个不常见的字。庆仔一一认出来。他看着儿子,仿佛看个陌生孩子。一面欣慰,但同时发现了几年来心灰意冷,对庆仔教养的疏忽。儿子识字,竟然大半都是靠自己从碑文上看来记得的。

其实,庆仔聪慧,明香早就知道。

彩云过身后,她没了伴,同以往一个唱曲的老姐妹学会了抽烟。云南青马坝的烤烟,味道很冲。但味道冲,却醉人,她便可忘了许多事。这烟的醉劲上来,她便拉起弦子,唱南音。一把老腔,混着烟嗓,只唱给自己。

"闻击柝,鼓三更,只见江枫渔火照住愁人。几度徘徊思往事,劝娇唔该好咁痴心。风尘不少怜香客,罗绮还多惜玉人。"

这时,一股烟酸气涌上了喉头,她剧烈地咳嗽起来,不能自已。咳嗽着,听到身边有人接上了她的唱词。

"你话烟花谁不贪豪富,做乜你偏把多情向往小生,况且我穷途作客囊如洗,掷骞缠头愧未能。"这声音就在她身边,腔如她,老气横秋,却是一把清脆童音。她听听便呆了,问:"你系边个?"

那人说:"我系庆仔。"

她抬手摸一摸,摸到粉嘟嘟的小脸。她想,是庆仔,这孩子话都还说不囫囵呢。

这曲《客途秋恨》,地水南音,难唱。当年她阿爸教她,没少打折柳藤条，只说她唱里无情。如今，这孩子不知几时听了自己唱，便学了个字正腔圆，情深款款。

她清一清嗓，开口唱："思往事，记惺忪，看灯人异去年容。"唱一句，特意停低。就听见那童音在身边唱："可恨莺儿频唤梦，情丝轻袅断魂空。"

她再唱："凌波路，古城荫，双携旧地独自重寻。"停低，童音起："春山无恙人销黯，山无寻处旧结既同心，同心一结应无憾，怎解相思无计托青禽。"

她再唱："今日关山远隔情何痛，往事如烟，怨一句碧翁。"童音起："怀人不见，又恨难成梦，愁倍重，音问凭谁送。惟将离情别绪，谱入丝桐。"

明香放下弦子，那烟醉醒了。原本只是游戏，东一曲，西一曲；你一句，我一句。这孩子全都接上来。可是她心里一阵疼，听见在孩子的唱词里，是个有过往的人才有的腔。她将孩子揽过来，那脸上，仍是触手的暖。她想，他不是学了自己的唱腔，是这小小身体里本来装了一颗老魂灵。

昭叔将庆仔识字的事跟她说，说他虽然年纪小，倒也可以开蒙，省得跟自己学得四不像。明香就话："好，我嘅孙，命中要做状元。"

昭叔便道："阿娘，我和你说过好多次，皇帝一早都没了，哪儿还有什么状元？现今的细路，都是上小学校。"

明香愣愣的。"那公祠办的社学、义塾呢？"

昭叔说："先生都老了，七七八八都散咗。"

明香"呼啦"站起身，说道："你唔好将我的孙送去葡国鬼办的小学校。他们不会念《论语》。"

庆仔读的小学，离家不远，就在镜湖路上。这是间华人学校，有先生教《论语》。先生是山东口音，自称孔圣人的后人。庆仔回来就摇头晃脑地念。明香听了皱眉头，说："呢系乜南腔北调，教坏细路。"

其实，因她不出门，确实不知道，此时的澳门，已非昨日。多了许多南来北往的人。先是避日本人的。说中国话的地方，就两处没闹东洋鬼子。一处是广州湾，一处是澳门。这里可不就是有南腔北调？抗战过去，多了许多新人新事，街面上也热闹了不少，亦是她所看不见的。她能听见的，还就是自家作坊的铿铿锵锵，连胜街上的吹吹打打。也是，哪朝哪代，该死的、不该死的人，都还是得死不是？

庆仔念了几天书，忽然就不想念了。先生念一遍，他就记得住，返屋企正好交差。走堂便在街上逛，他看有人在街上演活报剧——都穿一身绿军装，戴红袖章。他们演完了就在街上游行，庆仔也跟着走。走着走着，擦肩而过另一支队伍，是支送葬的队伍。前面有两个打斋的和尚，一老一少。不知怎么，庆仔就跟上了他们，在镜湖长亭停下来。那老和尚围着棺材转一圈，又转一圈，口中喃喃。念完了，这边的吹鼓手便又是喧阗声响，丧家接着哭哭啼啼。

两个和尚往三巴的方向去。庆仔仍然跟着他们，嘴里叽里咕噜。只见那老和尚猛一转身,问他:"你念什么?"

庆仔说:"你方才念什么,我就念什么。"

老和尚说:"我念的是《地藏经》。"

庆仔望着他,也不怵,说:"我念的也是。"

老和尚哈哈大笑,说:"那你给我念一念。"

庆仔张口就念:"若未来世,有诸人等,衣食不足,求者乖愿,或多病疾……"

老和尚开始还笑,待听到"若未来世,诸众生等,或梦或寐",渐渐没有了笑容,他问庆仔:"你家有人持斋信佛?"

庆仔摇头。他又问:"那你跟谁学的?"

庆仔说:"跟你。你念一遍,我就跟你念一遍。"

老和尚望着这细路,半晌后张口,道:"不可打诳语。"

庆仔说:"乜诳语?"

旁边的小和尚说:"我师父说,做人不能说大话,要俾雷劈。"

老和尚瞪徒弟一眼,合十,道:"罪过罪过。"

这时候余晖收敛,暮色低沉。庆仔大叫一声:"弊!我阿嬷要恼我,翻屋企食饭先。"

老和尚行前几步,问:"你系边度的细路?"

庆仔忙着跑,头也不回,说:"沈家印刻。"

昭叔见儿子回家,也不朗朗地背古文,也不看自己刻碑。眼睛没神采,嘴里默默自语。隔篱屋的明香说:"吟吟沉沉,好似念经咁。"

庆仔说:"阿嬷讲得啱,我就是念紧经。"

明香心里动动，问："乜经？"

庆仔说："《地藏经》。"

他说完，就跑了出去。

明香慢慢站起身，手在空中抓一下，又缓缓坐下去。

晚上，昭叔听到院落里头铿铿锵锵有声响。披上衣服出去看，看自己嘅仔拿着凿刀，在凿一块石头。他只当小孩子玩闹，说："阿爸唔赶住你帮手生意，小心整伤手。"

庆仔抬起头，看着他，眼里空洞无内容，像看一个陌生人。看一眼，又低下头，铿铿锵锵。昭叔心下莫名一沉，但摇摇头，回屋去了。

但第二天晚上，院落里又是铿铿锵锵的。万籁俱寂，这铿锵声每一下都好像砸在他心上，继而传去很悠远的地方。

小学校里的老师找昭叔，说庆仔三天都没来上课。开了病假条，小孩子头疼脑热，没有大碍吧？

昭叔看那字条上，是自己的字迹，秀拔的好瘦金体。但不是自己写的。

庆仔每天早上照样背着书包去上学。昭叔便跟上他，见他经闹市静塘，目不斜视。待走到连胜马路，忽见市中一片葱茏。庆仔人影一闪，便不见了。

昭叔站在竹林寺前，脚却不由得停住。连胜街上他行走了半辈子，这间寺庙竟未进去过一次。他记得小时候跟驼子阿爸去送货，每每路过，阿爸都催他快走，说里面"好猛"。

广东人说"好猛",是指魍魉萦绕。这间寺庙,何以有这样的传说。竹林寺所在的沙岗,原为城郭墦地,多的是累累青冢。打同治年开始,有葡人辟路,迁坟毁骨,建屋成衢。这里先是建起一座道观,叫祥云仙院,道长蔡紫薇。后来广州华林寺来了个坚性老和尚,在澳阐扬佛法,觅地建寺。这蔡道长无意潜修,就将道观拱手相让,玉成善举,就有了竹林寺。

如今门额上镌着"紫竹林"。底下斑驳门联却还是建道观时写的:"金天皆化日,玉洞露长春。"

说来也奇,做道观时没有什么。竹林寺建起来,倒有好香火。但不知为何,怪事也多起来。周边时见灵魅,吓唬妇孺。就有传说,寺里供了太多的长生禄位,那百多年前无主鬼魂,闻风而至,聚集于此,分享孝子贤孙们进奉的香火。昭叔倒从驼子阿爹那里听了另一个传说——这坚性老和尚是辛亥年而来。是年春天,爆发了广州起义,除安葬在黄花岗的七十二烈士,还有无数烈血英魂。这老和尚便敛了这些魂魄,带来澳门超度。有那不屈不甘的魂魄,含恨不去,便在这竹林寺盘桓。

无论如何,昭叔见亲仔走了进去,心里打着鼓,一边就走了进去。

因是清晨,寺内倒很清幽。一个小和尚,在地上打扫前夜落下的竹叶。见他进去,挽了扫帚,合了个十,并不阻他。寺院不大,因为早,殿门也都关着。他找了一圈未找见庆仔,心里着急,不禁叫起庆仔的名字。

这时听到有门"吱呀"一声,他回过头,见身后大殿里走出一个老和尚,对他致礼说:"檀越,请。"

他走进大殿，闻见空气中残余的香火味，也凉下来。晨光照进来，笼在大佛上，温暖清澈。也照在一个小人儿身上，是他的儿子。

这小人儿坐在蒲团上，面前搁个小凳子，凳子上铺着宣纸，脚边还有数张。

每一张上，都是佛像。他看儿子小小的手执笔，落在纸上，线条柔畅。他看见那笔端正为准提菩萨像点上瞳仁。那菩萨便倏然看着他，目光慈悲。

他抬起头，大殿上的金身三圣都俯身看向他。阿弥陀佛、观音菩萨、大势至菩萨，四面八方，面容慈悲。

庆仔铿铿锵锵，雕成了一尊佛像。他白天临摹佛像，晚上照着雕刻。刻刀始终用得不熟练。佛像雕出来了，但崩裂了一只眼。佛未有瞳，却像满蓄了泪水。

昭叔发现了这尊佛像，他告诉明香。明香摸一摸，抚摸到了佛的手印与衣襞的褶皱。触手的凉。雕工不很好，还带着锐利的边缘，划得她的手指有些痛。

她想起遥远午后，城隍庙那个解签的男人。

她握住昭叔的手，说："昭，你想留住庆仔吗？"

昭叔不解，却也握紧阿娘的手。

明香睁大了眼睛，说："我们刻不得碑了。"

昭叔心里"咯噔"一下。他驾轻就熟的工作，已有近两个月的时间，频出现差池。不是少刻了笔画，便是将主家的姓名刻错。因此屡遭到客人的投诉，甚至得罪了当地的地头蛇，赔进了半年的收入。痛定思痛,他将这些归因于自己太过劳累。他并未将这些告诉阿娘,怕她担心。

明香慢慢说道,声音干枯。她说:"阿娘求你,我们改行吧。"

昭叔一家在秋天时关了"沈家印刻",也搬了家,离开了住了几代人的连胜街。

如同整条连胜街都是做白事的生意。澳门人有同业扎堆的习惯。

他们祖孙三个人,就在木桥街住下来。这里世代住着传统的手艺人,铺头间都有合作。有做牌匾招牌的,就有做漆油的;有做神位的,就有做神龛神台的。

沈家人就开了间"庆记神像"。

"庆记"的生意,曾经是好的。如这条街的街坊,都是做的水上人的生意。有的做装船,有的做船缆。渔民们风里来,雨里去,居无定所,心里还是有一些想头和愿景。要渔获丰收,要风调雨顺。所以,每条船上都要供妈祖的。供妈祖的人家多,也有的供金花娘娘,昭叔就请师傅做了倒模,用泥和棉花做胎烧制,批灰上漆,入炉烧出就做好了。另外,如陆上人家,家里要供先辈的神主牌位。水上人也供。但因为不识字,他们要祭拜,多半是拿了家里先人的画像,来"庆记"做神像。一样是小小的泥胎,须画上眉眼。一两指宽的神像脸上,五官自然是有些囫囵的,千人一面。昭叔心里不过意,往往自己另送一个神牌,问清楚先人名姓,像往日刻碑,规规矩矩写好,一同赠与主家。那些渔民虽看不懂,见那墨黑工整的字，只觉受到尊重与优待，千恩万谢的。一传十，十传百，找他做神像的，就更多了。活多了，庆仔就说："阿爸，我帮你画。"

昭叔瓮声道："读好你的书，家里的活不用你管。"

可有年清明，有相熟的水上人，带了新鲜的渔获上门。谢他说，他给先人做的神像"样好似"，在家里显了灵，一年都顺风顺水，仔女都好生性，考上了华侨大学。临走说："仲灵过妈祖。"昭叔觉得受之有愧，因为并未对这个渔民格外上心。但谢他的人，渐多起来。他一留心，检点做好的佛像，发现有几尊眉眼格外生动的，并非出于自己之手。

晚上，他看作坊里亮着一盏小灯，庆仔凑在灯底下，对着那些照片，在给公仔画眉眼。昭叔走进去，张张口。庆仔停下笔，也张一张口。他说："阿爸，我没画佛像。"

昭叔心里疼一下，这是明香给庆仔下的一道戒令。

家里是接做佛像的活的，如来佛祖、观音大士，都接。昭叔只会拉坯制模，比起做水上人的神像，这是很精细的活。胎做好了，他不会画，不会设色，但宁愿搭钱，从隔邻的新埗头街请画工来做。他阿娘说，凡是做佛像的活，都要接。

做好一尊像，送出一尊像，他便要通报。他说："阿娘，我做了一尊送子观音像。"

明香在里屋听见了，摸索着，从柜桶里拿出一块硬纸皮，拿针锥在上头扎上一个窟窿。

隔开几年，家里的生意有了变化。大约是水上人的生活不如以往。原本水上人四海为家。港澳之间都是自己人的往来——包括珠江口的坦洲人也是。后来建了人民公社，渔民也要加入，便少了可供自己支配的经济。再过几年破四旧，船上便更不可有神像、神牌。有内地渔民托澳门的亲戚问他，可会制主席像，现在船上都摆一尊。他问，主席是神吗？对方摇摇头，又点点头。他便说："不是神，我就不会制了。"他仍然做佛像。这时候，木桥街上倒是多了一些木雕师傅和画师，手艺都很好，收的钱也平宜。多半是内地辗转来的，在门口担张凳做散工。他们说如今内地的庙宇都砸的砸，烧的烧。他们一身本事，无用武之地了。

庆仔是在一个午后失踪的。那年他读高二，两天没回家。昭叔沿着木桥街找，一直找去了氹仔，都没有找见他。一个邻居说，在他们家老铺附近见过庆仔跟着一个和尚走。

他心里紧一紧，便赶去了连胜马路，望见竹林寺便走进去。

寺内仍是修竹成荫，一片葱茏，他见到一个青年僧人，正在扫前夜落在地上的竹叶。

他急火攻心，一把拽着和尚，说："我儿子呢？"

青年僧人摇摇头。

他再问："那老和尚呢？我要见他。"

青年僧人双手合十，正色道："我师父昨日圆寂了。"

昭叔慢慢松开手。这时候，他听见远处传来杳杳的钟声，一声又一声。由远及近，由近及远。

二十多年后，庆师傅回到木桥街时，头发里留着戒疤。

段河告诉连思睿，那疤烫得很深，每到梅雨天，暑气潮湿，阿爹头顶都会隐隐作痛。

这时濠江风景，已物是人非，或者人物皆非。木桥街隔壁的新埗头街，旧屋重建，往后退了一尺半，整条街面宽阔了不少。然而，木桥街都是老房子、老铺，手艺式微，产权还在。铺面后头连着人家，只开半道门，是为日常。在这一派萧条里，有一日"庆记神像"却换上了新招牌。

街坊们多少有点奇怪，因为都知前两年这铺里的老板病殁了。如今只有个盲眼的香婆婆。

他们看见个陌生的中年人，往来门前。说是陌生，但又有几分眼熟。这清瘦的人，两鬓有霜。后来有人终于想起来，他是多年前离家未归的庆仔。但是问起来，他并不姓沈，只说自己姓段。名中亦有一个庆字，叫段庆年。

庆师傅做佛像，只用木雕。这作坊里，平日间传出的，除了沉钝的锯木声与砂纸打磨的声音，便是若有若无的木香气。在阴雨天分外浓烈，有人说是樟木，有人说是桧木，也有人说是柚木。招牌挂上了，门却关着，并不见进出的人做生意。

这一日，竹林寺新立的大佛开光，各地信众共襄盛事。

住持领诵经文，敲击钟磬。僧众便要将固定大佛的绳缆拆除。这时，就看到一个人冲到前头，说："唔好拆，大佛会倒。"

众人看这人形容干瘦，头发半长，胡子拉碴。身上的汗衫发出酸腐气，在肩膊上还有两个破洞。人们见他手舞足蹈的，以为是个癫汉，并不理睬。住持拿起手刀，要砍绳缆。那男人冲上去，抱住他，说："会倒。"

信众嘘声四起，几个和尚走过来，将男人拖到了外面去。男人嘴里只是胡乱喊着："会倒啊。唔好拆。"

住持拉住那绳缆，使了一把阴力。他心下一沉，对僧众道："慢着。"

他问男人："你话大佛会倒，何解？"

男人说："这大佛的中轴已经扭曲咗。"

住持望一眼，只觉得大佛坐得端端正正，砥实得很。旁边一个信众就说："讲笑，你肉眼凡胎，如何能看见佛身里头呢？"

男人抬起头，笃定地说："我能看得到。"

住持沉吟，半响才合十说："阿弥陀佛。今日的开光仪式暂停，择日再续。"

这尊大佛内里的中轴，果然是扭曲的。

用滑轮升起了大佛，施工的人看到了，都觉得触目惊心。十五呎高的大佛，若就这么倒下来，信众涌涌，后果不堪设想。

住持问男人有没有法子补救。

男人看看他，说："你信我？"

住持点点头。男人道："中轴之所以扭曲，是因为莲花座并非整块木材制成，镶拼而成是不承力的。而这主轴只是一根木方。若我来做，就用上好的柚木做中轴，外围包上铁筒，做成'出水莲花'。以'莲花'托起佛座，铁筒用爆炸螺丝固定在地面，就算六级地震都唔受影响。"

住持说:"好,我就交给你做。"

男人说:"你点解信我?"

住持点点头。"因为我记得你。"

他请男人到他的禅房,从柜桶里拿出一沓发黄的宣纸。展开来,都是一幅幅佛像。他说:"师父一直留着你画的佛像。他圆寂前,我问,这些佛像怎么办?他说,留着,等你回来。

"师父画佛,是跟师祖坚性和尚学的,也受过罗宝珊的点拨。他这辈子,只教过一个人,就是你。这些画,物归原主,你都拿回去吧。"

庆师傅和竹林寺住持云行法师的渊源,外人不了解。但后来,竹林寺和寺方信众的佛像,都由庆师傅来做。

庆师傅制成一尊水月观音像,盛夏午后,给住在路环林茂塘的居士送去。路环,山长水远。当他返程时,已见斜阳。就取道筷子基,想抄条近路。经过荔枝湾,见被废弃的大型船厂,隐于山水之间。他看那三个高大的吊船架,直直伸向天空,像将那霞蔚云霭裁切开来。裂缝透射出了一缕光,灼了他的眼睛。他不禁站定了,这时候,听见了婴儿的啼哭声。他怔了一下,仔细听,啼哭声却又没有了。他摇摇头,想这荒郊哪里会有孩子,大概是野狐之类的,听错了。便又往前走,却又听见了哭声,比方才更加大,声嘶力竭。

他终于循声找过去,踏着一地的碎木和铁枝,空气中有发酸的锈蚀的气息。终于,他看到一艘破旧的蓝色快艇,用铁链半吊在空中。那哭声是从这小艇传出来的。

当庆师傅看到那个婴儿时,婴儿不哭了,只是看着这男人。彼此对视一下，婴儿忽然笑了。他甚至没有一个襁褓，只是被草草地裹在肮脏的窗帘布里。那窗帘已经褪色，上面依稀看得出是重叠的海星。庆师傅爬进小艇，抱起那孩子。小艇颠簸了一下，在空中荡漾。一左一右，一右一左，他们好像在汹涌的海潮里了。

庆师傅将婴儿抱到了香婆婆面前。

明香伸出干枯的手，在孩子的脸上摸一摸。她无声地笑了。因为只剩上下两颗牙齿，被烤烟熏得黢黑。为了防止漏风，她紧紧抿上嘴，使劲地说："这也算是你的后。"

然后她用力地跟上一句："记得让他读书，读《论语》，考状元。"

说完这一切，她大笑起来，笑得前仰后合。忽然她剧烈地咳嗽了几声，咳着咳着，就阖上了眼睛。

段河身份证上，写着这一天，当作他的生日。

这一天他也要给香婆婆上香。庆阿爹说，太阿嬷再多活一个月，就整一百岁了，为你断在了九十九岁。

六

若不是因为段河，连思睿不知香港也有座灵隐寺。

连思睿将这些告诉连粤名。她看见，父亲沉默了一会儿，说："我后生嗰时[1]，你太阿嬷有阵时，爱看一出内地电视剧，叫《济公》。我就跟着看。有一集，说济公在灵隐寺出了家。他再回家。父母双亡，家里给管家霸占，他被赶了出来。走到野外，看到他未过门的老婆，人已癫咗。坐在荒地，用梳子梳一把野草，嘴里念'婆婆，媳妇给你梳头'。"

连思睿问："后来呢？"

连粤名说："后来济公就使法力，把他们家宅子一把火烧掉了。你太阿嬷就一拍大腿，说'烧得好'。再后来，济公就云游去了。"

连思睿看父亲，原本稀薄的头发被剃光了，倒比原先年轻了些。但他头顶又泛起了浅浅发楂，像是栖着一只水墨画上盘身沉睡的猫。她把阿木抱在自己膝盖上。阿木对着他阿公嘻嘻笑。连粤名说："我嘅孙又长大了。"

阿木隔着玻璃，忽然将手伸出，贴在探视窗的玻璃上。连粤名

---

[1] 粤语。年轻那时。

也伸出手，贴在他的小手上。隔着玻璃，一大一小两只手就紧紧贴在了一起。

连粤名眼睛一热，视线模糊了。他将眼镜摘下来，在衣角上擦一擦，再戴上。他仔细端详阿木，说："两三年，我都未见过他没戴口罩嘅样。"

连思睿笑说："唔使睇，就是林昭当年嘅样。"

连粤名看女儿笑，忧心忡忡。他说："你在外头都好？"

连思睿说："我还好。但外头不大好。阿爸，这几年你在里面，没看过的很多，也躲过了很多。是好事。"

说完，她从包里掏出那封委托书。连粤名也不细看，直接翻到后头签上了名。连思睿问："你确定要卖了这个物业给阿弟？"

连粤名说："他要结婚。不卖，怎么在纽约买楼，难道让他困街？"

连思睿将委托书装起来，说："那倒不至于。他上班的那家IT公司，薪水都几高。"

连粤名犹豫了一下，说："女，何翠园那头，我也想卖了。你也好安一头家。"

连思睿的嘴角抖动一下。她咬咬牙，说："连粤名，你唔好以为依家交代后事，就可以痛痛快快去了断。我要等你好好地出来，正经继承你嘅遗产。"

连粤名低下头，半晌不再说话。连思睿看见父亲额角的青筋凸起，如同若干年前他隐忍而缄默的样子。

"阿爸。"她说。

连粤名再抬起头,看见女儿手里捧着一个核桃。打开成两半,里面藏着一个"小人儿"。再仔细看,原来是一尊极小的观音像。

"阿爸。"她说,"你记唔记得,我小时候你教我背《核舟记》?我以为都是人做出的故事。你看,再难的事,谁又能说做不到呢?"

连思睿问段河,那尊核桃观音,是不是阿爹刻的。

段河说:"唔知。"

她又问:"那么,又是谁放进那尊德化瓷观音像里的呢?"

庆师傅用核桃雕刻观音像,是跟一个女人学的。女人姓段。

那时,他还叫延庆——他的法号。他从晋中一路南下,进入苏州吴县[1]。步履劳顿,连行两日,仿佛下不完的大雨,他只沿着太湖边走。只觉得头皮一阵隐隐地痛。雨水顺着他长而打结的头发,冰凉地渗进去,那戒疤处却是灼灼的,烧得他心里一紧。

他想,他和师兄弟们被赶出山门的黄昏,也下着大雨。他回过头,尚看见戴着红袖箍的年轻人,正将大势至菩萨金身上的金箔一片片凿下来。菩萨像便露出斑驳土色。韦驮被扔到了山门外头,恶形恶状,原来也是泥胎,被踏上一脚,泥胎里头是稻草。从那天开始,凡阴雨天,他头上的戒疤处就火烧火燎的。

他想,这样也好,至少让他不敢慢下脚。雨太大,他的眼睛睁不开,只见面前是一片泽国。茫茫瀚瀚,那湖面似乎越来越大,不

---

1 2000年已撤销。——编者

见尽头。他的头不再那么疼了，眼前却模糊。

待他醒过来，幽明灯火里，他看见一个细长身影的人站起身来，用吴语唤人。便有另一个远远的身影靠近。他看清楚，是一老一少两个人，父女俩。

女孩端过来一碗水，让他用手捧着。他喝一口，是熬了姜的红糖水。他抬眼看，女孩梳着独辫子，有江南人细长的眼睛，眼仁清莹。

老的那个，回头望他一望，说："你睡了整一天一夜。"说话间，手没停，手指飞快，苇草在手里腾挪，老人在编一只筐。

他望向外头，天阴沉沉。老人说："囡，去做午饭。"

他想，原来是中午了。外面还黢黑的，听到哗啦啦的水声，水流从屋瓦上流下来，像是一道帘幕。老人放下手里的活，站在门边说："这雨，要下到啥辰光？"

他后来知道，这一条村的人，都姓段。

雨季时，太湖水涨。整条村便遭水淹，无田可耕，是不得已的农闲。人便镇日待在家里，做些编制手工的细活，渐渐也都发展出产业，可以换工分。漳里有丰盛的苇草，水塘后细竹成林，材料是不缺的。

段大叔和闺女段九菱，下晌午，便坐在檐子底下，不声不语，手不停。

待他能起身，段大叔将一沓衣服给他捧过来，说："我都洗干净了，一直不见太阳，用火烤干了。"

他看自己身穿的是手织的粗布衫裤。洗好的衣服里，有一件内着僧裤，靠裆磨破处，密密地用线补好了。他换上衣裳，走到门跟前，望一望外头。

段大叔说："这雨十天半个月不会停，住些日子再走吧。"

他不出声。段大叔问："你叫什么？"

他张一张口，终于想起自己的俗家名字，就回："庆余。"

段大叔说："积善之家，必有余庆。好名字。"

他看见墙上挂着一面镜子，镜子上烫印着红色的毛主席语录。镜子里头影影绰绰的一个人，是自己。一头乱发给剃掉了，剩下个头光面净。他看见了什么，下意识用手贴在了头顶。

他听到一把清脆的女声，她说："别动。"

但已经迟了，他手上黏腻腻。

段大叔说："就是头上的戒疤化了脓，你才烧得醒不过来。烫得这么深，你师父下手狠，没打算让你还俗。"

段九菱走过去，将一个蛤蜊壳放在他手里。他打开，雪白的一层膏，里面是浅浅的猪油味。

段大叔说："我们这里的和尚，自来出家不离家。不像你们给赶了出来，就无家可归了。"

段九菱洗净手，用指头从蛤蜊壳抠出一小块猪油，在他头顶轻轻点。很轻，掠过便是星星点点的温热。这温热顺着他的头皮，沿着全身传下来，他就不怎么冷了。

待他头上长出薄薄的一层发楂，还没有走。村里人知道他们家里来了个亲戚——九菱的远房堂哥。都跟着九菱，唤他"阿庆"。

他不说话，人人当他哑，却又看到他的勤快利落。雨季过去，太湖湖水降下去，淹没的村庄慢慢现出来。他白天下地。傍晚收了工，编织的活，他从旁看一遍，便会了，坐在檐底下帮九菱编织。手快如梭，天未黑透便编了一只篮子。

九菱不禁停下来，看着他编，说："真是一双好手。"

夜里头，就着灯，他们吃饭。九菱用自家米酒腌的活呛虾，给段大叔盛上一碗酒。米酒的后劲大，段大叔倏忽有了醉意，摇晃下身子。嘴里过了个门，像是嘈嘈切切丝弦声。便唱："他笑你种桃栽李惜春光，难耐黄卷与青灯。他笑我富贵荣华不在意，冷淡仕途薄功名……"一把苍声，阿庆想，这是弹词啊。本该是他陌生的，为什么又觉着熟悉？

九菱把门掩上，说："阿爹，快别唱了，给人听到，又该说我们家落后了。"

话音刚落，却听见另一把声音幽幽起。"怀人不见，又恨难成梦，愁倍重，音问凭谁送。惟将离情别绪，谱入丝桐。"阿庆闭上眼睛，想的是阿嬷在身边。阿嬷唱一句，他唱一句。一祖一孙，都是把老腔。

九菱和她爹对望一眼，不再说话，由他将这首南音唱完。九菱也想，这唱的是什么？没听过，却好像早就听过。

段大叔走到屋子角落里，坐下来，不知从哪里寻来一截木头，坐下将木头夹在腿间，便雕雕凿凿。不知是什么木头，应那叮叮当当声，一股清凛的气息在屋里荡漾开来。

第二日，阿庆去田里上工。看见桌上摆着他昨晚编的篮子，里头是九菱给他带的饭。蒙在篮子上的是块青印花布，上头栖着一只碧绿的纺织娘，怕是昨晚进来的。他想，怪不得听了整夜虫鸣。他挥手赶那纺织娘，却赶不走。再定睛看，原来是薄如纸的竹皮编成的，青翠带露，像真的一样。

这年雨季，太湖水泛。水退了，还赶得上播种插晚稻。插秧是力气活，心还得细，一天下来腰酸背痛。段大叔有老风湿病，到了后半晌，便顶不住。阿庆让他歇着，自己继续做。脚踩在泥泞里，没下半条腿，再拔出来，又要一把力气。

忽然，他觉得脚底砥实，一愣神，只觉踩在石头上。他想把石头抠出来，防它压了秧苗。手插下去，却摸到凹凸的边缘。他摸索着，一点点地，把它从泥泞里拔出来，比石头轻，原来是一块木头。他仔细看，木头竟然有眉目。他想着，就把这块木头放到田边的水渠里洗，洗着洗着，眼睛却睁大了。他向四周小心地望一望，这才蹲下身来，用指甲一点点地将缝隙里的泥巴抠下来。这块木头的"面目"清晰了，舒展了。在暮色里头，他对这木头双手合十，默念，然后将它藏在水田边的蒲草中。

他远眺一下，太湖的湖岸，离这水田不过百米。这块木头，应该是发大水时，被湖水带来的。他看那浩渺的水，想，大概是从很遥远的地方带来的吧。

段大叔看见他从怀里头将这尊木雕的水月观音像拿出来。

段大叔"呼啦"站起来，说："你怎么把'四旧'往我家里带，知道会出人命的吗？"

阿庆跪下来，说："我一个出家人，见了菩萨不救，由他烂在地里?多谢大叔这些天的照顾,我也该走了。菩萨我带走,累不得您半分。"

段大叔说:"你当真要走?"

阿庆说:"这菩萨,是来唤我的。"

段大叔哈哈大笑,说:"你说,这菩萨是来唤你的?"

阿庆坚定地点一点头。

段大叔忽然正色,说:"你跟我来。"

他跟着,走到了后厨,段大叔抱开了角落里的柴火。现出一口大瓦缸。段大叔将盖子揭开,叫他往里头看。光线昏暗,他看不清,只闻到一股朽木气息,从缸里冒出来,有些冲鼻。

段大叔躬下身,将缸里的东西拿出来,摆在灶台上。

他站在原地,动弹不得,如石化一般。原来是形态各异的观音像。大叔摆一尊,就面对观音像合十一次,灶台上摆满了,便摆在窗台上。杨柳观音,泷见观音,圆光观音,一叶观音,岩户观音,叶衣观音,六时观音,普慈观音,鱼篮观音,不二观音,持莲观音……阿庆数一数,统共三十七尊观音像。

这些观音像大多金身斑驳,有经长期水浸霉黑的痕迹,有的残缺,但一样有慈济之容,是同一尊菩萨无尽的化身。

段大叔将阿庆手里那尊水月观音像接过来,擦一擦,也摆上去。他说:"那天,小将走以后,码头上都漂着这些木菩萨。太湖潮涨,他们就升上来,潮退,他们就降下去。许多天了,也没有被冲走。

"我就趁着天擦黑,把他们捞起来,接回家。每次只敢接一尊,用了两个月。村里人望着空荡荡的码头,都说,菩萨到底都走了，去了西方极乐世界。"

阿庆说："您不担心被发现吗？这么多'四旧'。"

段大叔目光落在那水月观音像上，说："这些菩萨像是我雕的，舍不得。"

阿庆不禁惊异，问："您雕的？"

段大叔说："你看这鱼篮观音像，是我爹雕的，一刀一刻。村里家家的佛像，都是我们家雕的。连崇济寺大雄宝殿里的菩萨像，也是呢。"

阿庆在吴县香山段家村学雕的最后一尊观音像，是尊莲卧观音像，不是跟段大叔学的，是跟九菱。

雕这尊观音像，不用凿，也不用刀。而是用极小的银针和锥子。观音坐在一枚打开的核桃壳里。观音法衣的衣袂、莲座的花瓣，甚至手持的念珠，毫微毕现。

雕完这尊观音像后，九菱便出嫁了。

七

庆师傅为连思睿制的滴水观音像，整尊像几乎是青铜制的，唯独脸相由柚木雕成。庆师父说，木有活气，所以要用在脸上。

段河将这尊观音像送去了"连城"。

连思睿看见段河，似乎并不惊奇，只是侧脸看一眼预约卡，上面写着"何先生"。

她叫护士将椅子放下来，让段河张开嘴，转动内窥灯往里照。灯光太强，段河的眼睛不躲闪。她往哪里看，他的眼睛便往哪里游走。光里头，男孩的眼珠，竟是很浅的琥珀色，猫一样。她看了一会儿，说："起来吧。"

她一边写报告，一边问："何生，点解来呢度？"

段河漱一漱口，说："我来看牙。"

连思睿头也不抬。"你这一口牙，好得可以去做牙膏广告，要不要我给你写转介信？"

段河愣愣地说："我来送菩萨。"

连思睿手停住，口气软下来，说："菩萨跟前不打诳语。送来就送来，何苦搭上检查费？"

连思睿看完上午最后一个病人，换好衣服走出诊所。护士冲她使一下眼色，她看见段河怀里抱着个盒子，坐得端端正正，半阖眼睛,像老僧入定。身侧却是自己的儿子阿木,紧紧搂着他的胳膊,蜷着身子已沉沉睡去了。

一旁的钟点阿姨走过来,有些慌地说:"连医生,阿木一进来,看见这个后生仔就抱住他的腿,不肯放手。怎么拽都拽不开。失礼晒人[1]。"

连思睿听出她有开脱自己的意思。段河睁开眼睛,微笑说:"唔紧要。"

阿姨看出他与连思睿相识,吁了一口气,用不逾矩的眼神看他们一眼。然后说:"连医生,咁我走先喇。"

阿木也醒过来,从椅子上蹦下来,抱住段河的腿。脸贴在他的膝盖上,像只亲昵的小动物。

连思睿喊道:"木。"

他才回过头,看看自己的母亲,嘴里发出"吱呀"的声音,也是像小动物的。连思睿看到他的口罩,已经被沉睡时的口水浸湿了。段河的膝盖上,也湿了一块。她抽出一块纸巾递给段河,同时拿了一个新的口罩给阿木换上。阿木站得很定,由她换。段河说:"佢都好乖。"

连思睿望他一眼,说:"我约了人饮茶,一起去?"

段河第一次置身于围村的茶居。

以往在澳门,做过一阵荷官,他闲时便去茶楼为客人买点心。内地客人出手阔绰,小费给得格外多。便是要吃氹仔"三记"的莲

---

[1] 粤语。太没礼貌了。

蓉包，去的茶楼远些，他也心甘情愿地跑去。小一年，他竟然将大小的茶楼跑了一遍。后来到了香港，大澳附近的茶楼，多半是开给观光客的，里头的陈设古色古香，多半透了一点假。味道是不怎么样的。

这个茶居，叫"得美"，里头实在陈旧破落了些，地方也小。可是人头涌涌，声响震天。店堂的气息不算洁净，荡漾一种浓郁和丰腴。

连思睿用眼睛找了一下，远处有人向她招招手。她便疾步走过去。阿木倒比她还快些，走到一张桌前，便扑到一个人怀里。段河不禁有些发愣，因为这是个十分壮硕的黑人青年。青年将阿木抱起来，高高举了一下，这是很亲热的举动。但是在这公共场合，又是有些突兀的。阿木欢快地叫起来，他也咿咿呀呀，便试图又举起阿木。但这时有个苍老的声音喝止了他。他便将阿木放下。

这是个形容洁净的老妇人，瘦削，黑黄脸色。她拉过水盅，为连思睿洗杯子。一边说："照旧，我点了寿眉。"

叮叮当当，洗得很利落。段河看见她的手骨节粗大，有突起的筋络，是终年劳作的手。

她想起什么，厉声道："唔识叫人？"

那黑人青年猛醒一般，看着连思睿，使劲地唤一声："连……连医师。"

这一声像是花了很大的气力，声音却是含混的。

连思睿便说："仔，张大口，俾我睇下牙点样。"

黑人青年就张大嘴巴，给她看。连思睿说："都恢复得几好，要食少啲糖。"

老妇人说："除了水果，我一粒糖都不给他吃。费事像上次痛到满地滚。"

这时,她用手摸一摸阿木的头,感叹道:"禁堂食禁到,我哋都好耐未见啰。木仔又长高咗。"

连思睿说:"系啊,见风就长。"

此时,段河看着黑人青年,他眼睛直勾勾地盯着点心车上的叉烧包,转过脸,看着老妇人,嘴巴又发出咿呀的热切的声音。老妇人摇摇头,将叉烧包端过来,说:"一刻都唔等得。"

她发现段河看着他们,便笑笑对他说:"见笑啦。我嘅孙,阿咒。"

她说得过于庄重,语气近乎某种宣誓。接着又用强调的声音说:"唔系宇宙嘅'宙',系咒语嘅'咒'。"

段河能感觉到,她的笑容后,有一种在辨认的表情。这让她的笑容有点意味深长。

这时,连思睿问她:"枝姐,你知唔知香港都有间灵隐寺?"

老妇人又笑。"仲叫我枝姐,过几年就是枝婆婆啰。先生做盛行?"

被她突如其来一问,段河便说:"我做佛像。"

枝姐愣一愣,便道:"好啊。可惜我们莲花庵不供菩萨,不然跟你请一尊。"

这时,他们听见阿木的声音。阿木正要从阿咒手里抢过一个叉烧包。阿咒做护食样,把包子一把藏到自己身后,神情紧张而焦灼。阿木终于哭起来。连思睿从桌上拿起另一个叉烧包给他,说是一样的,他却不要。枝姐不说话,只是将手里的水盅重重地放在桌上。阿咒看一眼她,犹豫了下,将叉烧包捧到了阿木面前,同时舔了下自己厚厚的嘴唇。他的动作,像一只大而笨拙的动物,这时他的眼神是很温厚的,还有一些单纯,属于大而年幼的动物。

阿木与他恢复了亲热，依偎着他，吃那个叉烧包。段河终于看懂了。尽管肤色不同，但他与阿木有着同样的眼睛，颛顸而天真，眼距宽阔。

他们的亲热，或出自本能。同类的亲爱，在彼此的眼睛中，有自己。

枝姐与连思睿，也是熟稔的样子。她没有点香茜牛肉肠，说记得连思睿不能吃虾米。她们漫无边际地聊天，有时枝姐会略为激动些。言及时事，说到政府及女特首的不作为，说到自己轮候公屋的艰难。连思睿说："早两年我劝你申请，现在是难多了。"

她便正色道："那咋一样？我有手有脚，头先我揾到钱，使乜靠政府？可这几年，有点做不动了，又有疫情。我自己冇乜所谓，但我死咗之后，咒仔点算？"

枝姐抬起手，将阿咒后头的领子翻好。阿咒回过头，看着他阿嬷，眼神空洞，忽然笑了，露出两排雪白的牙齿。她说："连医生，我有一口气，都不会送他去福利院的。"

连思睿沉默了。阿木从桌布上扯出一根线头，越扯越长。

段河让企堂加了一壶茶。连思睿这才问："枝姐，阿咒的钢琴学得怎样？"

枝姐的表情就松快一些，说："都几好。先生说，这样学下去，两年后可出师。呢排[1]又学了几支曲，乜松的。"

连思睿也高兴起来。"门德尔松。阿咒好叻，我那里还有一些琴谱，得闲拿给你们。"

---

1 粤语。最近。

枝姐摇头说："不用不用。连医生，咒仔看不懂琴谱，都是靠个听。"她停一停："话时话[1]，你送我们那架钢琴。上次请人来调音，我才知道原来……这么贵的琴，真是唔好意思。"

连思睿摆摆手。"唔使客气。这架琴，放在我家里也是落灰，好占地方。"

他们走出茶居，枝姐塞给连思睿一袋菜，说："今早摘的，我用泉水洗干净了。"

连思睿惊喜，道："我以为今年没种了呢。"

她对段河说："枝姐种的菜，九龙、新界都有名的，港岛客开车来买，人都叫'仙枝菜'。"

枝姐便大笑起来，精瘦脸上是纵横的皱纹。她说："别的不敢说，要说种西洋菜，我罗仙枝认第二，冇人敢认第一。"

两个人又往前走了几步。枝姐低声讲："连医生，西洋菜煲猪骨俾佢饮，好多维生素。"

经过了一间"通益琴行"。阿咒脸贴在玻璃上，发出"咿呀"声音。枝姐和连思睿会心地看一眼，便放他进去。阿咒径直走到一架钢琴前头，坐定。他伸出一只手指，试了下音。他的手指在琴键上跳动，继而奔跑，在奔跑中，音乐潺潺地流淌出来。他们看着阿咒焕发神采，无拘无束，像个黑色的、壮大的精灵。

连思睿轻轻说："你们那架老斯坦威，可惜了。"

枝姐说："修不好了，琴柱都断了。话时话，咒仔也弹了许多

---

[1] 粤语。话又说回来。

年。我舍不得扔,还摆在谷仓里。太大,若不然……就烧给文小姐了。"

这时,阿咒又起了一个音。

是巴赫的C大调前奏。连思睿闭上眼睛,她回忆起若干年前的冬至。相聚到了尾声,她弹巴赫曲,熟透的谱子,忽然忘了。有个少年,在静寂中走过来。坐在她身边,伸出手指,弹了几个音。她就记起来,接着弹。少年未走,待弹下一个段落时加入,为她和音。

连思睿情不自禁,走过去,坐在阿咒身边,加入了。四手联弹,天然的默契。优柔而坚定的乐曲,渐行渐远。

他们站在十字路口。

段河说:"你弹得真好。"

车水马龙,她其实听不太清楚,但是他的口型连思睿看懂了。她淡淡地笑一下。

阿木躺在段河的肩头,睡得很熟。段河说:"我送你去诊所。"

连思睿摇摇头,说:"下午吴医生当值,我要带阿木去见他阿公。"

段河说:"那我送你回家。"

连思睿说:"不麻烦了,就在附近。"

她想将阿木从段河怀里抱过来,但是手里有西洋菜,还捧着那个盒子。

段河说:"请菩萨,要捧得端正。"

她低下头。"那麻烦你,唔该。"

段河帮连思睿将观音像摆在客厅的佛龛上。端端正正，菩萨脸上，是午后的好阳光。

"云月花。"段河说。

"什么？"连思睿捧来一个沙田柚，将旧的供果换下来。

段河说："云月花，望月见云。这佛龛的花板，是二十世纪五六十年代的花型，有年头了。"

连思睿沉默一下，说："太阿嬷留下的，我从老屋搬来了。"

段河环顾一下。这客厅很小，虽然家私少，但一个神龛都占去了很大地方。

连思睿说："斗室一间，两仔乸[1]够住了。"

佛龛旁边，摆着三幅黑白相片。连思睿点上三支香，插上。烟雾袅袅地升起来，段河看到居中是位脸相严厉的老人的；旁边是个中年女人的，面目平凡而清寒，嘴角下垂；还有一个年轻人的，很清秀，身后是红白色的东京塔。

香炉里，是未去壳的金黄稻米。连思睿说："除咗阿爸阿弟，我哋一家人都系呢度。"

段河向外头望出去，可以看见大帽山，完整的山脉，起起伏伏，是一片苍翠。

他说："以前我在澳门住时，从窗口也能看见这样的山。"

连思睿在午后接到电话。当时她正用开水焯西洋菜，煲猪骨汤。

地产中介在电话那头，说："连小姐，有人要买楼。"

---

[1] 粤俚。母子俩。

连思睿愣一愣。

中介以为她犹豫。忙说:"连小姐,你知道呢排市况已经好差,美国加息,好多人移民走咗佬。楼市今年都跌咗一成半。新楼都冇人买。"

连思睿问:"佢知唔知,我呢间系凶宅?"

中介说:"佢知道。系有客指定要买你层楼,出价仲高出市价一成。"

连思睿对父亲说了。

连粤名看她拍的阿木饮汤的相片,说:"女,这西洋菜煲得好,看上去好甜。你依家的手势好了好多。"

连思睿说:"真系西洋菜好,枝姐送来的。天冷,越冻越甜。"

连粤名沉吟。"噢,是带孙揾你睇牙那个。佢孙嘅名都几得意,叫阿咒。"

连思睿笑笑,说:"阿爸记性好,记得清楚过我诊所的姑娘。"

连粤名苦苦笑一下。"仲可以点,好多嘢,如今想忘都几难。对了,你诊所那个同学,对你还好?"

连思睿说:"就还那样,轮流当值。下昼佢当值,我就来看你啰。"

连粤名看看她,说:"女,为自己考虑多啲。眼下这情形,还有个对你好的人,不易。"

连思睿沉默了一下,摸摸阿木的头,说:"阿爸,太阿嬷这楼卖是不卖?"

连粤名也沉默,半晌后问:"如今中介都好蛊惑[1],这客当真知

---

[1] 粤语。形容人狡猾、刁钻。

道是凶宅?"

连思睿点头。连粤名说:"市况这么差,我哋屋企……我是不太信什么否极泰来。你留心多啲。有空呢,间屋都要执一执[1]。"

入冬,疫情有了反复。诊所的生意便再次清淡。

连思睿发现,自己名下客人,有些是吴医生转过来的。

她笑着说:"吴耀城,陈师奶咁挑剔,你转给我,不担心我砸你招牌?"

吴耀城愣一愣。"我一个人做不完,算你帮我。"

连思睿道:"做不完?诊所都快拍乌蝇了,你做不完?"

吴耀城头没抬。过一会儿,他说:"思睿,周末大学做同学会,你同我一起去?"

连思睿将橡胶手套扔在垃圾桶里,狠狠地说:"你是不是医生?知不知道政府限聚?犯法的。"

吴耀城说:"说是聚会,不过是去韩教授家。韩教授过身,你没去,下个月韩师母要去住老人院。我们想替她送送行。"

他说:"思睿,都过去几年了,大家都好挂住你。"

连思睿望一望外头。人是少了,一个女人牵着她的狗。狗是阿富汗犬,戴着伊丽莎白圈,走得很快,风尘仆仆。女人跟不上。狗走慢了点,走到了诊所门口,抬起腿,撒了一泡尿。女人拿出一个水壶,在地上冲洗,草草地。

护士走出去,和女人争执起来。

---

[1] 粤语。收拾一下。

连思睿抬起头，定定看着吴医生。她说："吴耀城，我不去。你收留了我，你就是我的同学会。"

"做冬"那天，连思睿照例将阿木送到林家。

林太太做了一桌菜，满目琳琅。林医生说："冬至大过年，你坐下一起吃吧。"

连思睿摇摇头，放下节礼，就往外走。

林医生说："思睿，你等等，我有几句话要说。"

连思睿站定，等他说。

林医生说："我听说你们诊所发现了病例？"

连思睿说："嗯，封检了。我和阿木都没事，居家观测，今早做了快测才来。"

林医生说："噢，咁唔使返工？"

连思睿看阿木将沙发上的折耳猫抱起来。猫挣扎了一下，跑了。她说："冇工返了。"

林医生仿佛字斟句酌，他说："思睿，按理我们没有资格说这话，但现在不说，以后怕没有机会说了。"

这时，楼上响起了剧烈的弹跳声，沉重而均匀。林太太叹一口气，说："细路又跳绳。现在什么世道，体育课都在家里上，做冬都叫人唔安乐。"

林医生轻轻咳嗽了一下，打断了太太，却提高了声量。他说："思睿，你知道，我们只有林昭一个儿，依家只得阿木这个孙。我们年纪大了，林昭家姐在加拿大，想让我们过去。我们……想把阿木带过去。那边的条件也比较好。你一个人带着阿木，已经六年。

你还年轻，唔好将一辈子捐进去。没有这孩子拖住你，你都好向前行一步。"

连思睿说："你们让我向哪里行一步？"

连思睿坐在黑暗里头，听不到一丝声响。她想，万家团聚的日子，怎么可以这么安静？没有月光，外头黑透了，却能看见大帽山的轮廓，是被盘山路的路灯连缀成的，时断时续。还有几个引航塔，颜色血红。一明一灭，一灭一明。

她终于起来，点上三支香，插在香炉里。这时听到手机响。

是段河。他说："连医生，灵隐寺开了素斋，阿爹话请你带阿木来做冬。"

灵隐寺里也难得地静，静得能听见外面的泉声。

虽已是冬日，"至止亭"边的泉水还是流得潺潺的，声音未有夏天时丰盛，渐渐细隐而辽远。

素斋摆在乐善功德堂后的一处斋房。

开斋的是住持逢未法师。以往灵隐寺的素斋是有讲究的。灵隐寺的开山住持灵溪法师是在鼎湖山庆云寺出家的。庆云寺是岭南著名寺门，寺内有"千人镬"，可容纳八方善信。灵溪建了灵隐寺，也在寺内置了几口大镬，并且建吉祥居等静苑供善信居住。早前香火零星，大镬再派不上用场，但那几样素斋却从灵溪那时传了下来。

灵隐寺的寺众，多是附近的水上人出家的。如今寺内萧条，这时寺众多半返了屋企团聚，逢未便也由他们去。除了逢未法师、庆师傅、段河、靖常和他的女——阿影，还有一个中年僧人，逢未只唤他"鹿和师父"。

只见这鹿和师父一只胳膊打着石膏，夹菜也不方便。别人都在照顾他。他便笑着单手回礼。连思睿只觉得他十分面善，不知在哪里见过。他脸色是蜡黄的，清瘦，虽有风霜，仍然看得出眉宇间的挺秀。

鹿和说："要说这三宝素会，还得吃灵隐寺的。其他庙里做的，里头总有股草菇的腥气。"

庆师傅说："你再不来，逢未大师也快手生了。我们平日只能吃到他炸的素春卷。"

逢未大师哈哈大笑，脸上的肉也颤一颤，好像尊弥勒佛。他说："我以往跟灵溪师父学的，还有'雪积银钟''酸甜斋''佛蒲团'，都能做得八九不离十。只是"鼎湖上素"我却几十年都做不来。"

连思睿笑笑，说："鼎湖上素，我太阿嬷倒会做，唔知正不正宗。以往在佛堂里，她用一口大锅做。可她跟我说，好味的秘诀，只有一样，就是用鸡汤吊味。"

逢未大师道："阿弥陀佛，这可是罪过了。"

鹿和说："罢了。如今能进佛堂的，都是'酒肉穿肠过，佛在心中坐'。"

连思睿心里一惊，忽然抬起头。鹿和见她望向自己，眼睛一动不动，也微笑问："这位连施主，可想起什么来？"

连思睿不说话。他便将袈裟撩起一边，嚎然念道："世人笑我太疯癫，我笑世人看不穿。"

连思睿说:"原来真的是……"

段河吁一口气说:"鹿和师父清修十年,叫群报纸佬败了修行。"

连思睿望一望眼前人,面容虽清癯,却并不如新闻中说的脸相悲苦,倒有几分天然的朗朗神采。

前些天的甚嚣尘上,不过因为一桩案件。大屿山地塘荒郊的一间寺庙失窃小金佛,又被放了火。盗贼被寺内僧人发现,搏斗一番后归了案。这本不算什么大新闻。可媒体记者却在医院发现,那为保寺产与盗贼打斗负伤的僧人,是当年的一个大明星郭鸿宇。这郭先生,纵横娱乐圈十多年,忽然远离大众视野,音信杳然。有传他移民了,有传他暴病身亡,还有传他为争祖产被人暗害了。这一现身,便将之前世今生翻了出来,说他放弃了二百多亿的家业的继承权,当年又怎么断发为红颜。还一一梳理了他在"港视"演过的角色,最出名的就是济公。说和信银行的太子爷,如今境遇一身褴褛,形同济癫,得个"惨"字。

鹿和笑说:"人哋咸鱼翻身,我叫济和尚翻红。"

连思睿看他随意地着粗灰直裰,却想起他在另一出古装戏中的烈马轻裘的少年样。那还是她中学时候,班上女生流行荧光贴纸。贴纸上都是他。如今她面前这个人,好像那贴纸被岁月烟火熏染过,发了黄,但仍有一种当初的可亲的模样。

逢未法师说:"连医生,俾个机会你。若你是记者,问鹿和一个问题。"

连思睿愣一愣,说:"一个?"

鹿和点点头。

连思睿便问:"你当年为什么出家呢?"

鹿和说:"报纸上有写。"

连思睿说:"报纸写,你说是因为当年演了济公,开了悟。我不信。"

鹿和说:"嗯,我打了诳语。"

连思睿问:"那是为什么呢?"

鹿和说:"因为我怕鬼。"

他说:"因为,我从小怕鬼,夜里睡不着。我阿妈就坐在床边,给我念《心经》。那一年,我阿妈死了,再没人给我念《心经》。可我还是怕鬼,就出了家。"

连思睿犹豫了一下,说:"你有没有想过,你妈过了身,也是一只鬼。你有乜要怕呢?"

夜里,连思睿和阿影睡在禅房后的静苑。觉得水声渐渐大了。蒙眬地,她听到依稀的琴音。胡琴声里,有些压抑的沙哑男声断续传来。他唱的是一支曲,她听不分明是什么,只觉得唱了一遍,又唱一遍。一遍又叠上了另一遍。

早上,她被一阵鸟鸣声惊醒,推开窗子,是清冷晨风,夹着潮湿的泥土味道。窗外头有一大片的草地,几头牛或行或卧,一头在吃草的,这时抬起头来,与她对视。牛的眼睛是漆黑幽深的,与她对望好久,才"哞"地长叫了一声。牛群向远处走去,脖子上的铃清脆悠慢地响。

寺庙大殿外,只有个少年僧人在扫地。看见她,他双手合了下十，说逢未法师在做晨课，法师嘱托为她留了斋。不一会儿，他便为她端来了粟米粥，还有紫薯，说都是寺里自种的。

见她向四围望一下，小和尚就告诉她，庆师傅带着段河去后山了。

她没想到，灵隐寺后面，有这么一座山。大约是弥陀山的南麓，虽不高，但是苍青砥实，山岩都是大块的，斧劈过一样，有几分宋画里的韵致。山风吹来，岚气袭人。恍惚间，她竟觉得不是在香港了，禁不住深深吸了一口气。

她随小和尚的指引，由"至止亭"溯溪而下，溪水渐渐宽阔，出现一座简易的木桥。她走过桥，听到了另一种声音，有些刺耳的噪声，将那溪水潺潺的流声划开了。

那电锯声停了，片刻后，便响起了沉钝的斧凿声。捶打在斧头上当当的响声却是清越的。

她终于看清楚，眼前是一块空旷的平地，大约以往是采石场，人为地形成了一个山谷。整齐垒着一条条粗大的原木，而另一边则是已切好的木材。

她看到了段河。段河背对着她，正和庆师傅一人一头地抬着一方木头走过来。大约已经劳作了许久，他精赤着上身，腰间别着一块毛巾。她能看见他肩胛因为用力而鼓凸的肌肉。他背上布满了汗珠，在刚升出的朝阳的照射下，发着晶亮的光。

他们小心翼翼地将木头搁下。这时，庆师傅看见了连思睿，道一声"早晨好"。段河才猛然回过头，看见她，是一时无措的样子。

他转过身，胸脯上的汗珠更密些，慢慢淌下来。庆师傅远远抛过来一件汗衫，说："穿上。"

段河用毛巾擦了一把身体，胡乱地将汗衫套上。庆师傅从后腰处拿出了烟杆，在烟杆里装上烟丝，点上，吸了口，吐出来的烟像晨雾，看他们一眼，远远地走开了。

段河坐在原木上，拿过一个水壶，咕嘟咕嘟地喝水。他看一眼连思睿，说："今日唔使返工？"

连思睿说："你唔记得？我们诊所发现病例，封检了。"

她也坐下来，拍一拍身下的原木，手掌被粗砺的树皮震了震。她说："做佛像，要用这么大的木吗？"

段河侧过脸，嘴一咧，灿烂地笑，孩子似的。他说："你以为我只会捧块木，在手心里雕雕凿凿？我同阿爹做过最大的佛像有三四十尺高，全部木结构，光佛头就超过六吨重。我哋成日要做粗重嘢，家常便饭喇。"

连思睿望着那累叠的木材，轻叹一声。"我以往在寺院大殿里，只顾着发愿，看菩萨都好像从天而降。原来底里全在这里，一尊佛，万棵树。"

段河说："万棵树倒没有。但造佛像，一棵树可用的却不多。我们挑木头，先要选树龄近的。这才是第一步。就连同一棵树，木质也不同，还要去掉心和皮，只取最方正、上好的一段来造佛像。切开了木材，也还是不能用，要等。"

连思睿问："等什么？"

段河说："等它干，这叫开气。但又不能让它干透了，干透了别说雕刻，电锯都切不下去。要半干。在空旷地方透气，里头的木纤维就随着天气自然变化。要经一冬一夏，一年就过去了。按老法子，起码要摆三年。你看那边的几方樟木，我来时就摆在那里，还在开气。"

连思睿说："我太阿嬷留下一只樟木箱，几十年不生虫。这是造佛像的好木头？"

段河说："倒不一定，小些的佛像用樟木好，容易雕刻，下刀顺滑，可太大了容易起浪。我们做大佛像，爱用柚木，膨胀率稳定。特别是缅甸柚木。阿爹带我去曼德勒看过乌本桥，长好几公里，全是用柚木做的，在水里已经百多年。你来时在溪上看见的那座小桥，是我造的——也是用柚木。

他从地上捡起一小块木头，给连思睿看。"你瞧，这木纹平平整整，是块好木头。我们做雕刻的，要先理顺木的纹理，木有长纹和短纹，又有横纹和纵纹，收缩度不同。认准了，顺势而为，才好下刀。这下刀，第一步叫'去大柴'，都是大师傅做，就是为了让这纹理出来，靠的是经验。"

连思睿说："我听说，滇西南赌石，一块玉切开，成与不成，居多靠运气。"

段河笑说："对新手是运气，我可未见阿爹失过手。'去大柴'后，"修光""打磨"多半是我的活。"打磨"后要"做底"，就是上漆灰，这一道难，我学了五年。难在厚薄干湿都不好把握。一干了，就贴不上金箔了，只能从头来过。我们同行里，有用'猪料灰'的，猪料就是猪血，有黏性，加入复粉搓匀，韧性很大，批灰不易干。可我们不用，阿爹说，菩萨有眼睇，要遭报应。"

连思睿想一想，说："像宝莲寺大雄殿里大佛那样的佛像，要造多久？"

段河搓一搓手,迎着阳光,挑去拇指上的一根木刺。他说:"从选料到上金身,十年是要的。我们接了慈云寺的工程,阿爹做了十二年,我跟了五年,还在做。阿爹说,先把我在赌场里给人发牌的业除一除。"

连思睿说:"如果这样,人一辈子,才够造几尊佛像啊?"

段河说:"大概一半的时间是用来等。开气,批灰,都要等。要不想等,也有人用'放水',给树活受罪。"

他指着一棵树,这时,庆师傅走过来,看他们一眼,轻轻说:"做嘢。"

段河耸耸肩,说:"一分偷不得懒,我回头告诉你。"

回程路上,她打开手机,十几条留言。没来得及听,便又有电话打过来。是地产中介,说买家催促交割,价钱又提了一成。

中介说:"连小姐,我估撞到'水鱼',这可真叫'过了这村没这店'。"

连思睿听他最后说这句谚语时用了国语。别扭而流利。

交割得算很顺利。从签临约到落"大订",不过一小时。买家是一对看上去很体面的中年夫妇,面目也算和善。

连思睿接过支票,禁不住问:"二位当真唔使睇楼[1]?"

女人笑着摇摇头。她戴的墨绿口罩上,有公司的 logo(标志),是几个字母拼成的"埃菲尔铁塔"。她只露出深凹的眼睛和稀疏的

---

[1] 粤语。指验房。

眉，眼神苍老。

连思睿问："也没问题要问我？"

女人说："买楼都是为个心头好，唔使问咁多。"

连思睿说："那我倒想问一句，二位买这层楼，用来做乜？"

女人撩一下额发，说："我肯俾多一成半的印花税，自然是用来投资。"

连思睿笑一笑。"买间楼龄四十多年的凶宅，用来投资？"

中介在旁听了，汗都冒出来，说："大吉利市，连小姐讲笑。"

女人轻轻一笑。"我唔介意。我几十岁人，神鬼听多见多，介意就不会买喇。"

晚上，连思睿哄阿木睡下，打开电脑。她想一想，将那买家的名字输入 Google。这名字不多见，是个复姓——"上官"。上官楚娥。

Google 很快给了答案，她是中环一间证券公司的高级基金经理。

公司网页上的照片，比她本人年轻不少，还未发福，大约是她多年前的照片。连思睿遮住照片上的下半张脸，看了一会儿，忽然站起来。

她从床底扯出一只箱子，犹豫了一下，还是打开了箱子，里头是她阿妈袁美珍的遗物。翻找了一会儿，终于找到了那张圣士提反女子中学的毕业照。在袁美珍的后排，往右数第三个，是个留着整齐短发、表情拘谨的黝黑女生。翻到照片背面，连思睿对上了名字，叶楚娥。

八

在见到袁尊生之前，连思睿认真地做了心理建设。

对这个名义上的舅舅，她其实很陌生。自她出生，他们并未见过几面。或者说，因为母亲和袁家的断裂，她的成长里，未有这个舅舅。

她听父亲连粤名说起过袁尊生在他们婚礼上的致辞，口气中不乏激赏。她亦毫无触动，像在听一出八点档电视剧里的桥段。

他们最后的两次相遇，是几年前在法庭和袁美珍的葬礼上。葬礼上，她和舅舅——母亲同父异母的弟弟，作为连袁两家各自的代表出现。然而，她想，父亲说得对，这是个何其体面的人。即使面对尴尬且难以定义的局面，袁律师的举手投足，依然丝丝入扣，滴水不漏。

她不明白，袁尊生为什么找上官楚娥出面，买这间祖屋。

少年时期的上官楚娥，姓叶，跟她母亲云婵的姓。

云婵的父亲，是袁家的管家，自老太爷在时就跟着他从佛山来港。叶管家来香港没多久，便病死了。云婵少艾，便嫁给了袁府府上的一个厨师。嫁了一年多，怀了孕。厨师只身回汕头老家饮人喜酒，不知为何就失了踪，生死未卜。所以，说起来，叶楚娥算是遗腹子。

因为叶老管家的关系，袁家对云婶母子是很善待的，念其孤寡，继续留下云婶做家佣。云婶是老死在袁家的。因为大家都说她克父克夫，她便没有再嫁。后来老太爷去世，袁家少爷接了家业。这就是袁美珍的父亲袁熙焕。

袁美珍和叶楚娥是同一年生的。袁美珍年幼时，母亲过世。即使多年后，对这个袁家的大少奶，上下仍有许多议论，多半是因为她不算高贵的出身。袁家少爷留洋，学业未竟，带回了这个女人。众人都记得她是美的。但除了美之外，仿佛也并没有其他的。她的到来，似乎打破了家族微妙的平衡。尤其是袁少爷和他父亲的关系，渐渐势如水火。最终，她仓促地用一条丝袜解决了自己，许多人都在暗地里松了一口气。似乎可因此抹去她在这家里的一切痕迹。但她留下了袁美珍。

云婶对袁美珍的好，或许出于某一种移情。她明白一个没有母亲的孩子成长的艰辛。尤其是几年后袁少爷继承家业，再娶，袁尊生出生。袁美珍在家中长小姐的身份，其实名存实亡。云婶对她的照顾，润物无声，谨守着主仆间的分寸。唯有一次，袁美珍初潮，不明就里，恐惧万分。云婶发现了，利落地为她处理，然后紧紧抱住了她，让这个眉目清淡的女孩在自己怀里瑟瑟发抖。这样过去了许多年。袁熙焕看在眼里，虽无声张，但心中是感激的。他知道云婶作为母亲最挂心的是什么，便将叶楚娥也送进了圣士提反女子中学，她成了袁美珍的同学。

然而，男人究竟是粗疏的，也想得太简单。他只看到了两个同龄女孩，因为单亲的境遇，在成长中的相互取暖。他有所谓新思想，也自诩打破了主仆殊途的禁忌。但是，他忘记了袁美珍经不起推敲的来处。一种谣言，先从袁家的仆佣中流传，说老爷与云婶的关系，远不是看上去这么体面。当年的少奶奶为何自尽，不为人知；厨师的失踪，也未免蹊跷。这些明暗，甚至发生在新太太嫁过来之前。不然，一个仆从的女，何以得到与小姐相同的待遇？

终于，流言出现在了袁美珍的学校。同学们开始饶有兴味地在袁美珍和叶楚娥的脸上寻找某种相似之处。虽然的确徒劳，因为叶楚娥肤色黝黑，眼窝深陷，显然是来自厨师父亲的遗传。但是，这个谣言终于被袁美珍知道。于是，她不再像以前那样称叶楚娥为"阿娥"，而是称她为"宾妹"。这自然嘲辱她类似东南亚人的长相，也钉死了她作为仆佣的身份。而在家里，袁美珍也主动疏远了云婶母女。她的自尊，让她在府中的处境更为孤立了。

日后，因为受到良好教育，叶楚娥有了好的归宿。云婶也足以含笑九泉。在她去世前，对女有交代，要懂得感恩。这让叶楚娥在许多年间并未中断与袁府的联系。袁家人不禁称赞这对母女的厚道。但可想而知，身为专业人士的叶楚娥，每次的出现，其实都在提醒自己昔日的仆从身份。

然而，袁美珍难以摆脱某种成见。在她嫁给了连粤名后，没有提过叶楚娥的名字。这么多年，连思睿也极少地听到她说到一个叫"宾妹"的女人。最后一次听到，大约就是在参加了后母的葬礼回来后。在一个午后，袁美珍拿出一本相簿，指着一个眼窝深陷的黝黑女孩，对连思睿说："呢个'宾妹'的样，咁多年都未变过。"

连思睿记住了这双眼睛。

她将这张毕业照放在了袁尊生面前,说:"袁生,别跟我说,你不知道这件事。"

不过隔了几年,袁律师见老了。眼神有些混浊。连思睿的确很久没见过他。因为每周六港台十点档——《港人说法》节目已停播了许久。她对袁律师的印象,多少被多年前那个意气风发、口若悬河的嘉宾覆盖了。她想,他也这么快就老了?

袁尊生也看着自己只见过几面的外甥女。思睿这天戴着深蓝色的口罩,上面有一个握起的拳头图案,是某个NGO组织[1]投在她信箱里的。信里呼吁她参加某个性别平权的运动。这个早上,她拆开信封,把信丢进垃圾桶,顺手戴上了这个口罩。

袁尊生想,这些年他看了太多被口罩遮住的脸。遮盖了半张脸,遮盖掉了一半的美或者丑,遮掉了表情,也实现了修饰。然而,他还是极少见到这么美的脸形。圆润柔和得像一粒卵。这脸形不是他们袁家的,闽粤人很少有这样的脸形,不属于袁美珍。

当咖啡被送上来时,他们同时摘下了口罩。

然而,袁尊生说:"思睿,你和你阿妈,始终还是有些像的。"

连思睿听出了这句话的潜台词。舅舅在她脸上,看到的实际是另一个女人的叠影浮现。她的外婆。

他们都没有见过这个女人,然而时时感受到她的存在。此刻,袁尊生又闻到久违而熟悉的气息,和袁美珍身上的一模一样。自家姐成年,就有这种气息,也来自那个女人。幽静的花香,一丝倦怠。袁美珍有些刚硬的面容,与之是有些违和的。但此刻,面前这

---

[1] 非政府组织。——编者

年轻女人的面庞,却和这气息浑然一体。

连思睿在母亲的遗物里,发现了半瓶 A Chant for the Nymph。产自 Gucci,前调是素馨。

袁尊生说:"睿女,你还留着那个香盒?我小时候,有次将你这个香盒藏起来。第二天,我阿妈所有的衣服上,都给烫了香烟洞。"

连思睿把咖啡杯放下。她说:"袁生,我不是来叙旧的。我只想知道,你为什么这么做。"

袁尊生沉默了一会儿,说:"我知道,你们半山那间物业,已经是银主盘,在法拍。皇后大道那间租约未到期。我还知道,你在和阿木的阿爷争夺抚养权。"

他犹豫了一下,说:"点都好。细路,我们可以一同凑大,也算是我为阿姐做点事。"

袁尊生说完这些,好像松了口气。身体往后靠过去。他穿了件墨绿色的美式夹克,陷进了同样墨绿色的沙发。在昏暗的灯光下,好像沙发上孤悬一张惨白的脸。

连思睿看着他,许久,忽然笑了。她说:"所以你买北角这间,是因为我阿妈死在了里头吗?"

袁尊生抬起脸,眼神中有一瞬的紧张,迅速地松懈下来。这松懈让他的眼睛中老意丛生。他慢慢地说:"睿女,人生在世,有些事,总要放低。"

连思睿望一下外面,天色无端昏暗下来。她说:"你以为,卖咗间屋,就和过去有了断?"

她停一停,说:"袁生,我知道你们做律师嘅,有好多行内古仔[1]。我哋呢行都有。你要不要听一个?"

她说:"我读书时,一个台湾同学讲给我听的。说高雄曾有一起古早凶杀案,悬而未破。唯一线索是嫌疑人曾经光顾某个牙科诊所。许多年过去,再满两个月,这个案件就过三十年的追诉期。警方忽然接到了报案电话,打电话的是诊所当年的牙医。根据他提供的线索,嫌疑人很快被警方捉拿归案,并对犯罪事实供认不讳。然而,很奇怪的是,罪犯的相貌,经过多次整容,已与当年面目全非。警方惊异之下,问医生怎么认出了他来。这个头发花白的男人笑笑说:'警官,我没有认出他。但我认得他的牙。'"

连思睿说:"袁生,你看,我们做牙医的,就是那么放唔低。"

如不是因为段河新发的信息,连思睿可能一直未看到他早前发来的链接。段河说,他正在历史博物馆看敦煌展,今天是最后一天展出。当时连思睿正为阿木换上了干净的裤子。

那条链接从 WhatsApp 发出时,是冬至翌日。她打开,出现她不认识的文字,把这些文字输入了 Google translation[2],自动识别为缅甸文,翻译为英文,还配了一段视频。

放水——一种处理木材的方式。柚木未从树身砍伐时,即仍是生长中的树木,当除去树皮后,树木不会立即死亡,而是逐渐死亡。树木的水分在这段时间内,会慢慢渗出。用这个做法处理木材有其好处。因为木材由纤维组成,纤维则会吸收水分。将木割下之

---

1 粤语。故事。
2 谷歌翻译。——编者

后，将其平摆，纤维中的水分不会释出，因为纤维非常幼细，在开板料后，日后便会发觉有不少绿点或者黑点出现。而经过"放水"的木材则没有这个现象。

视频中有模糊的影像。是一些已被剥去了皮的柚木，却也成林。有些仍然有着繁茂枝叶，有些树干壮大，但树冠已光秃秃，树叶凋零。彼此距离不盈数尺。

她才发现，自己许多年未哭过。连思睿回忆的时候，本能而利落地为阿木换上了干净的裤子。

上一回，似乎还是在太阿嬷葬礼上。此后的许多年，她没再哭过。母亲的死、阿爸入狱、法庭、媒体、失业、网络暴力，没让她哭过。或者，她只是再哭不出。

刚才在电梯里，阿木只不过一边微笑，一边尿湿了裤子。电梯里其他的人也没有任何责难的意思。可她，为什么眼泪会夺眶而出？

一直到了家里，阿木还在笑。她哭着打了他一巴掌，这也是从未有过的。阿木终于哭了，因为疼痛。她紧紧抱着自己的儿子，和他一起哭。终于，她哭得惊天动地。阿木似乎被她的哭声吓着了，忽然停住，试探地用嘴唇贴了一下她的脸。这是在他还是婴儿时就养成的习惯，如同一切想要去讨好亲近人的小动物。阿木只会对她这样，是母子俩之间的密码。她也不哭了，将脸和儿子的面庞贴在了一起。两个人的泪痕都未干，尚有余温。

连思睿在敦煌馆的角落里找到了段河。是榆林窟第二十五窟的展区。他正临一幅《普贤变》。

壁画上，普贤菩萨手持梵箧，舒右腿半跏坐于六牙白象的莲花座。冠带、披帛、璎珞扬扬，俯视下界。神姿丰润而秀美，恬静慈悲。白象四蹄皆踏莲花，光头象奴双手紧握缰绳，用力拉着白象。

段河坐在地上，仰着头。展厅顶灯昏黄的光笼在他身上，他像一个镀金的人。连思睿不禁想起，也是个午后，她看见少年，坐在北角的佛堂，临北魏佛陀。那天有好阳光，一半洒在佛身上，一半洒在他身上。佛与少年，便都是半透明的。

她屏息看着，直到身旁阿木终于倦怠，发出"咿呀"的声响。段河回身，看见是她。笑一笑，伸个懒腰。说："我坐了一下午，就快画好了。"

段河所画，着墨皆在菩萨眉目。

他叹一口气，对连思睿说："这些年，我画了这么多佛，佛相只有一个。要说分别，三世佛在手印；菩萨也是，文殊、普贤、大势至，在法器和坐骑。佛相只有一个，我却还是画不好。"

连思睿说："分不分，又有什么关系？"

他们又走了一圈，便出了门。连思睿想了想，说："我很久没看过展。上次看还是在几年前的巴塞尔展。我现在几乎什么都不记得，就记得一幅画。成千上万的蝴蝶翅膀，围成同心圆。圆心悬了一只完整的蝶，像受难的耶稣。"

历史博物馆的对面，是香港科技馆。他们经过时，这里在举办另一个展览，叫"寻龙记"。

门口的工作人员看到阿木，就招呼他们去看。说："好多爸爸妈妈都带小朋友看。"

连思睿就笑,说:"你看错了。我是阿妈带了两个仔。"

段河就将阿木拥到自己怀里,说:"我太太说得对,男人至死是少年。"

连思睿心里微微一动。没待她犹豫,段河已经拉着他们母子走进去。

大约因为疫情,又是工作日,展厅其实很寥落,并没有几个人。空旷,冷气又太足,吹得人周身发冷。但他们的确听到有小朋友的尖叫声。阿木丢开段河的手,颤巍巍地循声跑过去。原来是一只巨型恐龙,有长而蜿蜒的脖子,在那里摇首摆尾。大约是电动机关控制的,连接得不够细致。这摇摆的幅度间,就有些卡顿。

段河说:"我记得,这是梁龙,植食性恐龙。头这么小,脑容量低,抵死要吃草。"

连思睿笑说:"我还以为,你只会画佛像。"

段河说:"我小学的时候,圣诞节要演出。侏罗纪公园,我就扮一只梁龙,给异特龙追得到处跑。"

阿木被这庞然巨物惊呆了,抬高了双臂,在那里打圈圈,口中咿呀。旁边的大人大概看出了他的异样,纷纷将自己的孩子拉到身边,是保护的姿势。

段河看到了,便走过去,也抬高胳膊,和阿木一起,在那里打圈圈。先是自己转,然后把阿木举起来,两个人一起团团转,越转越快。

他们转得太快,连思睿看得有些晕眩,但身上却渐渐暖起来了。

经过文创区，阿木盯着一块复刻的化石看——是一只幼小的腕龙的，名叫Toni[1]。它是长颈蜥脚类恐龙保存得最完整的标本。之所以如此完整，据说是一场巨型泥石流短短几秒间将它湮没。它折叠着身体，骨骼清晰，就此封存在化石中，已有一亿五千万年。

连思睿辨认它的身形，当时是在奔跑，还是在睡着。

段河想为阿木买下来。连思睿阻止他，说："不要。"

她轻轻地说："不吉利。"

离开展区时，有一台全息电视。每个人都要做完互动游戏才能离开。

这个节目的主题，时值白垩纪晚期，因为气候迅速恶化。背景是苍黑的天，冰冷，远处有雪暴，还有火色熔岩流淌。一头三角龙与一头暴龙在冰湖边狭路相逢，体形相类，旗鼓相当。似乎将有一场恶战。游戏给出了三个选项：A. 暴龙杀死三角龙；B. 三角龙杀死暴龙；C. 相安无事。

段河说："我们三个人，正好选三个。"

血雨腥风后，连思睿按下了"C"。

荧屏徐徐出现渐大的英文：At peace[2]。

她看到，两头庞然巨兽，在湖边对望一眼，默然低头喝水。继而分道扬镳，消逝在一片苍茫中。

---

1 托尼。——编者
2 相安。——编者

九

连思睿最后一次见到段河,是在次年春天。

在交楼前,她最后一次收拾太阿嬷的祖屋。

她和段河平躺在太阿嬷棕绷的龙凤大床上。棕绷硌得他们光裸的脊背微微发痛。他们静静地看到天花板上有泛黄洇开的经年水渍。连思睿说:"像一把钥匙。"段河说:"我看像是阿爹的老胡琴。"

远处风吹过来,不知吹拂了哪棵树上的枝叶。天花板上有密密的光影抖动,胡琴随之摇曳。他便开口,唱:

"初更才过,月光辉,怕听林间,喃只杜鹃啼。声声泣血,榴花底,啼出胡不归来,胡不归。点得魂飞,郎你府第,等你唤转郎心,等你返嚟。免令两家,音讯滞,好似伯劳飞燕,各自东西。纵有柳丝,亦都难把难把难把难把,心猿系,可惜落花无主,葬在春泥。

"二更明月上纱窗,虚度韶光两鬓华。相思泪湿红罗帕,伊人秋水为诉蒹葭。风流杜牧堪人挂,共你合欢同盏醉流霞。许多往事真如画,笑指红楼是妾家。青衫湿透怜司马,我仲有乜闲心,同你再弄琵琶……

"五更明月,过墙东。倚遍栏杆,十二重。衣薄难禁,寒露冻。玉楼人怯,五更风,点得化成一对,双飞凤。会向瑶台,月下逢。无端惊破,鸳鸯梦。海幢钟接,海珠钟。睡起懒梳,愁万种,愁有万种。又见一轮红日,上到帘栊。"

唱完了,连思睿不作声。她想,这年轻的人,有一把老腔。

段河沉默片刻。

段河说,这首《叹五更》,无人教,自己就是听阿爹唱,听会了。阿爹说,这是他阿嬷最爱唱的一首曲。他阿嬷还教会了他抽云南的大叶青,他们都有一把烟嗓。阿爹说,他在他阿嬷柜桶里寻到了那块硬纸皮,他做好一尊菩萨像,他阿嬷就用针锥在上面扎一个窟窿。他数一数,已有九十九个窟窿。

这时候,连思睿站起身,侧坐在露台的藤椅上。想一想,她便让自己一边的手与脚紧张交缠,另一边的身体却舒展。她说:"段河,你现在告诉我,挂在 Mong 里的那幅画,林昭画的女人,是不是我?"

段河看余晖披在连思睿身体上,柔软一层乳色,唯有脚上闪动两点珠光。水红缎面上,绣了葱茏的枝叶。若并拢,鞋上的枝条便彼此相连,一体浑然。

段河问:"你要听真话?"

连思睿点点头。"嗯,不可打诳语。"

段河说:"林昭画的,是自己。"

连粤名问:"外头的人,真的都不戴口罩了?"

连思睿说:"不戴了。阿木不习惯,还是要戴,我就由他。"

连粤名说:"你下次带他来,我想看看我嘅孙不戴口罩的样子。"

他将那尊核桃观音给连思睿看。他说:"现在,我每天都放在枕头边上,睡得很好,日后要见见刻这菩萨像的人。"

连思睿笑笑说:"有什么好见的?个样唔好睇,绝类弥勒。"

她从监狱走出来,阳光忽然有些刺眼。她看到了有个人站在门口。那人叫住她。她望向对方,说:"你好熟口面[1]。"

那人说:"我是你太阿嬷的老邻居,从四川返来。我寻到北角,老屋已经都拆了。"

思睿看着。女人有了年纪,但净头净面,人也好声气。她明白了,说:"你都知我等紧你[2]。"

于是,她从包里掏出一双拖鞋。宝蓝缎做的鞋面,鸳鸯戏水。鞋头已经磨破,用同色丝线补过,补得细密,又被挑断了。她说:"拜托你,能不能再帮忙补一回?"

Mong 在五月份重开。

原先长久地悬着一幅油画。画底下曾标上红点,显示已经卖出。如今墙上是空白的。可在同一个位置,却有一尊青铜雕塑。

这雕塑的人像,赤体,足踏莲花,被犹若藤蔓的长发包裹了全身。一边望去,如幽井的瞳,慢慢翕张,有一种由衷喜悦的力量,从脸上焕发出来。

然而另一边,微阖双目,眉宇清明,低眉慈悲。

一半佛陀,一半神。

---

1 粤语。面熟,面善。
2 粤语。在等着你。

章叁

番外：侧拱时期的莲花

一．罗仙枝

"收稻米了啊"。

周师奶在文武庙门口喊:"收稻米,二造稻米有人收啊。"

旁人就问:"今季是收老鼠牙,还是花腰仔啊?"周师奶便说:"我几时要收这贱米?晚造稻,自然是收'黄壳齐眉'。"

路过的人,聚拢又散了。周师奶说:"中环的米行,可把价钱又提高了一成半。"

阿通伯摇摇头,敲一下烟锅,说:"老天爷的手势,没长在中环人的舌头上。今年热得鬼不近身,这金贵米倒伏了大半。"

周师奶说:"那我再加一成。"

人们散得更快了,说:"再加三成也变不出来。"

阿通伯瞥一眼,看见沿着田埂走过的黑色身影,便对周师奶努努嘴。"你倒是该问问阿咒,他阿嬷或许收成了呢。"

阿咒不理他们,走得更快。他天生长了一双长腿,乌油油的。在阳光底下,闪着浅浅的光。

罗仙枝蹲在山崖上,快到中午了,这地方的雾气还未退尽。山崖上方寸之地,只有一条浅浅的上山的道。崖突兀,四周都是平地。站在崖上,便可以看到整个村子。稻田纵横,还有潺潺的溪,平时是成片的青绿色。到了晚造水稻收获时,溪流便是黄中镶嵌的一湾绿。

而从下头往崖上看,却是看不到的。崖顶陡峭寒凉,有一畦田,是罗仙枝开垦的,专种西洋菜。种法也与人不同。她用旱种法,不引水蛭。这崖奇,崖顶终年流下一道泉水,冬夏不绝。她用来灌溉。人家种菜下磷肥,十日八日就收割,却没有菜味。她不下化学肥,用花生麸、牛骨粉,天然生长,要二十天至一个月才有菜摘,日子久些,但吃来好味。

她种出的菜颜色青翠幼身,甜嫩脆口,不起渣,有泉水的清甜。客人吃过她的西洋菜,都回头再买。后来呢,有个新加坡的饮食节目,叫《有到机,食到尽》,辗转找到了她的菜地。拿了摄录机要采访。她用手遮一遮面,问他们从哪里找了来。那导演说:"我们从西洋菜街来。"她放下手,问:"从哪里?"导演说:"旺角,西洋菜街。"

她便笑,笑得满脸皱纹都开了花,说:"后生,你呃[1]我。西洋菜街哪里还有西洋菜?"

导演也笑。"就是没有,我才一路找到仙姐这里来。"

节目播出后,她的菜地便出了名。她种的西洋菜,随她名叫"仙枝菜"。原来是十里八村的人,这下好多客,跋山涉水跑了来,跟她买新鲜菜。有些是行山客,有些是专程来。可她一天只出三四十斤菜。客多,种的不够卖。有些客为吃到她的西洋菜,更会放下一千五百蚊做订金。她不收,追到崖底下还给他们,说:"你们留下钱也没有用。我只认人,不认钱。想吃菜,下次早点来。"

---

[1] 粤语。欺骗。

阿咒拎着一只篮子，一手一脚往崖上爬。转眼到崖顶，往下看，雾气里的莲花地，像蒙着一层毛玻璃。他心里奇怪，怎么上来得这么快？一点不喘。

　　罗仙枝在田里直起腰，远远唤他。他跑过去，说："阿嬷，今日上来好快。"

　　罗仙枝在腰上捶一捶，说："可不！我阿咒长成大手大脚的啦。"

　　阿咒低头看一看，脚真的大啦，从凉鞋里头伸出一截大拇脚趾，黑漆漆的。

　　罗仙枝说："怎么又穿了凉鞋出来？不着袜，要冻脚心啦。"

　　她把篮子打开，故意问："我阿咒今日整乜好餸给阿嬷食？"

　　阿咒愣愣看她，用手指抠一抠鼻孔，说："咸鱼肉饼。"

　　罗仙枝便用筷子夹起一块肉饼，送进嘴里，咀嚼一下，热热的腥咸。她装作惊讶地说："啊，我阿咒整到咁好味，赶上酒楼的大师傅啦。"

　　阿咒便也欢快地笑，厚厚的嘴唇咧开来，一嘴的大白牙。罗仙枝想，教阿咒整这道餸，她花了两年。教到最后不成，便自己整好。又用半年，教他识用微波炉，搞掂晒[1]。

　　想到这儿，她看到一只乌蝇，嗡嗡地飞，盘旋，落到了阿咒额前的发卷上。她便站直，抬起手，想为他驱赶，却发现，自己已经够不到阿咒的头顶了。

　　阿咒倒自己蹲了下来，身体微微前躬，像一匹高大的小马驹。

---

[1] 粤语。都解决了。

乌蝇飞了，罗仙枝便意犹未尽地在他头上摸了一摸。那棕黑的头发硬挺着，卷成一个又一个细小的卷。像是铆在头顶的弹簧，将罗仙枝的手指弹动了一下。大约是她的抚摸让阿咒感到舒适，他口中轻声哼鸣，也像小动物。

罗仙枝说："咒，阿嬷教你收菜。我阿咒气力大，收得要比阿嬷快。"

她便攞过少年的大手，在他的拇指上，戴上一只铁指甲。这铁指甲用了多年，却未生锈，一端是薄薄的刃，闪着寒光。她教阿咒，左手将一把西洋菜，用那铁指甲沿那茎节轻轻地割下来。阿咒手重，齐根地拔起了菜。她也不恼，打他手一下，说："阴功！糟蹋东西，你看阿嬷割。"

她一边割，一边说："你睇，沿着第一节割呢，最嫩，浸一浸，白灼就好入口；这后一节呢，就只能煲老火汤喽。"

阿咒呆呆地看很久，终于看懂了。自己收菜，便似模似样。这时雾气渐渐散去了，罗仙枝坐在田间，用咸鱼肉饼送了一碗饭。她看阿咒还在割，头也不抬。太阳暖暖地照在他身上，是一缕暖光。不知名的鸟，也落在他近旁的波罗蜜上，看他，叽喳叫两声，他也听不见。这孩子便是这样，什么事都难教会。但一旦教会了，他便像开动了马达，不知累，不知停。

罗仙枝将碗筷收进篮子，远远地喊："咒啊，好投下[1]喽。"

阿咒抬起脸，看她，笑笑，露出口大白牙。这时，不知哪里又来了群乌蝇，围着他，叮上了他的脸。阿咒扬起右手，在脸上搔一

---

1 粤俚。休息。

搔。没留神戴了铁指甲,在脸颊上划开了一道口子。罗仙枝眼看着,一滴血从他皮里渗出来,然后像红色的蚯蚓,沿面庞流下。阿咒又扬起手,她大叫:"唔好郁[1]!"

阿咒的两只大眼睛,散着神,愣愣的。他感到了滚烫的液体流下来。流到嘴角,他伸出舌头,舔一舔,腥咸的。他似乎钟意这种味道,欢喜地笑着,一边将更多的血舔进嘴里。他无邪地笑起来,雪白的牙齿也染成了红色。

罗仙枝手里拿着毛巾,却呆在了原地,因为看到阿咒散神的眼睛此时却聚焦。少年脸上是享受而亢奋的神色,满口的血,像一头成功狩猎的兽。

这时,她身后响起了惊呼的声音,回过头,是周师奶。

罗仙枝走到田间,用毛巾将阿咒脸上的血迹擦干净,却有更多的血渗出来。阿咒盯着那块毛巾,渐渐被染红。她便索性将毛巾捂在他伤口上,血终于止住,她才将毛巾拿下来,准备放到泉水里淘洗。阿咒用很留恋的目光看着,忽然从罗仙枝手中抢过毛巾,塞到自己的嘴里,开始咀嚼。他的目光陶醉,旁若无人。一丝混着血色的液体从他的嘴角处流淌出来。

周师奶张着口,看着阿咒。罗仙枝将毛巾从阿咒嘴里使劲拽了出来,一面安抚忽然焦躁的黑人少年。

她问:"周师奶,揾我乜事[2]?"

---

1 粤语。不要动。
2 粤语。找我有什么事。

周师奶这才猛醒,眼前的景象多少乱了她的方寸。她喃喃道:"菜种得都几靓噢。"待她收拾一下心情将要再开口,罗仙枝问:"收米?"

她嗫嚅道:"过来睇下。"

罗仙枝说:"老规矩,新米唔卖。旧年米,市价的两倍。"

周师奶就话:"今年行情唔好。'黄壳齐眉'倒伏,有冇的倾噢。"

罗仙枝笑一笑。"我牙齿当金使。"

阿咒不知她们在说什么。伸出舌头,在嘴唇上又舔了一下。周师奶正好看到了他牙齿上残留的血迹。

罗仙枝看到她肩头微微地一凛。

周师奶讪笑道:"又系,有阿嬷嘅金米仓嘛。阿咒大男孩,要食多啲。"

二．黄壳齐眉

八乡产过一种贡米，不叫"黄壳齐眉"。

这贡米名叫"元朗丝苗"，在《新安县志》中有记载。

"元朗"是现名。那时，元朗不叫"元朗"，而叫"圆蓢"，然后又变成"圆塱"，再变为今日所称。"圆"是丰整、圆满的意思，"塱"是江湖边上的低洼地。"圆塱"左起凹头的蚝壳山，右至屯门大头山的一连串丘陵。照这字面推测，古时已为水源颇为丰美、地形合围的沼泽低地。

亦可想见，比较港岛与九龙的山势叠嶂，这一带自然是一地鱼米之乡。所以元朗素有"八乡四宝"之说：元朗丝苗、流浮山生蚝、天水围乌头及青山鲂鲡。如今只剩下生蚝及乌头。其他尽已失传。

说起"元朗丝苗"的威水史，便是老辈人仍讲得出子丑寅卯。其曾远销东南亚、旧金山和葡萄牙，堪称彼时香港农产名物。阿通伯说："这米金贵着呢！我小时候，一斤'元朗丝苗'索价六元，较普通香米贵五倍。当时人做一天苦力去担担抬抬，日薪只是三元。贵就贵啲，一推出墟卖即刻售罄！"

年轻人就说："那你是吃过的喽？"

阿通伯不屑地看他，大声说："使乜讲[1]！我阿公家种的丝苗。

---

[1] 粤语。那还用说。

夜晚煮饭，隔开半里路都闻得见香味。怎么香？不用馇菜，可吃下三大碗。"

年轻人又多嘴。"那如今怎么没了呢？"

他一愣神，眼神瞬间黯淡下去，声音倒硬起来，斥那后生。"吟吟沉沉，口水多过茶！"

"黄壳齐眉"的来历，连阿通伯都说不清楚。

顾名思义，"黄壳"是指这种稻米的谷壳色泽金黄，"齐眉"指的是它的形状，修长而两头尖细，好比女子蛾眉。

"黄壳齐眉"只产在莲花地。莲花地的人，都知道它的好。用它煮的饭香、滑、软、松、甜。

传说当年，这稻米曾是贡米的另一候选米，与"元朗丝苗"的竞争中，却落败了。有次阿通伯讲漏了嘴，说，"黄壳齐眉"的味道，才是天下第一好！可它成日同人"耍盲鸡"。

"耍盲鸡"是莲花地的乡俚，"躲猫猫"的意思。有人追问，才知道他说的是它的收成。

种惯稻米的人都知道，"田瘦米靓"。莲花地便是出名地"瘦"，位于大帽山北麓，雨水经常带着山上的沙泥冲刷农田，不聚肥，倒种出优质稻米。三月的"珍珠早"，八月的"花腰仔"，早晚造皆丰产，并无歉收之说。可"黄壳齐眉"却不同，产量极低不论，一斗地[1]的收成不过两百斤。若稻米再染了倒伏病，当年便血本无归了。这样阴晴无定，哪怕人间至味，也断不可做贡品。"若是失收

---

[1] 约为半亩地。——编者

不能上缴,整村是要杀头的!"阿通伯伸出手掌,在颈项上狠狠横一下,惊心触目。

按理性情这样娇贵,是早该被淘汰了的。可这"元朗丝苗"已经绝迹了几十年,"黄壳齐眉"倒活了下来。

每年,港岛的老饕们,都要央"锦记米行"的周师奶亲自到莲花地收米。

收不收得到,周师奶自然知是"望天打卦"。哪怕全村一颗米都收不上来,她最后还是得问问罗仙枝。

"黄壳齐眉"能活到今天,全靠马骝崖半腰上的坡地。那块坡地,当年是属于"莲花庵"的。

镇上也有个莲花庵,在乡公所隔篱。碧色琉璃瓦,红漆门楣花砖墙,檐下悬着雾气缭绕的盘香。给这香熏了几年,门楣还是新得很。罗仙枝每每经过,目不斜视。旁人就问:"仙姨,你啲"莲花庵"噢,都没见你入去嘅?"

罗仙枝冷冷一笑,说:"咁胶,点入?"

本地话里头,"胶"便是"假"的意思。旁人听了,心里窃笑,一面看那住持如包公的脸色。

这"胶"庵,是政府新建的。原本要建在旧庵原址。那已是四十多年前的事,罗仙枝和一班姐妹将上门的人赶了出去。

说是政府出面,她们都知道是文氏一族的意思。来的几个壮汉不甘心,回身来,拿锄头将她们的鸡舍和猪圈给毁了。畜生们便逃了出来,满地跑。她们一边往外赶那些男人,一边抱着鸡,撵着猪。一边哭，一边笑。

如今，原址上，已渐渐没有了庵庙的样子。只剩两间青瓦老房，旁边加盖了一间铁皮屋。鸡舍和猪圈都留着。鸡舍旁立着一块碑。每天喂鸡的时候，罗仙枝撩起围裙，顺手擦一擦那块碑。

擦久了，青石的碑身是亮的。碑文清晰可辨。她擦一遍，便读一遍，然后教阿咒念一遍。

"《修莲花庵碑》：龙溪，古神境也。云兴则雨，详载邑志，号曰神山。流而为溪，则曰龙溪。溪中生莲，终年不谢。晋人建寺于此，以应神赫。民国八年立。"

夜半，罗仙枝点上香，将三个黄金大柚摆上。正中是一碗米，新收的"黄壳齐眉"。

供台上的若干牌位，被摆成了塔形。她愣愣地看着中间一块牌位。闭眼默祷，然后将香恭恭敬敬地插进了带壳的稻米里。

罗仙枝第一次吃上"黄壳齐眉"那年八岁。

她本气息奄奄。蒙蒙眬眬间，闻到一股香气。她不知是什么香气，只觉得在这香气中身体更为酥软了，说不出的舒泰。她想，自己莫不是已经死了，到了天国。这香气浓郁了，将她包裹起来，击打了她，让她蓦然醒了。

她看到面前是一碗饭。那丰熟浓厚的香，是来自这一小碗饭。

一个少女温和地看她，手里捧着这碗饭，一只手持着一双筷子，鼓励地对她笑。她接过碗，迟疑了一下，将一口饭送进嘴里。那个瞬间，她流下了泪。

罗仙枝至今记得那个瞬间,以后的许多年,再也没有食物带给她如此的感动——那样直接的、来自味觉的感官的感动。但她不记得,是这米太好吃,还是她太饿。

她狼吞虎咽地连吃下了三大碗饭。

再吃不下,她愣愣地坐着,竟然打了个悠长的嗝。在场的人,都笑了。

她看到面前有许多的女人,老的少的,美的丑的。都穿着月白色的衫子,背后垂着一条大辫子。

只一个人没有笑,有些忧心地看她。这女子着一身黑衣,后来她知道是香云纱,她甚至也学会了染织它。她闻见这人身上有植物清凛好闻的味道。女子挨近她,问旁边人:"她还烧吗?"

先前喂她饭的阿姐说:"不烧了。胃口还好得很。"

女子也就松快地笑了,说:"云姐看了你三天三夜,总算醒翻。"

女子问她:"你叫什么名字?"

她没有名字,只记得阿爹姓罗。家中行三。

女子说:"在我们这里,女仔也有名。云姐在仙枝岭捡到了你,你以后就叫仙枝吧。"

后来,她一个人偷偷跑去了仙枝岭。这样美的名字,其实什么都没有。没有树木,甚至没有一棵草。到处是灰黄的,只见成片礁岩。好大的浪头拍在岩崖上,便是惊心的一声响。

云姐说,发现她的时候,她正斜斜地躺在一块礁岩上。人是昏过去的,一只手却紧紧扒在岩石的缝隙里。一层浪狠狠打过来，小身体在浪里头晃啊晃，竟未随潮水冲落。云姐小心地下去，摸摸，人已冰凉，却有气息。云姐要救她，将她身子搂在怀里焐暖。手却扒不开，她像是礁岩上的海蛎子，紧紧将自己楔在岩缝里。

好不容易扒出来，她的指甲盖碎了，指头泡胀了，过了许久，汩汩地流出黑血。

云姐想，这个小女仔，有多么想活。

罗仙枝知道自己有多想活。

她找不到云姐救自己上来的那块礁岩。云姐说，那礁岩上生着一大丛羊角拗。羊角拗有毒，但可以入中药，云姐下去采，看见了她。

她没有找到那丛羊角拗。整个仙枝岭，全是石头，没有一根草。她坐在一块礁岩上，看到茫茫都是海，看不到海对岸。

她知道自己有多想活。

海对岸活不下去。同村人食人。她阿娘说："家里有口粮，留给你弟弟吃，替你爹保下一颗种。你们跑吧，自己讨活路。路上小心，唔好被人捉，俾人食。"

她两个姐姐领着她，跑啊跑。跑到海岸边，见有人"督卒"[1]。船上还有一个位子。蛇头上下打量她大姐，说这个位子留给女人。她大姐咬咬牙，跟蛇头进窝棚。半晌后出来，颈上一块青紫，脸上

---

[1] 本义为象棋中的拱卒，此处比喻为偷渡。

一处飞红。大姐说:"行行好,让我带两个妹妹走。"

蛇头舔舔唇,讪笑,说:"只有一个位子留给女人。你们三个,谁是女人?"

她十三岁的二姐站出来,指着大姐说:"她是女人。"咬咬牙,又指指她说:"让这女人带她走,小女仔不算个人,唔计数。"

大姐抱她上了船。她躲在一块油毡底下,看船离岸,二姐的身形越来越小。油毡里头是机油味,浪大,她晕船想呕。大姐捂住她的嘴,不让她呕。呕也呕不出,没有食物,全是水。有人紧紧挨着她,手里抱着一个充满气的篮球,这时轻轻推给她,说:"阿妹,抱住。顶住个肚,就不想呕。"

天黑透了,浪也静了,静得怕人。她只听见摇桨声。忽有人轻轻对她唱:"有只雀仔跌落水,跌落水……"

是她小时候最爱听的儿歌。蛇头斥他们:"收声!系咪想成船人跌落水?"

这时她听到马达声,有大灯在海面上晃来晃去,越来越近。蛇头用船桨使劲捣那油毡,说:"落水,快啲!"

她不知道如何就落了水。六月的海水,竟彻骨凉。她挣扎了一下,有只手托住她——是大姐的。大姐托得不稳,是拼尽了力气撑持的,力气拼尽,渐渐沉下去。大姐不会水。她又挣扎,摸到一个东西,抱住。原来是那个篮球。她紧紧抱住,回身望,海面上什么也没有了。没有船,也没有人,只有无边无际的黑暗。

后来有一日，云姐问她，记不记得"屋企人"[1]的样子。

她使劲想一想，摇摇头。

云姐叹口气，伴在她头上打一下，说："怎会不记得？你不记得我嘅样、珍娘嘅样、定系文小姐嘅样？"

文小姐，是莲花庵唯一穿黑衣的人。

她这时也穿月白衫。布是庵里的姐妹自己织的。她身量长了，头发长了，也梳成大辫子，垂到身后头，乌梢蛇一样。

那是她第一年跟着云姐上崖劳作。在半坡地，她看到一畦田，一道一道，梯一样。云姐问她像什么，她看看，摇摇头。

云姐说："上窄肚大，四弦连六相，像只琵琶。这块琵琶田，只种一种米，叫'黄壳齐眉'。每年头茬秧苗只由刚长成的黄花女仔插。今年轮到你。"

穿一袭黑衫的文小姐不说话，对她笑一笑，将捆了红丝绳的一簇秧苗放在她手里。她自己从云姐手里接过一支香，对天拜一拜，对地拜一拜。

她插下了这簇秧苗。珍娘放了一挂鞭，噼啪地在崖上响。崖下的人就知道，莲花庵今年的"黄壳齐眉"开秧了。

莲花庵，没有菩萨没有佛，没有香火。也便无善男信女，没有暮鼓晨钟。

住在庵里的姐妹，都没有剃度，不是尼姑，不做早晚功课。

---

1 粤语。家里人。

只一样，如常庵里规矩。这里没有男人。

她们日常自给，耕织自用。也养牲畜，可吃肉。周岁的猪便被骟了去；不留鸡公，不食踩过的蛋。

她们也拜神——"十四夫人"。这神没有金塑真身。庵里供一块神牌，用红布蒙着。中秋摆上大碌柚，过年上五谷八宝。云姐说："十四夫人成仙前，是女医，悬壶济世，扶危解厄。枝女，你记得，自己好本事，便无须靠男人。"

罗仙枝就问："那十四夫人和妈祖都是女人，谁更厉害呢？"

云姐先笑，便正色道："她们一个管海，一个管陆地。各有各的厉害。"

罗仙枝又问："妈祖我见得多，那十四夫人长什么样呢？"

云姐愣一愣，想了很久，便说："大约就是文小姐的样子吧。"

许多年后，罗仙枝忆起文小姐，始终想不起她的年纪。文小姐不是少年人，却又不老。但她记得文小姐是美的。

她记得文小姐的皮肤，和岭粤女子常有的赤黄皮肤很不同，异乎寻常地白，白得透明，能看见皮肤下青蓝的血脉。她记得文小姐怕太阳，出了门来，身后总有人为文小姐打一顶伞。路走得多了，文小姐会喘，喘得急了，会咳，这时脸上便飞起了两朵红云，在净白皮肤上，一点点地晕开来，十分好看。

文小姐的声音很轻，柔软得像莲蓉，跟人说话，先笑一笑。她有个口头禅，"话时话"。说一阵，便轻轻说："话时话。"

和其他的姐妹不同，她不劳作。可是姐妹们都敬她。云姐说，因为文小姐护着她们，所以文小姐是她们的"十四夫人"。

罗仙枝想，这样的一个人，像是玉砌成的，该受人护着才对。

有一天，庵里来了一伙人，都是五大三粗的男人。领头的却是个阿婆，她们问这伙人来干什么，他们说来讨人。

珍娘走出来，问他们来讨谁。

阿婆恶声恶气，说："来讨我新抱。"

珍娘问："谁是你新抱？"

阿婆说："昨天谁逃来你间姑婆屋，谁就是我新抱。"

珍娘说："噢，你的新抱，唔该让你的仔来讨？"

阿婆说："唔同你长气[1]。你都知我的仔死咗。佢老豆收咗钱，就算神主牌佢都要嫁！"

珍娘说："不情不愿，天可怜见。她来我莲花庵，就是我庵里的人。"

姐妹们跟着珍娘，筑成一道人墙。男人们往里冲，一边冲，手里不老实，吃豆腐。

这时候，他们听见里面咳嗽了一声。有一个人从黑暗里走出来，是文小姐。

男人们愣一愣，停住手脚。阿婆说："怕乜？男人老狗，怕个痨病鬼？"

男人们仍然没有动。

阿婆推开他们，也敛了声气。

---

1 粤语。啰唆。

文小姐手里举着一把猎枪,正对着她的胸口。

那天,莲花地的人,都听到了枪响。这一枪,子弹穿过了村公所当前的风水池。文氏祠堂的飞檐,从此缺了一只角。

三．莲花庵

阿咒弹得最好的一首钢琴曲，是勃拉姆斯的。
《德意志安魂曲》，第五乐章。

他弹的仍然是文小姐留下的那一架琴。老式的斯坦威立式，K52。树干一样的琴柱，世代延年。

如今，它靠近一个简易的粮仓。四围挤挤挨挨，农具、容器和各色物什，只显大而无当。罗仙枝在旁边坐着，听阿咒弹奏，闭上眼睛，鼻腔里是"黄壳齐眉"丰熟的香。

来到莲花庵前，她未见过钢琴。

寒冷冬夜，姐妹围坐向火。她发现厅堂里多了一台漆亮的立柜。立柜旁多了一棵三角形的树，树上挂满了彩色灯饰和飘带。文小姐缓缓走来，在立柜前坐定。文小姐仍是穿一身黑，宽大的绸裙，裙摆有些夸张地伸张开来，像是一个洋女人。

文小姐打开了立柜，用手抚了一下黑白相间处，手指按下去。是清脆的一个音。

罗仙枝惊异地看她的手，在黑白间娴熟弹动。音符流泻而出，她甚至开声唱一首歌，以罗仙枝所不懂的语言。罗仙枝听出这音乐是欢快的，或许与某个节日相关。

她回想儿时印象里欢快的音乐，多半是关于嫁娶的。而记忆中更多的旋律，是不欢乐的。他们的村落，有一个年老的瞽师，在他女人的搀扶下，于乡间游走。往往即兴奏起椰胡，以苍声唱一段地水南音，他的女人则以白板应和。唱的人声音冷下去，听的人心也灰下去。

云姐告诉她，这立柜是西洋的乐器，叫作钢琴。

钢琴。罗仙枝想，钢制成的琴，难怪如此响亮。

在这天后，钢琴被搬回文小姐房里。罗仙枝却心心念念，想再次听到它的声响。

终于有一晚，她起夜，听到有音乐，游丝一样。不再欢快，却悠长。她被这声音吸引，越走越近，渐走到了文小姐的房门口。她忘记，那里是如她般的姐妹的禁区。她只是被吸引，在门口站定。

她闭上眼睛。

许久，琴声停住。有翅膀扑扇的声音。她张开眼，看到文小姐站在眼前，望着她。

文小姐的肩头栖着一只鹦鹉，颜色斑斓。鸟对她叫了一声，很粗重，如兽嘶鸣。

文小姐说，进来吧。

她便走进去。坐下了，禁不住好奇地打量。不似姐妹议论，屋里陈设简单，只有二三把酸枝桌椅，一张床。床宽大，床檐镶嵌贝雕，百福呈祥。只是颜色黯淡，无光无泽。

墙上贴了马赛克砖——天蓝底，拼着一朵淡紫的玫瑰，花瓣层叠。花蕊位置，恰有瓷砖剥落，露出颓唐的灰。"玫瑰"上方挂着两幅炭笔画像，是两位面目严厉的老人的——都有长人中、薄唇，定定望她。"玫瑰"下面是钢琴，琴盖如镜，映照天花板灯影，一抹暖黄。

那只鹦鹉，从文小姐背上飞下，恰落到琴键上。"咚"的一声响，惊醒了她。她站起身，就要往外走。

文小姐拉住她，执过她手，在琴键上柔柔滑过。一串音符，如溪潺潺。

她笑了，文小姐便也笑。青白脸色，变成象牙白的，也带暖。

文小姐说："想听什么？我弹给你听。"

她想一想，说："我想听首中国的曲。"

文小姐沉吟一下，坐下来。

后来，罗仙枝央了许多人，用钢琴弹这首《春江花月夜》。后来，她弄到了琴谱，也让阿咒的老师弹给她听。可是，总觉得不对，她说，和那个晚上文小姐弹给她的不一样。阿咒的老师说，这是首琵琶曲，用钢琴弹出来，怎么会好听呢？

可是，她很坚定地说："是好听的。不好听，是因为弹得不好。"

那晚，她坐在文小姐身后，听这首曲子。
如她般年纪，听出了繁华尽落。
青山易老，如水夜凉。

云姐说过，这架钢琴，是文小姐的陪嫁。

文家人来，会敲响庵外的一口钟。这钟悬在原木的钟架上，据说是由外番的古船得来的。千禧年，罗仙枝将这口钟捐给了香港历史博物馆。

那时，文家的人敲完了钟，照例将东西留在井台上。文小姐不出来，他们也不进去。

唯独有一回，便是送这钢琴来。钢琴太大，姐妹们没有力气抬。文家的人，几个精壮小伙子，一鼓作气把它抬进了文小姐的房间。文小姐仍不出来。

他们抬完便走，珍娘让他们喝茶，也不留步。

一个小后生，临走时回头望一眼，恰与罗仙枝的目光对上。后生笑一笑。罗仙枝垂下眼，再抬起眼，人已不见了。

莲花地的人都知道，文小姐当年是逃婚了。

不过她成仙后，人们很少提起这件事。

她本要嫁去的人家，是牛径李氏。

牛径李氏祖先，源自乌蛟腾李明亮一脉，由乌蛟腾辗转，先居住在莲花地，最后于清道光年间，其后人李琼林定居牛径开基创业。

莲花地围门内，悬有一块红底金漆的"恩魁"功名匾额，为宣统二年广东提学使沈曾桐所立，庚戌年考取恩贡生一名——李渐弘。同年另有"岁魁"牌匾，于元朗屏山，为贡生邓翘岳立，今悬于屏山邓氏宗祠。

李渐弘非莲花地村人，何以有匾"恩魁"于此？盖因这个清末恩贡生曾在莲花地同益学校及翊廷书室执教，故莲花地亦以此为荣，立匾以勉励村中子弟。

当年莲花地大姓文氏与李先生颇为交好。见李先生鳏孤多年，中馈乏人，便有意将三女许配。三女熙兰，自幼聪慧，然体弱多病，只受教于闺中，却中西皆通，尤好音律。偶见宗祠新刻鹤顶格楹联"莲城富贵；花地吉祥"，及横匾"爰得我所"，便问何人所作。屋企人答曰："李昌和。"熙兰知是定亲之人，慕其才华，将芳心暗许。然大婚前日，才恍然"昌和"非李族中后生之名，乃李渐弘之字。李贡生其时年已古稀，熙兰悲愤之下，独至村尾已败落的莲花庵，自此梳起不嫁。

悔婚乃举族之辱，文氏自然羞恼，誓与熙兰决绝，然岁中至莲花庵，见熙兰一人在庵后躬耕，虽孱弱，却无自弃之态。文氏大恸且欣慰，思量再三，遣使女阿珍赴莲花庵与熙兰同住，照顾其起居。

熙兰留下阿珍，对母家所赠物资，却坚辞不受。熙兰差人递话，想同父亲讨一样东西。

文氏问："为何物？"回："嫁妆一件。"

文氏又问："哪一件？"回："稻种，'黄壳齐眉'。"

文氏不禁犹豫。"黄壳齐眉"乃稻米异品，其稀珍还在"元朗丝苗"之上。稻种为文族独有，世代相传。族中有女出阁，作为嫁妆之一，带入夫家。是族人为替女儿打江山，稳固地位。如今熙兰令整族蒙羞，再相予"黄壳齐眉"，便是坏了族中规矩。

文氏夜不能寐，辗转之间，忽得一计。因熙兰自幼多病且性格温存，他昔日对其颇宠爱，曾搜罗珍禽异兽豢养，以乐日常。次日，他便尽数将珍珠鸡、安哥拉羊、孔雀等送去庵内。并带上一封信，上书六字：留其余，得其生。

聪慧如熙兰，少顷意会，急忙将畜禽赶入圈内，日夜看守，搜集其粪便淘洗。果然得金黄稻种，渐有一袋。

入夏，熙兰与阿珍上村尾马骝崖，沿半坡开垦，得一畦琵琶田，将稻种尽数播下，以崖上山泉灌溉。说奇也奇。这样娇贵的米品，向来望天打卦，丰歉无定。可在这琵琶田里，竟成长得十分茁壮。新至秋凉，已获丰收。

而村人发觉，此刻，莲花庵内景致亦大为不同。人丁忽然繁茂，皆为蛾眉。原来，坊间盛传熙兰乐善收留。一传十，十传百。伶仃女子，寡居无助者，不忍家暴者，架埗[1]从良者，皆投奔。熙兰来者不拒。

经年之后，莲花庵已成女儿桃源。自成一国，自给自足。

庵内姐妹，皆尊熙兰为首，唤其文小姐。

文小姐得道，是在罗仙枝来庵里的第七年。

那年初春，乍暖还寒，文小姐忽然发起了高烧，整整烧了三天三夜，退不下去。因有痨疾的底子，庵里的姐妹都以为她不行了。开始准备后事，并通知了文家的人。

珍娘为她着上了寿衣，姐妹默立，等那一口气下去。她却忽然

---

[1] 又作"架步"。其名起源于帮会，后引申为秘密场合，在香港多指色情场所。

睁开了眼睛,目光炯炯地望着众人。

珍娘问:"小姐,是要交代什么吗?"

文小姐倏尔坐起身来,说:"饿。"

珍娘盛了一碗粥,看着她吃下去。一边背过身,对着姐妹们抹眼泪,大家都想,这是回光返照了。

吃完了粥,文小姐仍旧躺下去,却呼吸停匀,脸上烧的红也退了下去,是个安详的模样。

然而,到了夜半,她却又坐了起来,愣愣地看着珍娘,厉声道:"众花神听令!"

珍娘给吓得不轻,忙又召来了姐妹们。看了半晌,大家都说:"人许是没事了,可脑子烧糊涂了。"

阿云上前,小心翼翼地问:"文小姐?"

文小姐斜她一眼,说:"冇大冇细,谁是文小姐?"

众人面面相觑。许久,文小姐看到罗仙枝,说:"枝女,你躲到后头做什么?快来伺候我。"

罗仙枝想,她竟然还认识自己。便上前,讷讷问:"你识得我?"

文小姐竟笑了,眼里满是慈爱和戏谑,大声道:"笑话,小枝子,太上老君派你辅我下凡。我不识你,倒是识边个?"

众人忙拥她上前。文小姐眼光冷冷一扫,看见一个姐妹阿春脸色煞白地捂着腹部。文小姐问这是怎么了。旁人叹气道,怕又是一月一苦了。阿春体质寒凉,每逢月事,疼痛难耐。求医问方,吃了许多中药,也不见好。

文小姐便对罗仙枝说:"枝女,笔墨伺候。"

罗仙枝便论论尽尽,给文小姐铺开了纸笔,研好了墨。文小姐执笔便写,却不是写平日的小楷。龙飞凤舞的,写下的什么字,众人没有一个认识。

写好了,她又对罗仙枝说:"火烛,铜盆!"

罗仙枝便点上一支蜡烛。她举起了纸,便在蜡烛上烧,一边烧,一边念念有词。叫罗仙枝用铜盆接着纸灰。

烧完,文小姐便将手插进纸灰。纸还未燃尽,发着红。她竟也不顾烫,用手指夹起来,大声道:"斟茶!"

阿云便问:"系乜茶?普洱、寿眉,还是铁观音?"

文小姐横她一眼,厉声道:"白水就得!"

水上来,她又口中念念有词,一边将纸捻得细碎,放进水中。

然后长吁一声,盘膝坐好。望一眼阿春,说:"饮晒佢!"

阿春犹豫了一下,看文小姐目光犀利。旁人就说:"叫你饮就饮啦,一杯水啫,饮唔死人。"

她就上前,举起杯子,横一条心,"咕咚"一声就喝了下去。

众人望住她。文小姐倒是阖目。说来也奇,阿春定定站着,煞白的脸上竟然出现了红晕。她忽然一低头,摸摸下腹,再抬起头,用颤抖的声音说:"呲,唔痛喇!"

旁人问:"一啲都唔痛?"

她回:"完全唔痛,同埋有啲暖添[1]!"

姐妹们未及称奇,忙将目光投向文小姐。文小姐此时睁开眼

---

[1] 粤语。还有点暖暖的呢。

睛,目光如炬。她忽然浑身战栗起来,一边气若游丝,道:"俾我返去!俾我返去[1]……"

众人皆不知所措。有人试图安抚她,可她却大力将那人推开,眼神里充满恐惧,一边仍喃喃道:"俾我返去……"

这时,罗仙枝猛醒,一转身就跑了出去。少顷后回来,手里抱着那块蒙着红布的牌位,对着文小姐,大声喝道:"夫人,返来喇!"

文小姐听到,身体猛然一凛,竟缓缓放松,躺下身去。眼睛也慢慢闭上。

点一炷香的工夫,她又醒来了。这回,她望一望众人,眼底彷徨。看满室火烛狼藉,柔声说:"我都未走,你哋忙住烧乜纸噢。"

文小姐被"十四夫人"上身成仙,刹那传遍了整个莲花地。

阿春逢人便说,神乎其神。见对方将信将疑,她便使劲一拍自己的肚子,豪迈地说:"真系医好晒!"

渐渐地,便有人来求医。开始,文小姐坚拒。但有人病人膏肓,绝望间,跪在庵前不走,说是阳寿未满,求十四夫人赏一条贱命。文小姐实在拗不过,便为她看了。文小姐对着牌位,渐渐上身,身体颤动如秋风中的树叶。十四夫人仍横眉厉目,言行果决。待她去了,文小姐大汗淋漓不止,已脱去了半条命。

那看病的妇人,吃下了符水,经年的顽疾,竟然慢慢地好了。其家人欢喜,更将文小姐奉若神明。一来二去,她声名传遍了八乡。

---

[1] 粤语。让我回去。

但文小姐立下了规矩,一不收诊金,二不看男客,三不看小症。

其中一个痊愈的病人,因是大富之家上一代的宠妾。当家的便说,要为十四夫人捐一座庙。文小姐说:"这可使不得。我人已住在庵里,怎么好再捐座庙?"

众人说:"这是为十四夫人捐的。我们这些死里逃生的人,也好来还愿。"

那当家的便在莲花庵旁搭了一座青瓦房,前后两室。前厅也供了十四夫人的塑像,是乡下师傅的手笔,一身的花红柳绿。可是面目肃穆,眼眉含威,和被上了身的文小姐的样子是像的。

文小姐便在里面看诊,每次看完,元气大伤,倒比病人还要虚弱三分。病患的家人看着心里疼得很,再来还愿,便必留下些香火,说若干年后,便可为夫人塑一座金身。

文家的人,渐也知道熙兰慈济的德行。族内人商议,将莲花庵重新修整,与夫人庙也算浑然一体,又想到庵内皆为女流,看病的却多是外人,未知底里,就差家里一个后生去庵里看护。

但凡有人来看病,先打了庵前的古钟,便是后生迎出去。看这青年壮大的身形,来人自是不敢造次。

进了庙里,先拜过十四夫人。内室里则是罗仙枝帮忙打点。笔墨伺候,亦要捧着十四夫人的牌位,将这仙人迎来送往。

文小姐素不出门。客走了,二人便要一同恭送。一个风华正茂,一个花样年纪。都生得眉目清俊,久了,倒成了莲花庵的一道风景。

有一日,一位老客来还愿,离去前,左看看,右望望,忍不住握住罗仙枝的手,目光却在这后生身上,脱口道:"你哋两个,成了十四夫人的金童玉女。"

不知怎么,听到这话,罗仙枝脸上忽然一热,血涌得一阵晕躁。

有一日,四下无人。那青年轻声说:"我知你记得我。"

罗仙枝大骇,抬起头,看他那似笑非笑模样,忙将面埋下去。

青年道:"抬钢琴嗰日,你知我为你回了头。"

罗仙枝掀开帘子回到内室,在黑暗里头,听见心仍扑通直跳。待她镇定下来,捧住那牌位,手仍微微抖。

那天,十四夫人,未有上得身。

文小姐戚然话:"你的心乱了。"

罗仙枝闻她言,双膝跪下。

文小姐说:"也罢,我让小武回去了。"

一个月后的黄昏,罗仙枝在村口中药铺撞见后生。

她眼光偏向一旁,似看风水池,讪讪地说:"咁巧。"

后生说:"唔巧。我是特登[1]在这儿等你。"

罗仙枝说:"等我?"

后生点点头,说:"我想告诉你,我要走了。"

罗仙枝心里咯噔一下,嘴巴却说:"我哋非亲非故,你话我知做乜?"

后生说:"你不问我走去边?"

---

1 粤语。特地。——编者

罗仙枝鬼使神差，问："去边？"

后生笑笑，回："我考上大学，要去港岛读书了。"

罗仙枝忽觉黯然，道："恭喜晒噢！"

后生说："你口不对心。我想问，你几时走？"

罗仙枝晕晕乎乎，说："我走去边？"

后生说："唔通[1]你要在这庵庙待一世？为十四夫人做成世玉女？"

罗仙枝说："我可以走去边？"

后生说："只要你想走，外面的天地好大。你想去边，我就系边度等你。"

罗仙枝望一望他，冷冷道："我不会离开莲花庵。如果不是十四夫人，我好耐之前已经死咗。"

后生眼睛里原先的一点火苗，也暗下去。他看着罗仙枝手里的中药，笑一笑，问她："你真相信？"

罗仙枝抓紧手里的草药，指甲嵌进了纸包的褶皱间。

前几日的暴风天，风大雨大。风水池里的水满了，快要溢出来。几只鸭子在池里游。大鸭子带着小鸭子，游到池子的尽头，又游回来。

后生说："她若真是神仙上得身，自己周身痨病，到现在还未医得返？"

罗仙枝听到此，猛抬起头，对他道："唔好咁讲！"

走了几步，又回过身，凛凛加了一句："会有报应。"

---

[1] 粤语。难道。

罗仙枝再见到后生,是一年后了。

后来她对人说,其实她在报纸上看到了。

她说,这一年的春天,她已听说城里不太平。英国人镇压老百姓,工人和学生上街游行。罢工罢学,许多人都被抓。被抓到警局里,盖上电话簿就打,验伤验不出。给喝头发水,肠烂肚烂。

她触目惊心,但也觉得,都是很遥远的事。

这时候的"黄壳齐眉"刚刚插下秧。整块琵琶田,是一片青绿色的。傍晚的风轻轻吹过来,带着些泥腥气。她站在崖上,阖上眼睛。

这时她听见有人喊:"枝女,枝女。"

她往下望,看见云姐对她招手,说:"快啲落来。"

她下了崖。云姐气喘,道:"那个李亦武,李亦武。"

愣一愣,她想起这是后生的名字。

但她心里竟并未有波澜,她说:"关我乜事?"

云姐一跺脚,狠狠"哎"一声,拉住她的手,就往庵里跑。

走到庵前,她看夫人庙围着许多人。她奇怪,其实许多日未开坛了。她也不知道,是世间太平,人不得病了;还是不太平,人顾不上来看病了。

云姐拨开人。她看见,地上一副担架。李亦武躺在担架上,脸煞白,一动不动。

她的心停跳了一下。她再仔细看,觉得李亦武是睡着,嘴角有笑意。

旁人道："他在医院躺了七天，未醒返。拉回家，死马当活马医。"又悄声道："一同拉去差馆的，还有五个。他倒是头一个返咗屋企。"

文小姐竟然站在庙前，穿一身黑。有个妇人对着她站着。妇人听到声响，回转身，脸上有泪痕。罗仙枝看她音容，竟与文小姐相若，只是老了不少。

文小姐说："我不医男人，你回吧。"

妇人忽而就跪了下来，跪在担架前。她说："阿妹，求下你，救救我的孙。"

文小姐眼睛动一动，不说话。

妇人抬起头，目光灼灼。她说："阿妹，当年若不是你逃婚，我文家怕失信于人，我何至于顶替你嫁给李渐弘？不如此，又哪里来的这个小冤孽？"

文小姐用眼睛在人群中寻找，终于落在罗仙枝身上。她轻轻说："开坛。"

罗仙枝捧着十四夫人的牌位。红绸裹，竟蒙尘。

她对着文小姐。目光空空，停在李亦武身上。

十四夫人上身，厉声厉色，铿铿锵锵。先责后生不肖，再责家教不力。李家单传，只此一支。度劫不济，香火无继。

罗仙枝看夫人手执尚未烧尽的纸符，飞舞如火蝶。纸灰飞进眼，她双目一酸，流下泪。流下来，竟就止不住。

旁人耳语："这玉女哭金童啊。"

云姐轻轻拉她衣摆,说:"人都看着,唔好喇。"

她咬咬唇,接过符水。众人抬起后生的头,给他灌下。

十四夫人,神归其位。

半响,李亦武轻咳一声,竟睁开眼睛。看见是她,笑一笑。

嘴唇翕动,说一句话,无声。旁人听不见,看不懂。她听懂了,脸一红。

李亦武又阖上了眼,未再醒来。

罗仙枝没有再哭。

此后多年,她还在想,当年她说什么报应呢?若不是她说报应。十四夫人,口硬心软,定会救返他的。

四. 阿咒

罗仙枝收养阿咒那年，庵里只剩下她一人了。

李亦武死后，文小姐就撤了坛，不再替人诊病。第二年，台风天。风太大，竟掀去了夫人庙的顶。

那座夫人像被刮倒，落在了地上，拦腰摔成了两截。十四夫人像的头滚落，面目仍肃穆威严，还没来得及塑金身。

文小姐看其颈项处，里头填满了稻草。她怔怔看了许久，轻轻说一句："不过就是个泥胎。"

这以后，文小姐病倒。这次没再盘桓，很快就殁了。

文小姐留下遗言，要火葬，赤条条来去无牵挂。文家人不允，将她接回文族大帽山麓的祖坟，葬在她父母身边。

下棺那日。棺木内，撒满了新收的"黄壳齐眉"，盖住她的身体。大家围住新坟，洒上三杯酒，亦是"黄壳齐眉"酿就的，叫"赤金酿"。

当日晚，姐妹们回到庵里，就着那酒喝到酩酊，喝完先是大哭，哭完却又笑。

群凤无首，人心浮动。

若干年后,姐妹们渐渐离开莲花庵,云流雾散。

有的是老了,有的遇到合适的男人了,有的看到了外面的世界大。此时香港的经济好起来,工厂都在招工。纺织厂,胶花厂,都在招女工——工钱和男人的一样,甚至更高。

最后一个走的,是云姐。阿云的侄儿,在九龙开公司发达了,愿意接她过去同住,为她养老送终。

阿云劝罗仙枝跟她一起走,说自己已经跟侄儿说好了,不差这一双筷子,一碗饭。姐妹两个,还能做个伴,不寂寞。

罗仙枝笑笑,说:"我不走。得有人留下,替文小姐守着这座庵庙。我走了,谁上琵琶田,种'黄壳齐眉'?"

阿云流泪,她还是笑,说:"得闲来探下我喇。"

人都走了。宿堂墙上还整整齐齐挂着姐妹们的脸盆。

她一只只数过去,三十七只。

她取下自己的那只,搪瓷制的,盆底印着鸳鸯戏水。她接上水,洗面。看水纹旖旎,鸳鸯好像活了起来。

罗仙枝发现阿咒,是在"黄壳齐眉"收获的季节。

他躺在金黄的稻田里,大声地哭泣。那哭泣的声音,近似一种山猫的,响亮而厚重,与本地的婴孩大相径庭。所以,崖下的人们并未注意。

罗仙枝看到他时,他已经哭累了。罗仙枝看到颜色艳异的花布里,裹着一个黑炭似的孩子。他有着无比晶亮的眼睛,正吮吸着自己的手指。看到这年老女人蹲下来,面对自己,他又有了哭的冲动，然而因为声音已经嘶哑，只在喉头发出水滚一样的声音。

这声音有些滑稽，竟让罗仙枝笑了。看见她笑，黑孩子也笑了。

罗仙枝将他抱回了莲花庵。

这孩子将她胸前的衣服含到嘴里，大口地咀嚼，黏腻的唾液，渗透衣服，落在她胸口的皮肤上，丝丝凉。不知为何，让她脸上一阵羞红。

她并没有过喂养婴儿的经验，然而她却并未惊慌失措。她想，她或许应该弄一点奶粉。但她很快否定了自己的想法。她并不想在此刻将这个孩子张扬出去。

她想了一下，将新收获的稻米选了大粒饱满的去壳。淘洗了多遍，然后放在一个石臼里，细细地舂。舂到了极细如尘的样子，这才放到锅里，加上水，用小火慢煮。咕嘟咕嘟。

这婴儿闻见米浆的味道，张开嘴，吃了一勺又一勺。

阿咒是"黄壳齐眉"养大的孩子。

罗仙枝寻找过阿咒的父母。

她想，人世艰难。他父母无论臧否，必千里迢迢而来，此时不找，往后也不再有机会。

打听之下，她才知道，元朗有如此多的黑人，世居于此。

她去大棠，甚至又去了横台山。

她未去过非洲，但这里土地空旷，没有逼人的楼宇。也没有围村，零散地建设着房屋，石屎墙，铁皮顶。空地上交错地拉着长长的麻绳，微风吹过来，绳上挂着颜色鲜艳的床单和衣物，便都鼓荡起来，像是丰熟的妇人们在舞蹈。远处飘来的音乐，是一种原始的呢喃。这一切让她感到陌生又新鲜。她没有去过非洲，但她想，这里怎么会是香港？

她怀里抱着黑色皮肤的婴孩，从村口一路走来。人们都用好奇的目光打量他。黄皮肤的，看一看，便避开了；黑皮肤的，倒围上来，并不说话，只是簇拥着他。她走过一个车厂，黑人们赤着上身，剷车拆零件。没有做工的，拎着易拉罐，喝酒吹水。他们看见她，也沉默，在阴暗的车厂内，像是一些暗色的幽灵。浓重的味道扑鼻而来，是熟肉混合汗液的气味。她有些恐惧，将婴孩抱得更紧，闷着头往前走。

这时她听到一个女人的声音，女人问："你找谁？"

她看到一个黑皮肤女人，正在车厂边上，拉着一只煤气炉，在煮食物。女人用木勺搅拌，锅里是黄色而黏稠的液体，正冒着细微的气泡。

女人拉过板凳，让她坐。罗仙枝犹豫了一下，坐下来。坐得并不实，她问："你们村里，有没有人丢了孩子？"

女人问："丢在哪里？"她告诉女人："莲花地的稻田。"

女人惊奇地看她说。说："咁远，有人会山长水远地去丢孩子。佢阿妈一定系特登抌咗佢，唔使指拟揾到喇。[1]"

罗仙枝听到这个黑皮肤女人用纯熟的广东话表达着让她悲观的想法。

女人看出了她的黯然，似乎为了安慰她，看看婴孩说："BB 又

---

[1] 粤语。他阿妈一定是有意将他抛弃，就别指望能找得到啦。

养得几好噢。"

女人伸出手指,逗这孩子。孩子似乎体会到了来自本族人的亲切,伸出了手。

女人索性将他抱过来,以一个天然的母亲的姿态。孩子是舒适的,他安然地躺在这陌生人怀中,或许因为一种气息。

这个动作,仿佛坚定了罗仙枝的想法。她试探地问:"你啲呢度[1],有冇人想收养佢?"

女人立即警惕了,将孩子还给了她,似乎又有些不忍,轻轻问:"你有冇试过福利院?"

她的确去过,并且去过不止一间。在她步向院长办公室的草地上,一群孩子追着她,口中大叫着:"鬼来了。"

她想,这孩子应该回到他的世界。在这个简略的"非洲",在这里,他会是人,不是鬼。

这时,她听到车厂里传来男人粗鲁的呵斥声。女人以同样粗豪的声音回敬,用罗仙枝所不懂的语言。

女人抱歉地望她一眼,说:"催我开饭。"

她看着锅里浓稠焦黄的汤汁。女人盛出一碗汤,让她尝尝。说这一道瓜子汤和山药团是绝配。罗仙枝随口问:"是什么制的?"女人说:"是用我们尼日利亚的白瓜子磨成粉,加上棕榈油,配搭干圣罗勒、百里香和肉菜一起煮,要煮很久。"

"白瓜子?"罗仙枝喃喃道。

女人说:"嗯,算是我们非洲的稻米。"她见这中国妇人并无意

---

[1] 粤语。你们这儿。

开动,便叹一口气,用勺子挑了一点米,放到孩子的唇边。婴儿竟然张开嘴,喝了下去。女人便说:"是啊,让他记得,家乡的味道,以后他大概也吃不到了。"

趁着女人在车厂里招呼伙计们吃饭,罗仙枝站起身,观望了一下。然后将婴孩放在凳子上,疾步离去。

她走到村口时,看到一群黑人已在等她。站在最前面的,便是刚才那个言语和善的妇人。女人将婴孩和襁褓使劲塞到她的怀里。女人对她伸出中指,大声地喝呼,以她所不懂的语言。但她听得出是咒骂。

五．侧拱时期

罗仙枝在阿咒两岁时，才看出他的残缺。

当然，这是因为她没有育儿的经验。同时间，也是因为这孩子在身体上成长得过于茁壮，让人忽略了其他的。

如同丰年的新稻，似乎每一个日夜，他都在不停地生长。很快他就学会了走路，走得稳了，甚至开始疾跑。他不穿鞋，赤着脚，追赶着庵里的鸡和猪。在它们的慌张中，用尖厉的童音呼喊。

在罗仙枝疏忽时，他终于跑了出去，在村里奔跑。依然赤着脚，在风水池前的石板路上，跑得如此快。他小小的身子被石栏杆遮住了。他硕大的头颅，在栏杆上快速地移动，犹如球状闪电。

村里的老人用拐杖点点地，又指着这黑色的疾跑的"影子"，说："真是鬼啊。"

然而，当他的身量已是同龄儿童的一倍半时，仍然不会说话——哪怕极其简单的语言。他只会发出简短的咿呀声音。

他吃得很多，饭量出奇地大。他的食物，依然只是"黄壳齐眉"磨成的米浆。罗仙枝想，这些米浆，都没有入脑，只用来长他的长手长脚。

当他五岁时，他总算学会了叫罗仙枝"阿嬷"。叫得并没有感情,只是如同向人类乞食的小动物,出于本能,他通常是这样叫:"阿嬷,饿!"

他比婴儿时更不愿意穿衣服。他出门,会将身上的衣服扒干净,赤条条地在街上跑。人们饶有兴味地看着他微卷的黑色头发,黑色的闪亮的皮肤,腿间摇晃的黑色的"雀仔"。

他们在心理上由开始的厌恶,渐渐变得戏谑。小孩子们跟在他身后,学着他咿呀的声音,向他投掷石块、泥巴,并学着大人的腔调大声喊:"真是鬼啊!"

罗仙枝感到自己在莲花地苦心经营的体面,因这孩子,在一点点地丢失。

她在深夜哭泣,将孩子拴在床架上,不让他跑出去。这黑孩子,一边使劲用牙齿咬着手上的麻绳,一边无辜看她,对她说:"阿嬷,饿!"

她的心又软了。她把这孩子的大头颅揽进怀里。黑孩子一口咬在她的胳膊上,牙印深深的,渗出血。她闭上眼睛,由他咬。她想,这是不是报应?

第二天,她领着孩子走到村子里头。将绳子一头拴着孩子,一头拴在自己腰间。她看着孩子欢跑,忽然解开了绳子,不再拴他。有人议论,她便朝那人看过去,昂然地大声说:"我嘅孙噢。"

人们又开始咒骂,连她一起骂进去。骂她没有男人,没有仔,如今不顾公序良俗,抱一个野孩子当孙。"黑鬼样,还傻傻哕"。

她心一横,索性给这孩子取个名字,叫阿咒。

她想:孩子,你这辈子,要学会在诅咒中,安之若素。

第二年的深秋,她带阿咒上了崖,去琵琶田,收"黄壳齐眉"。

金灿灿的稻秆,风里头,像浪一样。阿咒的眼睛直直的,不叫也不闹,竟然定定地坐在田埂上,看她拿着镰刀收稻。

收累了,她直起身。看见他小小的身影,在田里捡起稻穗,放进身边的篮子里。

她笑了,一面捶捶自己的腰,说:"我阿咒,懂得惜粮食啊。"

她让阿咒把她割下的稻秆抱到田头。田头的稻秆垛,一点一点地高起来。

傍晚,一老一小,坐在田头。她摸摸阿咒的头,他头发又硬了许多,钢丝一样。她装作疼了一下,说:"我阿咒,头发比稻秆还扎人啊。"她就信手抽过一根稻秆,给这孩子编了一只"蚱蜢",别在衣襟上。她看夕阳下沉,血似的红。阿咒也看着。她顺着他目光望过去。阿咒看的方向,是她当年拾到他的地方。

罗仙枝将稻谷晒干,未进土砻去壳,先舀一大碗稻米。

她回屋,点上香,将三只黄金大柚摆上。正中是一碗"黄壳齐眉"。

供台上的若干牌位,摆成了塔形,是多年在庵里故去的姐妹的。她愣愣地看着中间的一块,覆着红绸。闭眼默祷,然后将香恭恭敬敬地插进了带壳的稻米里。

她从床底下,拉出一只皮箱。打开,整整齐齐,三十七只荷包,包含自己的一只。荷包里装的,都是去年的稻米。她唤过阿咒,叫他一只一只地把米从荷包倒进木盆里头。她自己再将新米填进去。

　　填好了,还是整整齐齐的,每只荷包上绣着名字。她把皮箱阖上,推到床底下去。她想:走咗咁耐[1],今年该有人返来探我了啩,能俾出去一只都好。

　　夜半,罗仙枝听到有声音。
　　叮叮咚咚,叮叮咚咚。她以为自己睡得不踏实,在做梦。
　　她翻过身去。
　　叮叮咚咚,叮叮咚咚。断断续续传过来。她一惊,终于坐起来。那声音,从文小姐的房里传出来。开始是断续的,慢慢流畅起来。越来越清晰。
　　她披上了衣服,心里有些发冷,因为怕,可又有些暖。她想:文小姐,庵主,十四夫人,那年你过身,姐妹们从头七等到五七,你不回。如今隔了几十年,你回来了。还好有我守着庵,你房里的东西,一点都没动。还好有我守着庵,你还找得见回来的路。
　　罗仙枝站起来,又有些担心。她想:文小姐,这是要带我走了吗?
　　她犹豫了一下,闭上眼睛。"以往一个人了无牵挂,可我还带着一个小冤孽。傻傻啲,离开我可怎么活。"她再睁开眼,已下了决心。她想:我要和十四夫人说说,让我再多活几年。还有好些事情,我要教会我的阿咒。让他一个人也能活下去。

---

[1] 粤语。走了这么久。

她走到文小姐的房间,看见灯亮着。

她走进去。小小的黑孩子,坐在钢琴前。他的皮肤,在灯的暖光下发着亮。他小而长的手指,正在琴键上跳动。他在弹一个旋律。这旋律是她未听过的,流畅而奔放,并不应该属于这暗夜的。应该属于一个明亮的夏天,炽热的,有风的,万物灌浆抽穗的夏天。

她定定地站着,看着这孩子,似乎并不意外。她看着他的手,娴熟地,像是与琴键长在了一起。这手在奔跑,如同他在村子里奔跑的腿。跑得不管不顾,无拘无束。

忽而,他从衣服口袋里掏出什么,将手高高地扬起。她见他一边弹琴,一边将手中的东西撒在琴键上。簌簌地响,原来是新鲜的带壳的稻米。它们蹦跳着,在每个旋律的间隙,左右奔突,像是无数的金色的精灵。

他将更多的稻米扬起来,撒下去,一边重复弹手中的旋律。那些精灵飞起来,飞得到处都是,终于将这房间充满了。一些精灵飞过了长长的弧线,飞到了罗仙枝的脚边。

这时,阿咒才看到了罗仙枝。他愣一愣,终于有些拘谨地从琴凳上下来,望着她,轻轻地叫:"阿嬷。"

她走过去,默默地抱住孩子的头,揽在怀中。一边将手伸入阿咒的口袋,拿出一把稻米,学着他的样子,高高地扬起,撒在了钢琴的琴键上面。

很久后,阿咒依然不会说话。他能用言语表达的,是最为原始的欲求。而罗仙枝渐渐发现,他可以用琴声概括对这世界大部分的认识。

他比年幼时安静，体现为他用了大量的时间倾听。下雨时，雨点打在屋檐上的声音；风从厅堂穿过的声音，村口风水池里，鸭子们入水的刹那；过年时广场上后生舞动醒狮的锣鼓声；两个老妪在庵前窃窃的私语；甚至，午后，罗仙枝在阳光下晒被子，阿咒将耳朵贴在那被子上，闭着眼睛，许久。

然后他回到房间里，罗仙枝听见，有琴声传出。那声音是温暖而松软的。

罗仙枝欣慰地想，这是她的孙。他可以用钢琴，弹出这世界上所有的声响。

罗仙枝去了莲花地的小学校，找到教音乐的谢先生，请他教阿咒弹琴。

谢先生问："细路识睇乐谱？"

罗仙枝回："唔识。"

谢先生说："那怎么教？"

罗仙枝回说："那你就教识佢睇！"

说完，她似乎觉得唔够稳阵，加了一句："我好有钱嘅。"

谢先生摆摆手。

谢先生真的来了。他教阿咒看五线谱，但是阿咒看不懂，学不会。

谢先生摇头，说："这就很难教了。"

罗仙枝拉住他，说："先生，我阿咒，他会听。听过了，就会弹。"

谢先生笑一笑,又坐下来,信手在琴键上起了个音,开始弹圣‑桑的《天鹅》。阿咒在旁边盯着他的手,然后闭上了眼睛。片刻,谢先生看到一只黑褐色的小手在琴键上摸索,试探,按压。这孩子,模仿着他的手势,在低音区开始弹奏。开始只是应和,但是,很快他发现这孩子开始与他对话,用一种类似他的声音,以细微的差异,与他对话。如同父子间的絮语,训导,甚至轻微地叛逆。

同样吃惊的,是罗仙枝。她并不懂得,什么是四手联弹。但她看到自己的孙子在一台钢琴上开始用旋律模仿另一人的旋律,用音乐表达另一人的音乐。

这样,弹了许多年。阿咒长大了,也将罗仙枝弹老了。

阿咒依然不识五线谱,但他会弹数百首曲子。他只弹他听过的曲子。听过了,就烫印在他的脑中,不会再忘记。

谢先生退休了,在一个寒夜里中风了。他也不再能说话,甚至不能弹奏。他被他的侄女用轮椅推着,来到了莲花庵。

他十分艰难地表达,想听阿咒弹他教过的曲子。

他说不出曲名,只是用手指弹动了几下。他的手,抖得像是台风天里的树枝。然而,阿咒看懂了。

他舔了舔厚厚的嘴唇,坐下来,开始弹奏莫扎特《C大调奏鸣曲》第二乐章。然后是欣德米特的《波尔卡》,门德尔松的《无词歌》。

谢先生闭上的眼睛,忽然睁开了。他侄女俯下身去,与他耳语。

这女孩走到阿咒身旁，坐下来，弹动了几个音符，是《天鹅》。

是谢老师和阿咒那次最早的四手联弹曲。

阿咒的手跟着女孩的手，他加入，为她应和。在流畅旋律中，开始了彼此对话。阿咒的手，长得很大了。黑色的大手和一双细白的手在琴键上舞蹈。这大手，像一个绅士，让这净白优雅的手在每个合适的音节从容落定。

即使是罗仙枝，也听出了这其中的默契。

这已经是个二十岁的青年，医生说，他只有五岁孩童的智力。

艾米莉是谢老师的侄女，音专毕业，是他在小学校的接班人。

从这天起，她开始了对莲花庵的造访。她送给阿咒一台电唱机。她在上面播放一种音乐。罗仙枝从未听过。她看到唱片封套上是个引吭的黑皮肤女人。

艾米莉说，这是美国黑人的音乐，叫爵士。

她弹给阿咒听。琴音里有他所陌生的东西，是在他听过的曲中所没有的，慵怠、沉顿，时而激昂，但是吸引了他。这类似某种声音对动物的吸引，带着一点不明确的关乎本能的东西。阿咒不懂，这叫荷尔蒙。

他只是每天盼望着艾米莉的出现，听她弹琴，然后在她走后，把这支爵士乐曲弹过许多遍。有一天，下着大雨，艾米莉没有来。他靠在门口，像是受伤的小狗，不间断地从喉头发出声音，是一种有些痛苦的呻吟。罗仙枝听不懂，她只是担心他病了。

当艾米莉再出现时，他立时变得雀跃。他即刻坐到了琴凳上，弹艾米莉最喜欢的一支曲，是 Art Tatum[1] 的 *Tiger Rag*(《老虎拉格》)。他当然不知道这曲子的名，但却将他自己的喜悦弹出了变奏。艾米莉望着他，不禁在他宽阔的鼻梁上轻轻刮了一下，也如同对小动物的奖励。

在某个溽热的夏日，罗仙枝听到房间里的惊叫。她快步跑了过去，看见阿咒从背后紧紧地抱住艾米莉。同时呼吸粗重，他用自己的脸紧紧地贴着艾米莉的头发，使劲地嗅着。

艾米莉的眼睛里写满了恐惧，但是由于自己被紧紧地箍住，她发不出声音，甚至无法喘息。罗仙枝说："咒仔，放手。"

阿咒不肯放手，抱得更紧了，同时戒备而贪婪地望着他阿嬷，像是提防被抢走自己的一件珍宝。罗仙枝看着女孩求救的眼神，终于狠下心。从门后抄起一把火钳，打在阿咒的腿上、背上，甚至头上，下雨点似的打。她越打越狠，阿咒终于经受不住。用胳膊去挡。艾米莉逃脱，转身用膝盖狠狠一顶。阿咒"嗷"地号叫一声，痛苦地蹲坐在地上。

艾米莉一边哭着向外跑，一边用最肮脏的粗口诅咒着阿咒。

罗仙枝失措了。她也跟着向外跑，她嘴里喊着："他只是个孩子，他只有五岁的智力。"

"可是他硬了。"艾米莉停住脚步，朝地上啐了一口。

阿咒再一次被罗仙枝拴在了家里。他不再是十多年前那个呆钝的孩童，让人怜惜。此时他身形如此巨大，巨鼻阔口，由于要挣

---

[1] 阿特·塔图姆。——编者

脱，表情也变得狰狞。竟让罗仙枝也感到惧怕。

他脸上被铁指甲划开的伤口，留下了轻微的疤痕。平时是看不出的，此刻，因为他绷紧的筋肉。在灯底下，皮肤泛着艳异的光泽。这疤痕便像是漆黑绸缎上的一道缺损，看得到细密而不整齐的针脚。

这让罗仙枝骤然心疼了。她不自觉地伸出手，想去抚摸一下那道疤痕。阿咒猛然抬起头，凶狠地看她。这目光里的警戒，让她分外陌生，不禁后退。

忽然，阿咒开始撕扯着身上的衣服，一件件地抛掷在地上，直到一丝不挂。他似乎被自己的行为所感染，喘着粗气，两眼血红。他身体的某个部分，昂奋地挺立着，刀锋一样，刺入了罗仙枝的眼睛。

她感到一阵晕眩。

外面传来夜鸟的啼叫，声音喑哑，有翅膀在屋顶上扑扇的声响。她想：难道是文小姐的鹦鹉回来了？

她远远地看着这个赤裸的、皮肤发亮的黑人青年，终于意识到，他长大了，并且长成了她不曾预想的样子。

她说服自己，这还是她的孙，她的阿咒，她用"黄壳齐眉"养大的孩子。

想到这里，她觉得自己勇敢了一些。于是，她走近了一点。她问："咒仔，饿未？"

阿咒没有回应她。她看着他缩了一下，向房间的角落退去。整个身体似乎也颓然、柔软、晦暗了。

"咒仔。"她又喊了一声。

许久后，阿咒抬起头来。她看到他的脸上有两道水流，汹涌而无声地淌下来。罗仙枝有些吃惊，在她的记忆里，从未见阿咒哭过。他似乎不懂得什么是悲伤。对这孩子而言，与悲伤最接近的情绪，是愤怒，是一种最接近动物情感的表达。

罗仙枝默默地退出去。

她用新收的米，去壳，洗净。舂成极细的粉末，坐上锅，慢慢熬。咕嘟咕嘟，咕嘟咕嘟。那天，她从稻田里抱来阿咒，就熬了这种米浆。

小小的阿咒，闻见米浆的味道，张开嘴。吃了一勺又一勺。

她端着这碗米浆，走到房门口。

她看到阿咒，他已在酣睡。他在地上紧紧蜷着身体，抱膝。像是黑色的巨大的婴孩，尚在胎衣中的样貌。

罗仙枝没有唤他，将碗搁在了他的脚边。阿咒似乎被惊动，身体舒展了开来，如此壮大。

于是，她看见了他两腿间已经干去的重浊的液体，在灯下有迷离的反光。同样风干的，是阿咒脸上的泪痕。泪痕蜿蜒到他的嘴角。那嘴角轻微上扬，是孩子在梦中的笑意。

罗仙枝找到了周师奶。

她说："我应承你，卖俾你今年嘅新米，你要帮我一件事。"

那个女孩来到时，罗仙枝正在扬场。

女孩看着她，长久地，竟然没有出声。她转过头，这个年轻女孩，的确有一张和艾米莉相似的脸，但是神态更为飞扬。这飞扬是因为青春，而不是因为风尘气。

同时，女孩饶有兴味地看她劳作。女孩说："唔睇唔知，香港仲有咁嘅地方。"

罗仙枝愣一愣，问："什么地方？"

女孩想想，说："出稻米的地方。"

罗仙枝回身望，自己的脚下金灿灿的一片。她想，很快，这些米就会出现在中环的米行。

她说："你吃的米，是哪里来的？"

女孩笑笑。"超市有写：内地东北，日本，泰国。未见过有香港。"

女孩卸下双肩包，吐出一块胶黏的口香糖，包在纸巾里。她说："依家开始计时，按摩加出火。周师奶同我定的价，加钟另计。"

所有的事情发生时，她始终在外面。扬场，舂米，看太阳渐渐西沉。

她想，这一切，是否过于安静了？

终于，她听到了钢琴的声音。敲击琴键的单音，稚嫩，小心翼翼。然后是试探，不连贯的音符。随后一声巨响，像是重物砸在了钢琴上。此后的每一声，都暴力而张扬。罗仙枝忍住，她没有靠近。只是每一声都在她心里击打一下，她闭上眼睛，在心里轻轻地数。是阿咒，这不是阿咒。

暮色浓重时，女孩走出来。

罗仙枝忍不住打量，想在她脸上寻找印记，以评估自己的付出。

女孩面色潮红。她很坦白地看了罗仙枝一眼,她说:"佢黐线[1]嘅,搞咗架钢琴。我头先不知有这档节目,要加钱。"

这时,她们都听见,有琴音从房间里传出来。旋律优美,舒缓,流畅。她们一时都呆住,不再说话,定定地站在原地,听完了这支钢琴曲。女孩愣愣的,叹了一口气,说:"为什么我在里面时,他不弹?"

罗仙枝想,《致爱丽丝》。她记得这支曲子的名字,因为,文小姐也喜欢。

女孩走了几步,忽然回过身来,目光落在这座破败的庵庙,旁边是简易的谷仓。她说:"没想到,这里还能看到侧拱。"

罗仙枝茫然地看她一眼,问:"什么?"

女孩笑一笑,没再出声。

---

[1] 粤俚。脑子有问题。

尾 声

从八岁来到这里后,罗仙枝从未想过,这里为什么叫莲花地。因为她从未在这地方看到过一朵莲花。

是年春暖,文家重修宗祠,里外焕然一新。唯独留下了当年李贡生手书鹤顶格的楹联:"莲城富贵;花地吉祥。"

文家返乡的富贵后人,修了宗祠,又修了村里的风水池,便忆起了文小姐,也想起了莲花庵。他们说,这庵庙,还是要修一修。多少是个念想,用不用另说。

村上人联想起四十年前的波澜,知道文家这回又提重修,是有正本清源的意思。

阿通伯坐在村公所前,眯着眼睛说:"好啊。庵里还住着人,种着你们老姑祖传下来的'黄壳齐眉'呢。"

一个年轻孩子问:"'黄壳齐眉'系乜?"

莲花庵,空前地热闹。罗仙枝看着几个工人在屋顶上忙碌。一个不小心,掉下了一块瓦。

这瓦落地,便摔成了两半。众人抱怨瓦工论尽。罗仙枝捡起来。看着青灰色的瓦,正面平平无奇,弧形的内侧竟有彩绘,还镌有干支年份。

许多年过去,尽管斑驳风蚀,罗仙枝仍可辨得出,绘的是一枝莲花。

这莲花,曾经开得那么饱满与妖娆,遮天蔽日,不可一世。

癸卯年秋,于香港苏舍

后 记

看 园

我现在的住处，离志莲净苑是很近的。

说这禅寺是闹市中的一方净土，不为过。即使最繁盛的旅游时节，这里仍可取静。所谓大隐于市。对香港人的空间观而言，是一种奢侈。

卧听竹林叶响，冬夏皆可观游鱼。

每每去了，有两个地方我是必到的。一个是中国木结构建筑艺术馆。志莲净苑本身是目前世界上最大的木构建筑，仿唐制式，构件均以榫接方式结合，自然无须用一根钉。因是桧木打造，天气静朗时，能隐隐地闻见极清凛的气息。馆藏便梳理了中国木结构建筑的渊源。太和殿、佛光寺东大殿、南禅寺观音阁、独乐寺山门、应县释迦塔，皆是按一比二十的比例缩微而成。见微知著，可见煌煌大观。"斗拱七铺作"复刻得不将就，"月梁""卷刹"与"生起"，亦巨细靡遗。注解也好，深入浅出。唯英文翻译粗疏了些，如"半驼峰"是"beam pad"，鸳鸯慢拱是"long arm"。信则信，达雅则牵强。中文里的浪漫与写意，被风干了。

另一处，是大雄宝殿前的奇石展，环中庭而设。有一石，便随有一诗。石品多半是碧玉岩，间或有灵璧石。偶然关注到，是看到一块赤褐色的石。生得有趣，本是峥嵘有棱角的，但大约日久，竟是浑然圆融模样。底下镌着诗句，"人道我居城市里，我疑身在万山中"。出自元诗人惟则。颇为叹喟，如此，这块石便是你我写照。便也仔细些看更多石头。不拘于形，有些诗句题得气魄万千，"风生百兽低，欲吼空山夜"；又如"二三星斗胸前落，十万峰峦脚底青"；亦有一些是训诫之意，"举一步，不足自利利他，勿举也""勿近愚痴人，应与智者交""仁者以财发身，不仁者以身发财"。读来皆是循循善诱。

这园里的一木一石，即便看得多，竟未曾乏味，总得一些新见。疫情期间，我仍会去。彼时偌大园林，竟一个人也没有。偶也会见师父从殿中走出，见了你，双手合十，浅浅微笑。某日雨后，我正观石，听到背后有人说，这块石头恁光滑，不知是被溪水冲的，还是经了太多人的手。

声音是北方口音，洪钟似的。我回头，见是个面生的师父，着利落直裰。他说，他是山西双林寺僧人，来香港进修。常驻在竹林禅院，在荃湾北的芙蓉山。每日修行后，便四围游走，在各寺院看木雕佛像。他跟我说了一些见闻，其中包含见解，有些是自己的，也有些是别人的。我终于被打动，不经意间。在我想听他说更多时，他挥挥手道："不早了，我要回去了。"便合一合掌，就此别过。

《灵隐》或是个极其入世的故事。当其时的事件，不好写。何况有原型。只因瞬息而变，变动而不居。当代人又格外地热衷于做结论，哪怕这结论下得十分草率。这让我警惕。所以曾经粤港引起震动的事件，因其凛冽，我是隔开了五年才来写。一是大约因为沉淀。主人公的职业与背景，于我易共情。在热切中的复刻，本质上更似海市蜃楼，是缺乏根基的。二是因为我总想观察事件的发展、嬗变，或在舆情中的后续。但事实证明，当代人是善忘的。"苟日新，日日新"，可多一种理解。在信息的跌宕中，人太饕餮，是不满足于反刍的。我却并非失望，甚至庆幸有了这种忘却。因为有了忘却，记得才更能水落石出。这种记得，往往是属于那些相关者的，且多半是来自亲爱者与挚敌。

于是，一父一女，成了生命镜像的对位。他们活在了彼此的时间里。这时间可以浩漫，以百年粤港的历史做底。也可以十分短暂，是在某个人生节点中的一茶一饭，只一道光景。

我远望他们，不再痛定思痛。看他们也便在园林之中，动静一源。景语皆是情语，但因冷却与各怀心事，终隐于园林苍茫，或许只是隐于角度。移步换景，又可看见了。我便将或隐或现的人生，写出来，为你们。

在这宏阔变幻的时代里，你我心底仍有一方园林，可停驻，可灵隐。

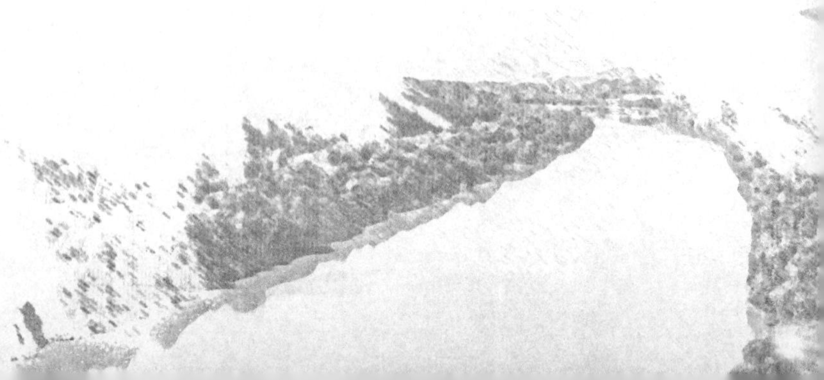

出版说明

  本书中选取部分较难理解的粤语方言及根据审校要求需要注释的英文做了脚注，为了减少对小说阅读体验的影响，对于读者根据上下文可以判断出其含义的粤语方言则不做注释，特此说明。

© 中南博集天卷文化传媒有限公司。本书版权受法律保护。未经权利人许可，任何人不得以任何方式使用本书包括正文、插图、封面、版式等任何部分内容，违者将受到法律制裁。

图书在版编目（CIP）数据

灵隐 / 葛亮著. -- 长沙：湖南文艺出版社，2024.
8. --ISBN 978-7-5726-1942-7

Ⅰ.Ⅰ247.5

中国国家版本馆 CIP 数据核字第 20243514H1 号

上架建议：文学·畅销

LING YIN
灵隐

著　者：葛　亮
出 版 人：陈新文
责任编辑：欧阳臻莹
监　　制：毛闽峰　刘　霁
策划编辑：张若琳
文案编辑：高晓菲
营销编辑：霍　静　刘　珣　焦亚楠
封面设计：介末设计
版式设计：马睿君
插　　图：视觉中国　壹零腾
出　　版：湖南文艺出版社
　　　　　（长沙市雨花区东二环一段 508 号　邮编：410014）
网　　址：www.hnwy.net
印　　刷：北京嘉业印刷厂
经　　销：新华书店
开　　本：875 mm × 1230 mm　1/32
字　　数：197 千字
印　　张：8.5
版　　次：2024 年 8 月第 1 版
印　　次：2024 年 8 月第 1 次印刷
书　　号：ISBN 978-7-5726-1942-7
定　　价：59.00 元

若有质量问题，请致电质量监督电话：010-59096394
团购电话：010-59320018